reinhardt

DOMINIQUE MOLLET

DIE WAHL

THRILLER

Friedrich Reinhardt Verlag

Alle Rechte vorbehalten
© 2023 Friedrich Reinhardt Verlag, Basel
Projektleitung: Manuela Seiler-Widmer
Korrektorat: Daniel Lüthi
Gestaltung: Célestine Schneider
Satz: Siri Dettwiler
Titelbild: François Didier de Nomé: King Asa of Judah
Destroying the Idols. Öl auf Leinwand, 73,9 x 100,9 cm,
© The Fitzwilliam Museum, Cambridge
ISBN 978-3-7245-2668-1

Der Friedrich Reinhardt Verlag wird vom Bundesamt
für Kultur mit einem Strukturbeitrag für die Jahre
2021–2024 unterstützt.

www.reinhardt.ch

«Divide et impera»

Niccolò Machiavelli zugeschrieben

1

Die Explosion ereignete sich exakt um 9.53 Uhr. Er sass wie meist um diese Zeit in einem der typischen Pariser Bistros in der Nähe der Metrostation Cluny – La Sorbonne im Quartier Latin und genoss dort seinen Espresso mit Croissant. Er liebte diese Restaurants mit ihren schwarzen Bistrostühlen, den silbern glänzenden Kolbenkaffeemaschinen, auf denen meist Kleber eines Fussballvereins angebracht waren, die alten kleinen Emailleschilder, die zur Toilette wiesen, und die stets etwas arroganten, mürrischen Kellner, welche die Mineralwasserflaschen noch immer zwischen den Beinen öffneten. Die Explosion kam vollkommen unerwartet. Nichts hatte darauf hingewiesen, dass irgendwo irgendeine Gefahr bestand, noch war zuvor eine Spannung in der Stadt zu spüren.

An seinem Tisch war er einerseits so nahe am Explosionsort, dass er die Detonation heftig mitbekam, andererseits aber so weit weg, dass er weder direkt getroffen noch durch Gegenstände verletzt wurde. Später glaubte er sich zu erinnern, dass er auch die Druckwelle gespürt hatte. Gesehen hatte er allerdings nichts, er sass im Gebäudeinnern und die Sicht zum Explosionsort war versperrt.

Unmittelbar nach der Detonation schien es einen kurzen Moment vollkommen still zu werden, der Verkehr verstummte, Gespräche ebbten ab und vom Ort des Geschehens war eine Rauchsäule zu sehen, die sich beinahe in Zeitlupe ausdehnte. Dann aber brach Chaos aus, Schreie waren zu hören, Menschen rannten in Panik vom Geschehen weg, waren verletzt, bluteten oder wirkten verstört. Dazwischen Neugierige, die versuchten, mit ihrem Handy ein Foto zu machen in der Hoffnung, dadurch berühmt zu werden und hemmungslos Opfer fotografierten oder den Weg versperrten.

Ein ähnliches Bild bot sich auf den notorisch verstopften Strassen der Pariser Innenstadt mit Autos, deren Fahrer zu wenden versuchten, die wegfahren wollten, hupten, ausgestiegen waren, um das Geschehen zu erfassen oder in ihrem Schock nicht wussten, wie reagieren. Motorradfahrer versuchten, sich einen Weg zu bahnen, wurden aber durch die geöffneten Autotüren und die eng aneinandergefahrenen Fahrzeuge behindert und blieben stecken.

Immer lauter waren die Sirenen der herannahenden Einsatzfahrzeuge von Polizei, Feuerwehr, Ambulanz und Zivilfahrzeugen mit Blaulicht zu hören und mischten sich in einer Gegenbewegung zum Tatort hin ins Chaos. Wild gestikulierten Gendarmen, uniformiertes Militär, das zum Schutz von Touristenattraktionen in Paris stationiert war, und Feuerwehrleute wollten den Verkehr kanalisieren und versuchten, sich den Weg zum Tatort zu bahnen. Autos wurden weggeschoben, Fahrer versuchten, in Einfahrten und Hinterhöfe auszuweichen.

Tumultartige Szenen spielten sich beim Eingang zur Metro ab mit Menschen, die im Untergrund Schutz suchten und aus der Szenerie via U-Bahn flüchteten, und anderen, welche die Treppe hinaufstürzten und auf keinen Fall in einem Tunnel gefangen sein wollten. Sie mischten sich mit den Passagieren, die aus der U-Bahn kamen und von allem noch nichts mitbekommen hatten. Ältere Menschen und Kinder wurden zu Boden gerissen, Kinderwagen kippten um und verzweifelte Mütter versuchten, ihre Kinder zu retten.

Piet war ebenso geschockt wie alle anderen und konnte die Katastrophe zuerst gar nicht erfassen. Zwar war er Journalist, aber nicht die Art von Reporter, die in jeder Situation sofort eine Geschichte witterten und sich mit ihrem Killerinstinkt ins Geschehen stürzten, um Original-bilder und -töne einzufangen. Vielmehr war er den schönen Dingen des Lebens zugetan, berichtete über Kunst, Reisen oder recherchierte Hintergrundgeschichten. Instinktiv flüchtete er tiefer ins Innere des Bistros, das sich immer mehr füllte, gerade noch, bevor die Menge der Flüchtenden vom Explosionsort her das Café überrannte und Tische und Stühle in alle Ecken flogen. Eigentlich kam es ihm lächerlich vor, dass die Fensterscheiben des Bistros Schutz vor einem Anschlag bieten sollten, aber er fühlte sich trotzdem sicherer dort.

Draussen spielten sich dramatische Szenen ab. Der Vorplatz des benachbarten Blumenladens, auf dem Töpfe, kleine Büsche, Arrangements und Accessoires sorgfältig und liebevoll aufgebaut waren, wurde von den in Panik Fliehenden überrannt. Überall flogen Blumen, Scherben, Tablare umher, der Storen wurde heruntergerissen und die Auslage erlitt wohl einen Totalschaden.

Nicht besser sah es vor dem Bistro aus. Wie eine Flutwelle hatten die Flüchtenden alles zerstört, was im Weg stand, und hatten gleichzeitig versucht, Schutz im Bistro zu suchen, dessen Kellner in der Zwischenzeit den Eingang notdürftig verbarrikadiert hatten, da sie unmöglich die Menschenmassen bei sich aufnehmen konnten.

Nachdem einige Zeit vergangen war, überlegte sich Piet, wie er von dort wieder wegkäme, da die Metros und der Busverkehr vermutlich bald stillgelegt und vielleicht auch Strassensperren errichtet würden, womit er einen grossen Umweg machen müsste, um in seine nördlich der Seine gelegene Wohnung zu gelangen. Gleichzeitig beobachtete er die Menschen, die am Bistro vorbeiströmten und irgendwo Schutz suchten. Nur unterbewusst nahm er die beiden Männer wahr, die eine grosse Tasche in einem kleinen weissen Nissan deponierten, der vor dem Bistro geparkt war, um sich dann zu Fuss zu entfernen. Das Fahrzeug war ihm vorher schon aufgefallen, da es einerseits ein belgisches Nummernschild trug, dessen Nummer identisch mit den letzten Ziffern seiner Handynummer war, und andererseits einen Walfischkleber auf dem Heck hatte, das Logo einer italienischen Fährgesellschaft, die nach Sardinien und Korsika fuhr.

Nach und nach beruhigte sich die Szenerie wieder etwas, als überall Polizisten mit Panzerwesten und Maschinengewehren in den Strassen patrouillierten und ein gewisses Mass an Sicherheit vermittelten. Die Menschen um ihn herum schienen davon auszugehen, dass der Anschlag vorbei sei und der oder die Attentäter unschädlich gemacht worden oder geflohen waren. Piet machte sich auf den Weg und wurde etwa viermal kontrolliert, bevor er ans Seineufer gelangte und von dort bis zum Pont Royal weiterging. Mit ihm bahnten sich Tausende Touristen, Firmenangestellte, Schüler und Passanten einen Weg, um möglichst rasch vom Geschehen wegzukommen und eine U-Bahn oder einen Bus zu erreichen, der sie über Umwege wenigstens irgendwann nach Hause brächte. Nach der Brücke marschierte er beim Louvre vorbei zurück ins 9. Arrondissement, wo er erschöpft in seiner Wohnung ankam. Sofort schaltete er in alter Journalistenmanier seinen Fernseher ein, um über die verschiedenen Newskanäle herauszufinden, was eigentlich genau geschehen war, und er sah Bilder der Zerstörung auf dem Vorplatz der Kathedrale Notre-Dame.

2

Der Landsitz in der Nähe von Castiglione della Pescaia war prächtig in den sanften Hügeln der Toskana gelegen, bot eine triumphale Aussicht und war gleichzeitig vor den Blicken Neugieriger gut geschützt. An diesem Nachmittag erwartete der italienische Kardinal Giuseppe Montagnola drei Gäste, die sich seit Jahren gut kannten.

Als Erstes traf der polnische Prälat Kacper Kowalczyk ein. Die beiden kannten sich aus einer Zeit, als der junge Kowalczyk die polnische Gewerkschaft Solidarność gegen das kommunistische Regime unterstützte und immer wieder auf die Hilfe aus Italien zählen durfte. Allerdings zog er sich später aus der Politik zurück, als die Gewerkschaft immer mehr soziale und gesellschaftspolitische Anliegen aufnahm, die mit seinen Vorstellungen kaum mehr übereinstimmten, und begann eine Karriere in der Kirche.

Kurz darauf erschien Benoît Lemaire, ein untersetzter französischer Kardinal aus der Bretagne, der als sehr konservativ und einflussreich galt und schon verschiedenen französischen Präsidenten bei ihrer Wahl ins Amt geholfen haben soll. Montagnolas Fahrer hatte ihn am Flughafen in Florenz abgeholt. Zwar durfte Montagnola als Vertreter des Vatikans auch den nahe gelegenen Militärflughafen in Grosseto benutzen, ein Privileg, von dem auch in Rom kaum jemand wusste, doch wollte er mit seinem Treffen kein unnötiges Aufsehen erregen und vor allem sollte möglichst wenig nachverfolgbar sein.

Aus Rom kam schliesslich ein weiterer Vertrauter, Kardinal Rico Giordano, der das Quartett komplettierte. Er war etwas jünger als die anderen, hatte aber durch zahlreiche Aufsätze auf sich aufmerksam gemacht und verfügte bereits über ein breites Netzwerk in Norditalien und Spanien, wo er zuerst tätig gewesen war. Wie Montagnola war er sehr konservativ geprägt und stand den Veränderungen in der Kirche skeptisch bis ablehnend gegenüber. Montagnola sah in ihm auch einen potenziellen Nachfolger, sollte er einmal seine zahlreichen Posten und Funktionen abgeben müssen, obwohl er noch lange nicht ans Kürzertreten dachte. Alle vier Kardinäle gehörten der Kurie zur Förderung der Einheit der Christen an, einem wichtigen Beratungsgremium im Vatikan.

Im schlicht, aber geschmackvoll eingerichteten Salon war, nachdem sie Platz genommen hatten, natürlich der Anschlag von Paris zentrales Thema.

«So entsetzlich dieser Anschlag in Paris auch ist», begann Montagnola das Gespräch, «sollten wir nicht ausser Acht lassen, dass daraus durchaus ein paar positive Erkenntnisse resultieren. So zeigt dieser Anschlag, dass unser christliches Abendland und unsere Leben zunehmend durch einen anderen Glauben bedroht werden, auch wenn niemand bisher wahrgenommen hat, dass wir dadurch eine wachsende Konkurrenz erhalten.»

«Du kannst aber einen solch infamen Anschlag nicht zum Anlass nehmen, dich gegen den Islam zu wehren. Schliesslich sind wir keine weltliche Organisation und sollten uns zurückhalten», entgegnete Lemaire bestürzt. «Ich habe bereits mit der französischen Präsidentin gesprochen, die den Antiterrorkampf verstärken und mehr Überwachung in der Öffentlichkeit einsetzen will.»

Giordano schloss sich dieser Haltung an, wollte aber Montagnola nicht unnötig verärgern, war dieser doch in bedeutenderen Gremien im Vatikan vertreten als er selbst und profitierte er bisweilen davon.

«Deine Gedanken, lieber Giuseppe, sind durchaus überlegenswert», wandte Kowalczyk ein. «Sogar in Polen», ärgerte er sich, «ist die Gesellschaft zunehmend säkularisiert und die Kirche findet immer weniger Gehör. Vielleicht bildet ein Ereignis wie der Anschlag in Paris durchaus eine Gelegenheit, die Menschen zurück in den Schoss der Kirche zu lenken.»

«Leider ist aber unser Oberhirte ein etwas zaghafter Papst und würde solche Ideen missbilligen, weshalb Wir euch heute inoffiziell zu uns eingeladen haben», antwortete Montagnola. Um seine Bedeutung herauszustreichen, sprach er von sich immer im Plural. Zwar gehörte der Landsitz ihm nicht wirklich, doch wussten die meisten Würdenträger in Rom nicht einmal mehr, dass das Gut eigentlich vatikanisches Eigentum war, denn der Kardinal hatte es seit Jahren in Beschlag genommen und nach seinen Wünschen umbauen lassen.

Dann erläuterte er ihnen sein Vorhaben. Die Kirche sollte die wachsende Angst in der Bevölkerung nach dem Anschlag nutzen, um sie vor den Gefahren durch den Islam und anderer gegen das christliche Europa und die USA gerichteter Mächte und Ethnien zu warnen, ihnen konservativere Werte zu vermitteln und sie damit zurück in den Schoss der Kirche zu führen, zum richtigen Glauben.

Alle vier gehörten zum konservativen Flügel der Kirche und hatten enge Beziehungen zu innerkirchlichen Organisationen wie Opus Dei oder dem von Marcel Lefebvre im schweizerischen Écône gegründeten und umstrittenen konservativen Priesterseminar. Damit verfügten sie über ein breites Netzwerk an Kontakten zu konservativen Priestern, Kardinälen, Bischöfen und anderen Würdenträgern, die sie anweisen konnten, in Predigten, Talkshows, Podiumsdiskussionen, Blogs oder Publikationen den Kampf gegen den islamistischen Terror zu thematisieren und die Bedeutung einer starken Kirche bei der Verteidigung der westlichen Werte und Lebensart hervorzuheben.

Die drei Gäste in Castiglione konnten einem solchen Vorhaben nur zustimmen, entsprach es auch ihrer Haltung und sahen sie darin eine Möglichkeit, den Einfluss in ihren Ländern zu stärken. Zudem waren sie es müde, in der Öffentlichkeit immer nur als Prügelknaben mit verstaubten Vorstellungen zu Frauenrechten und Zölibat zu dienen, von den elenden Diskussionen um jugendliche Missbrauchsopfer in der Kirche ganz abgesehen. Endlich hatten sie ein neues Thema, mit dem sie in der Gesellschaft punkten konnten.

Nach einem frugalen Abendessen verabschiedeten sie sich von Montagnola und reisten ab, um die Botschaft umzusetzen. Der Kardinal war sehr zufrieden, dass sie sein Anliegen so diskussionslos angenommen hatten, obwohl er daran nicht gezweifelt hatte, da es auch den Idealen seiner Kollegen entsprach. Dass er allerdings schon viel weitergedacht hatte und seine Idee nur ein erster Schritt war, hatte er ihnen wohlweislich nicht erzählt.

In den darauffolgenden Wochen staunten zahlreiche Gläubige in den Predigten in ihrer Gemeinde oder die Zuschauerinnen und Zuschauer von Talkshows mit der Beteiligung von Geistlichen über die pointierten Äusserungen zahlreicher Priester, Bischöfe oder anderer klerikaler Würdenträger über den Islam und welche Gefahr dieser für den Westen mittlerweile darstellen würde.

3

Die französische Präsidentin war ausser sich vor Wut nach dem Attentat in Paris. Bisher wusste man bloss, dass es sich um einen Selbstmordattentäter, der sich in die Luft gesprengt, sowie um eine Autobombe gehandelt hatte, die mitten in einer der belebten Touristenzonen explodiert war. Einer zufällig in der Nähe befindlichen Armeepatrouille war es wahrscheinlich zu verdanken, dass nicht noch mehr passiert war, konnte diese doch eine Tasche mit Waffen und Munition beim Tatort sicherstellen, was darauf hindeutete, dass sich noch mehr Terroristen vor Ort befanden, die aber nicht zu ihrem Einsatz gekommen waren.

Die Ermittlungen kamen wie immer schleppend voran und der von Europol für die Ermittlung der Terroranschläge in Europa in den letzten Monaten eingesetzte Pierre Barbu taugte ihrer Meinung nach wenig. Der hochdekorierte und ausgezeichnete Ermittler war von den Polizeiministern der Europäischen Union vor allem deswegen mit der Aufgabe betraut worden, da er im Libanon aufgewachsen war, fliessend Arabisch sprach und sein Vater die Ermittlungen der Anschläge auf die französische Armee in Beirut in den Achtzigerjahren geleitet hatte.

Für die Präsidentin war dies noch kein valabler Grund für eine Ernennung und seine Langsamkeit bestätigte sie. Was sie nun brauchte, waren rasche Resultate, welche die Angst in der Bevölkerung dämpften, sie konnte nicht riskieren, dass der Tourismus in Paris plötzlich einbräche. Zudem setzte sie klar auf mehr Überwachung und die Installation von Kameras an allen neuralgischen Punkten in der Stadt.

Selbstverständlich lud sie die Regierungschefs der EU zu einem Krisengipfel nach Paris ein, der gleichzeitig zum solidarischen Traueranlass genutzt wurde, um der Opfer des Anschlages zu gedenken. Das Treffen selbst brachte erwartungsgemäss nichts ausser der Erkenntnis, dass die europäischen Staaten noch immer weit davon entfernt waren, sich gemeinsam und zum Wohl aller auf eine Linie zu einigen und sich miteinander gegen den Terror zu verbinden. Vom spanischen Ministerpräsidenten, der sich wegen Datenschutz und Menschenrechten gegen mehr Kontrolle wehrte, bis zu den osteuropäischen Staaten, die für mehr Kontrolle waren, dies aber gleichzeitig als Mittel sahen, etwas mehr Geld aus einem EU-Topf zu erhalten, reichten die nutzlosen Ideen der Teilnehmer.

Immerhin erhielt sie damit eindrückliche Fernsehbilder, die um die ganze Welt gingen und ein Gegengewicht zu den verstörenden Reportagen voller Blut, Autowracks, zerborstenen Schaufenstern und Leuten bildeten, die den Tathergang aus ihrer Perspektive schilderten. Die europäischen Staatschefs vereint in der Kathedrale von Paris, ergreifende Chöre, der Besuch des vorher sorgfältig aufgeräumten und hergerichteten Tatorts sollten etwas Vertrauen zurückbringen und den Touristinnen und Touristen zeigen, dass Paris nach wie vor sicher war und die Politik alles unternähme, um solche schrecklichen Taten zu verhindern.

Die Präsidentin tat, was sie in solchen Situationen immer tat, sie verliess sich nicht auf Europa. Neben Europol wies sie ihren eigenen Geheimdienst an, zu ermitteln und nahm damit in Kauf, die europäische Zusammenarbeit ebenso zu unterlaufen, wie sie es ihren Amtskollegen bei allen passenden und unpassenden Gelegenheiten immer wieder vorwarf. Kurz darauf erschien der Geheimdienstchef Frédéric Maître im Élysée-Palast.

Maître hatte schon zahlreiche Einsätze hinter sich und zählte wohl zu den besten Fachleuten auf seinem Gebiet.

Neben seiner militärischen Ausbildung war er Absolvent der französischen Eliteschule für Verwaltungsbeamte ENA, wodurch er die meisten führenden Politikerinnen und Politiker kannte, was bei seiner Arbeit sehr nützlich war. Er informierte die Präsidentin über seine Erkenntnisse, welche die Öffentlichkeit bisher noch nicht erfahren hatte. So ging er von drei bis vier Attentätern aus, von denen sich einer mitten in einer Touristengruppe in die Luft gesprengt hatte. Die anderen Terroristen hätten wohl auch noch zum Einsatz kommen sollen, flüchteten jedoch plötzlich und hinterliessen nicht nur Munition, sondern auch Waffen in der Nähe des Tatorts. Die Vermutung lag nahe, dass die Bombe zu früh detoniert war und das geplante Attentat somit nicht mehr richtig durchgeführt werden konnte.

Von anderen Anschlagsversuchen und -plänen etwa aus Deutschland wusste Maître, dass verschiedene Gruppen planten, sich bei einem Attentat in der Nähe der Explosion zu postieren und danach auf Flüchtende zu schiessen, um das Blutbad zu vergrössern. Diese Schilderungen stimmten die Präsidentin nicht gerade zuversichtlicher. Trotzdem war sie erleichtert, dass das Attentat nicht verheerender herausgekommen war. Die Frage war nur, ob damit das Schlimmste überstanden sei oder nach diesem Versuch bereits der nächste Überfall in Planung war. Daher sagte sie ihrem Geheimdienstchef alle Vollmachten, die er brauchen würde, und ihre volle Unterstützung zu.

4

Jeden zweiten Donnerstag besuchte Piet seinen Verleger am Boulevard de Sébastopol. Dabei kam er wie immer an einem Alters- und Pflegeheim mit einer grossen Auffahrt vorbei. Auf einem Personalparkplatz stand ein kleiner weisser Nissan, den er im ersten Moment beinahe übersehen hatte. Das Walfischlogo einer Reederei und das belgische Nummernschild machten ihn stutzig und er erinnerte sich, dass er das Auto irgendwo gesehen hatte.

Nach seinem Verlegerbesuch ging er zurück zum Heim und betrachtete sich den Wagen nochmals. Das Nummernschild hatte noch immer dieselben Ziffern wie seine Handynummer, und nun kam ihm in den Sinn, dass er den Wagen vor dem Attentat vor seinem Lieblingsbistro bereits einmal gesehen hatte. Und plötzlich erinnerte er sich an die beiden Männer, die in der ganzen Panik seelenruhig zum Nissan geschlendert waren und dort eine Tasche deponiert hatten, ohne anschliessend wegzufahren.

Aus der Berichterstattung wusste er, dass die Polizei noch weitere Attentäter vermutete, die aber nicht zum Einsatz gekommen waren. Wäre es möglich, dass er zufällig auf eine heisse Spur gestossen war? Obwohl er weder an Schicksal noch an Zufall glaubte, begann er, seine Erinnerungen auf weitere Informationen abzusuchen.

Beinahe automatisch trieb es ihn zu diesem Altersheim hin, in der vagen Hoffnung, dort etwas zu entdecken. Als er im Eingangsbereich stand, fiel ihm auf, dass der Grossteil der Pfleger Araber waren oder zumindest aus dem Nahen Osten zu stammen schienen, was in Paris allerdings keine Seltenheit war.

Irgendwie musste er sich hier Zugang verschaffen, damit er das Heim etwas genauer unter die Lupe nehmen konnte und er suchte nach einem Vorwand. Dieser präsentierte sich plötzlich, als ein Lehrling mit einer gepflegten, hochbetagten Dame im Rollstuhl erschien und sich bei der Rezeptionistin beklagte. «Frau Groot spricht wieder einmal nur Niederländisch und ich verstehe kein Wort. Weshalb werden die Leute heutzutage denn immer älter und dementer, das bringt doch nichts», wetterte er.

Piet konnte am Rollstuhl den Vornamen erkennen und hatte eine Idee. Er ging kurz darauf an die Rezeption und fragte nach Marie Groot. «Ich bin ein entfernter Grossneffe von ihr und wollte sie besuchen, da ich neu nach Paris gezogen bin», sprach er mit betont niederländischem Akzent. Die Dame an der Rezeption schaute kurz auf und war sichtlich erfreut, dass nun jemand aufgetaucht war, der die Wünsche dieser Bewohnerin für sie übersetzen konnte. Sie fragte Piet nach seinem Ausweis und seiner Telefonnummer und führte ihn in die Demenzabteilung im dritten Stock.

Marie Groot sass in einem grossen, lichtdurchfluteten Gemeinschaftsraum mit ein paar weiteren Demenzpatienten. Piet stellte sich ihr vor und erzählte, dass sein Grossvater als junger Mann wie viele Holländer nach Südafrika ausgewandert war und er nun nach Paris gezogen sei. Zu Hilfe kam ihm bei dieser Geschichte, dass er effektiv südafrikanische Verwandte hatte und für seine Reportagen und Reiseberichte über lange Zeit immer wieder dort gewohnt hatte. Marie Groot wusste zu Beginn nicht, was mit ihm anfangen. Sie hatte drei Halbbrüder, die sich vor etwa siebzig Jahren nach Johannesburg abgesetzt hatten und mit denen sie nur selten Kontakt hatte. Jeweils zu Weihnachten hatte sie von ihnen Bildbände über Südafrika geschenkt bekommen, war aber selbst nie dort gewesen.

Der junge, sympathische Mann konnte durchaus mit ihr verwandt sein. Auf jeden Fall sprach er Holländisch, kannte sich in Südafrika wirklich aus und schien auch ihre Verwandtschaft zu kennen. Auf der anderen Seite bekam sie ohnehin nie Besuch und es spielte für sie eigentlich keine grosse Rolle, ob dies nun wirklich ihr Grossneffe war oder nicht. Sie konnte endlich mit jemandem sprechen, der ihr zuhörte und der ihre Wünsche ans Personal weitergeben konnte.

Piet hörte Marie Groot beim Erzählen zu und versuchte, all ihre Informationen bei sich zu speichern. Marie war zu Beginn sehr unsicher, ob sie wirklich einen Verwandten vor sich hatte und versuchte, ein paar Fangfragen in ihre Erzählung einzubauen. Ihre Konzentrationsfähigkeit hatte inzwischen so nachgelassen, dass sie sich bei Piets Antworten nicht immer erinnern konnte, was sie eine Minute zuvor gefragt hatte. Auch wich er diesen Fallen aus, erzählte aber selbst einiges aus seinem Familienleben, das durchaus mit der anderen Erzählung zusammenpasste. Dank seinen Ortskenntnissen und seinen eigenen Erfahrungen in Südafrika konnte er die beiden Familiengeschichten einander angleichen und es so erscheinen lassen, als wären Maries Verwandte wirklich seine eigenen.

Marie Groot schienen gewisse Unstimmigkeiten nicht zu kümmern. Endlich konnte sie ihre zahlreichen Geschichten loswerden, über die Ungerechtigkeit wettern, dass ihr Halbbruder schon in der Jugend immer mehr gehabt hatte und wie gerne sie selbst seinerzeit ausgewandert wäre. Sie beklagte sich auch über gewisse Zustände im Heim, dass sie manchmal kein Abendessen bekämen und manchmal drei und bat Piet, mit der Altersheimleitung zu sprechen, was dieser versprach. Vielleicht konnte er bei einem Besuch bei der Heimleitung auch sonst einiges in Erfahrung bringen.

Im Aufenthaltsraum sassen noch ein paar weitere demente Patientinnen und Patienten. Die meisten waren in sich versunken und nahmen die Umwelt kaum mehr wahr oder sie philosophierten lautstark vor sich hin. Marie hatte kaum Kontakte im Heim ausser mit einer immer schwarz gekleideten Elsässerin, die von ihrem verstorbenen Mann erzählte, einer früheren Opernsängerin, einem ehemaligen Buchhalter mit Nickelbrille und einem Mann mit weissen Haaren, der aus Jordanien oder Jemen kam oder irgendeinem Land, das mit J begann, dessen Name ihr entfallen war.

Immer wieder versuchte Piet, durch die grossen Fenster einen Blick in den riesigen Garten zu erhaschen, wenn Marie dies nicht bemerkte. Irgendwann sah er einen Mann durch den Garten eilen und am Ende wie durch eine Mauer verschwinden. Später tauchte an derselben Stelle ein anderer Mann auf und Piet war sich sicher, dass er dort keine Tür gesehen hatte.

Als er endlich bei Marie Groot aufbrach, wollte er in den Garten gehen und selbst nachschauen, was er von oben gesehen hatte. Aber der Garten war für die Patienten bereits geschlossen und die Tür konnte nur mit einem Badge geöffnet werden. Er musste daher Marie nochmals besuchen.

Marie hatte seit Langem keinen solch anregenden Nachmittag mehr erlebt, auch wenn sie nicht sicher war, ob Piet wirklich ihr Neffe war. Sie fragte den Herrn aus dem Land, das mit J begann, was er dazu meine und ob er ihrem Besucher glauben würde, worauf dieser nur verständnislos mit den Schultern zuckte.

5

Der Raum war schmucklos, ärmlich und das Mobiliar bestand aus einem schäbigen Holztisch, ein paar Stühlen und einem Kühlschrank. Die Wände waren aus unverputztem Mauerwerk, eine Neonröhre beleuchtete das Zimmer und im Nebenraum war ein altes Bettgestell mit einer uralten, rot-weiss gestreiften Matratze zu sehen, die an den Rändern abgeschabt war.

Sie trafen sich zu fünft zum vereinbarten Zeitpunkt, das heisst, jeder mit etwa fünf Minuten Abstand, falls jemand verfolgt worden wäre. Diese Vorsicht war allerdings ziemlich unbegründet, denn alle wirkten wie heruntergekommene Kleinkriminelle, Dealer oder Sozialhilfeempfänger, die auf der Strasse praktisch unsichtbar waren und von niemandem beachtet wurden.

Sie waren sich schon ein paar Mal begegnet, ohne etwas voneinander zu wissen, nicht einmal ihre Namen. Nur ihr Chef, den alle «Vater» nannten, musste mehr wissen, denn sonst hätte er sie weder einladen noch ihnen Befehle geben können. Auch lebten sie in verschiedenen Städten, die sie jedoch aus Sicherheitsgründen immer wieder wechseln mussten. Ihr Leben war allerdings so karg und einfach, dass ihnen dies nicht viel ausmachte.

Vater übte zuerst eine strenge Manöverkritik und kanzelte einen der Teilnehmer ziemlich heftig ab. «Der Anschlag in Paris war unprofessionell und du hast klar gegen unsere Weisungen gehandelt. Du hattest deine Kollegen überhaupt nicht im Griff, sie sollten nach der Explosion der Autobombe auf die flüchtenden Touristen schiessen», sagte er in scharfem Ton. «Und nun sind sie sogar unterge-

taucht und du musst sie sofort stellen und eliminieren.»
«Dazu muss ich aber zurück nach Paris und alle Verkehrswege werden immer noch stark überwacht», entgegnete der Angeschuldigte, auch wenn ihm klar war, dass er nicht widersprechen durfte. Ebenso war er unsicher, was mit ihm anschliessend geschehen würde.

Das wusste allerdings niemand im Raum, denn die Organisation war so aufgebaut, dass jeder nur eine Verbindungsperson zur nächsthöheren Ebene kannte sowie die ihm untergebenen Personen. Die für eine Aktion benötigte Infrastruktur wie Waffen, Sprengstoff, Pässe, Handys, aber auch Geld, Wohnungen oder Fahrzeuge wurde jeweils zur Verfügung gestellt oder konnte von der nächsten Entscheidungsebene angefordert werden.

Für die Kommunikation diente ein ausgeklügeltes Netzwerk. Harmlose Websites und deren Foren wurden dazu genutzt, verschlüsselte Botschaften zu übermitteln, etwa durch Kommentare bei Softwarediskussionen. Sah ein Vertreter der Organisation eine Frage zu einer Computerfehlermeldung mit dem Namen eines bestimmten Absenders, konnte er in anderen Foren weitere Informationen zusammensuchen wie Termine, Adressen oder Telefonnummern, die er kontaktieren musste. Auf diese Weise konnte das Internet genutzt werden, ohne Spuren zu hinterlassen, da keinerlei Zusammenhänge ersichtlich waren.

Vater hätte gerne etwas mehr gewusst als nur, dass er sich für eine gute Sache im Namen Allahs einsetzte. Immerhin konnte er konkrete Aktionen und Anschläge planen und sah anhand der Reaktionen der Staaten, der Polizei, der Medien und der Gesellschaft, dass diese zur Destabilisierung des Westens führten.

Auch über das neue Unterfangen war er kaum informiert. Trotzdem erläuterte er stolz: «Wir sind dazu ausersehen, etwas viel Grösseres zu schaffen, ein Symbolbild für den Westen, das wir ihm für immer rauben respektive unverrückbar in alle Zukunft mit uns verbinden. Die Aktion ist komplizierter als alles Bisherige und bedarf präziser Arbeit. Patzer wie Paris können wir uns nicht mehr leisten.» Dabei überlegte er sich, mit welchen Sanktionen er eigentlich einem überzeugten Selbstmordattentäter überhaupt drohen könnte, verwarf den Gedanken aber sofort wieder.

Vom nächsten Auftrag hatte er immerhin schon Informationen über die Stadt erhalten. Sein Vorgesetzter, den er vor Kurzem getroffen hatte, schärfte ihm damals ein, dass er vor allem die Vorbereitung so sorgfältig gestalten solle, dass möglichst wenig Spuren hinterlassen würden. Dies sei entscheidend, da der Aufschrei diesmal nach dem Attentat besonders gross würde. Vor allem dürften die Grenzen noch besser gesichert und kontrolliert werden, was eine Flucht und ein Untertauchen etwas erschwerte. Vater schilderte den geplanten Ablauf, wer wofür zuständig war und wie sie sich organisieren sollten. Das Anschlagsziel und die dazugehörige Stadt sollten die vier allerdings erst später erfahren, um das Unternehmen nicht zu gefährden. Jeder würde einen separaten Einsatzplan erhalten.

Nachdem die anderen gegangen waren, überlegte sich Vater, wie er das Problem mit seinen Attentätern in Paris lösen sollte. Dabei schmunzelte er, denn vermutlich hatte er es mit seinem nächsten Projekt bereits gelöst.

6

Die Art Basel Miami Beach war wieder einmal das Highlight der Saison, auch wenn es nicht einfach war, das exaltierte Leben der Reichen und Schönen an der Südspitze Floridas mit ihren lauten, farbigen Partys und all dem Luxus zu toppen. Einer der wichtigsten Kunstmessen der Welt gelang dies doch immer wieder. Die Reichen und Schönen strömten mit ihren Privatjets, Booten oder auf dem Landweg zu diesem Anlass, alle versuchten, ein VIP- oder Vorvernissageticket zu erhalten, denn die interessantesten Kunstwerke waren meist schon verkauft, wenn das normale Publikum Einlass erhielt.

Der deutsche Kunsthändler Arno Schmitz gehörte seit Jahren zu den prominenten Ausstellern und hatte sein Vermögen zur Hauptsache mit Kunst gemacht. Zu den Kunden seiner drei Standorte in München, San Diego und Hongkong zählten sowohl namhafte Sammlerfamilien wie auch reiche Anleger, die zwar von Kunst nichts verstanden, aber auf seine Empfehlungen hörten. Auch verstanden nicht alle in der Branche, weshalb er San Diego, das kunstmässig nichts bot, dem spannenderen Los Angeles vorzog. Für ihn war die Grenznähe zu Mexiko und damit zu Mittelamerika ein unschlagbares Argument.

Zu den Besonderheiten seines diesjährigen Stands gehörten zwei Werke von Amedeo Modigliani, die nicht zu den wichtigsten Werken des Künstlers zählten, aber immerhin für total siebzehn Millionen Dollar angeboten wurden. Und ganz besonders war, dass die Werke bereits verkauft waren, als sie von Schmitz für die Messe verschickt worden waren. Sein Verkaufsanteil war mit zwei Millionen vergleichsweise bescheiden, verdiente er normalerweise doch bis zu fünfzig Prozent des Verkaufspreises, nur musste er sich in diesem Fall weder um Verkäufer noch Käufer kümmern, was die kleinere Marge vollumfänglich rechtfertigte.

Die VIP-Vernissage war in vollem Gang mit Champagner an jeder zweiten Ecke, aufgetakelten Damen und Herren in diesem betont legeren Look, damit sie nicht als steife Banker oder Finanzanalysten identifiziert würden, sondern als Kunstliebhaberinnen und -liebhaber, die noch so abstruse Werke verstehen und bewundern. Man traf sich, um über die letzte Messe oder Ausstellung zu schnöden, begeistert von eigenen Entdeckungen und Käufen zu schwärmen, das Gegenüber eifersüchtig zu machen oder sich über ein Wiedersehen zu freuen.

Mike Evans, ein initiativer Kunstbroker, war ebenfalls unterwegs. Er fühlte sich in dieser Umgebung zu Hause, für seine Kundschaft besuchte er praktisch alle grösseren Messen, kannte zahlreiche Galeristen, Künstler und Museumskuratoren und kam an Vernissagen kaum vorwärts, ohne alle paar Meter jemanden zu begrüssen oder ein Gerücht auszutauschen. Dieses Mal war allerdings sein Ziel bereits klar, denn er war mit Arno Schmitz verabredet. Die beiden kannten sich nicht persönlich, hatten aber schon ein paar Geschäfte miteinander gemacht.

«Ich interessiere mich für die beiden Modiglianis», begann Evans das Gespräch und nannte das vereinbarte Codebegrüssungswort. «Nehmen Sie Platz», entgegnete Schmitz, der nun wusste, dass dies sein Käufer sein würde. Bereits mehrere Male hatte er am Abend Anfragen ablehnen müssen mit dem Hinweis, die beiden Bilder seien bereits reserviert und hatte gehofft, dass auch alles klappen würde. Die beiden sprachen ein wenig über den Kunstmarkt, die Entwicklungen und die aktuelle Messe. «Wahrscheinlich gehe ich recht in der Annahme, dass Sie nicht der eigentliche Käufer sind, sondern diesen nur vertreten», fragte Schmitz den Amerikaner. «Ja natürlich, auch wenn ich die beiden Werke gerne in meiner Sammlung haben würde, sind sie noch eine Schuhnummer zu gross für mich.» «Wollen Sie die beiden Werke selbst mitnehmen oder sollen wir sie liefern?», fragte Schmitz weiter. «Ich hoffe, sie bleiben nicht in den USA.» «Nein», entgegnete Evans. «Ich lasse sie am Messeende abholen und sie werden auf die Bahamas gebracht.» Schmitz war erleichtert, die Bilder waren noch immer in einem Freilager und somit nicht in die USA importiert worden, was steuerlich alles viel einfacher machte.

Als sie den Kaufvertrag unterschrieben hatten, übergab Evans seinem Gegenüber einen Schlüssel und entsprechende Codes. Die Bezahlung fand in bar statt, das heisst, der Spediteur von Evans hatte das Geld zusammen mit Werken, die er an die Messe gebracht hatte, Mobiliar für zahlreiche Aussteller, Katalogen, Beleuchtungen, klimatisierten Kisten für Kunstwerke und sonstigem Material mitgebracht und im Backoffice-Bereich der Messe sicher gelagert. Dort konnte es vom Spediteur von Schmitz nun abgeholt und auf die gleiche Weise wieder aus der Messe gebracht werden, ohne dass irgendjemand davon Notiz genommen noch der US-Zoll oder die Steuerbehörden davon erfahren hätten. Die Modiglianis selbst waren auch nur via Zollfreilager in die Messe gelangt und der neue Besitzer konnte von den günstigen Importkonditionen der Bahamas profitieren. Das Zollfreilager bot zudem den Vorteil, dass ein Bild nur dann in ein Land importiert werden musste, wenn es verkauft wurde und sonst nach der Messe wieder zollfrei an die Galerie zurückgesandt werden konnte.

Wie immer bei bekannteren Werken war die Provenienz wichtig, eine Art Biografie eines Werks, die möglichst lückenlos alle Besitzerinnen und Besitzer aufzeigte, was dessen Wert steigerte. Bei den nun verkauften Werken war dies leider nicht möglich, da sie während des Zweiten Weltkriegs in Frankreich verschollen und erst vor Kurzem über einen Händler von einer öffentlichkeitsscheuen französischen Adelsfamilie zum Verkauf angeboten worden waren. Glücklicherweise fand etwa zum selben Zeitpunkt eine grosse Auktion statt, bei der ein Werk wieder einmal einen Weltrekord brach. Die Medien stürzten sich auf dieses Ereignis, weshalb sich kaum jemand für die beiden Modiglianis interessierte, die in Miami Beach gezeigt wurden, besonders auch, da sich Schmitz nicht besonders darum gekümmert hatte, dies publik zu machen. Den Käufer interessierte die Geschichte der beiden Kunstwerke nicht sonderlich und er wollte keine schlafenden Hunde wecken, da es im Kunstmarkt von findigen Anwälten und Journalisten wimmelte, die hinter jedem nicht deklarierten Bild stets Raubkunst witterten.

Sowohl Evans als auch Schmitz waren sehr zufrieden mit ihrem Handel und der Vernissage, wobei Evans natürlich nur einen etwas kleineren Anteil am Verkauf hatte. Wenigstens taten solche Verkäufe seiner Biografie gut und deckten trotzdem seine ziemlich hohen Lebenskosten. Was die beiden nicht wussten, war, dass die französische Adelsfamilie nie im Besitz der beiden Modiglianis gewesen war und von diesem Verkauf wohl nie erfahren würde, sondern die Bilder bei Schmitz eingeschleust und der Käufer vom Verkäufer organisiert worden war, um Gelder verschwinden zu lassen.

7

Der Nachmittag im Demenzheim beschäftigte Piet noch einige Stunden. Inzwischen hatte er recherchiert, wem das Heim gehörte, und stiess auf eine Investorengruppe aus Katar, was an und für sich nicht ungewöhnlich war, besass das Scheichtum auch den Fussballklub Paris Saint-Germain, die Warenhauskette Le Printemps und einige weitere renommierte Institutionen in Frankreich und Europa. Trotzdem passte ein solch kleines Unternehmen nicht in dieses Schema.

Der Zufall wollte es, dass er am Abend an ein Journalistendinner eingeladen war und dort Mireille Legros traf. Mireille war Investigationsjournalistin, hatte bereits zahlreiche Wirtschaftsreportagen gemacht und erhielt mehrfach Auszeichnungen dafür. Piet hatte sie vor Jahren kennengelernt, eine kurze Affäre mit ihr gehabt und war ihr danach immer freundschaftlich verbunden geblieben. Zu vorgerückter Stunde erzählte er ihr seine Geschichte und bat sie um Hilfe, hatte er doch zu wenig Kenntnisse, um wirtschaftlichen Verflechtungen nachzugehen und um sie bewerten zu können.

Mireille fand es etwas übertrieben, das Altersheim mit einem Terroranschlag in Verbindung zu bringen, aber einerseits mochte sie Piet noch immer und andererseits war sie ohnehin im Thema drin und recherchierte über industrielle Beteiligungen in Frankreich.

Am nächsten Morgen machten sie sich gleich nach dem Frühstück an die Arbeit. Während sie die Besitzverhältnisse zu untersuchen begann, analysierte er die Medienberichte und Meldungen zum Anschlag, um herauszufinden, ob es irgendwelche Hinweise zu den Tätern und dem Attentat gab, die für ihn interessant sein und Aufschlüsse darüber geben könnten, ob sich seine Beobachtung erhärten liesse.

Die Medienberichte waren kaum aufschlussreich. Zwar wurde kurz nach dem Anschlag berichtet, dass am Tatort mehrere Waffen und Munition gefunden wurden, was weitere Täter vermuten liess. Die Polizei schien diesen Punkten nicht nachzugehen oder wollte keine zusätzliche Verunsicherung in der Bevölkerung schüren. Überhaupt gab es ausser ein paar Spekulationen darüber, welcher Ableger welcher Terrororganisation nun in Paris zum Einsatz gekommen war, kaum schlüssige Berichte. Die Medien wandten sich lieber herzergreifenden Geschichten einzelner Opfer und deren Angehörigen zu.

Mireille selbst konnte auch wenig in Erfahrung bringen. Das Heim gehörte einer Investorengruppe, die ihrerseits von zwei anderen Gruppen kontrolliert wurde. Das Netz der Beteiligungen wies in den Mittleren Osten mit Schwerpunkt in Katar und im Emirat Schardscha. Immerhin fand sie heraus, dass diese Gruppe nicht nur das Heim betrieb und die Liegenschaft besass, sondern sämtliche Liegenschaften in diesem Strassenviereck mit zahlreichen Wohnungen, aber auch Handwerksbetrieben und Kleingewerbe, das wohl finanziell kaum lukrativ war. Zudem bestand keine Möglichkeit, diese Blöcke abzureissen und ein Geschäftshochhaus zu errichten, was Voraussetzung für ein gewinnbringendes finanzielles Engagement gewesen wäre. Es musste wohl einen anderen Grund geben, weshalb sich die Investoren für diese Objekte entschieden hatten.

Die zwei Journalisten beschlossen, Marie Groot nochmals einen Besuch abzustatten. Piet würde Mireille als seine Freundin ausgeben. Sie sollte mit der Heimleitung sprechen, angeblich wegen ein paar Reklamationen der alten Dame, die sie Piet gegenüber geäussert hatte. Er würde nach dem Besuch bei Marie den Garten untersuchen.

Die beiden wurden an der Rezeption freundlich empfangen. Offenbar gab es nur wenige Besucher und deshalb wurde Piet sofort wiedererkannt. Marie freute sich ebenfalls und auch darüber, dass Piet seine äusserst sympathische Freundin mitgebracht hatte, auch wenn sie leider kein Holländisch sprach. Auch der Mann aus Jordanien oder sonst einem Land mit J nickte ihnen freundlich zu. Mireille wollte sogleich zur Verwaltung des Heims gehen und sich um Maries Beschwerden kümmern. Diese war vor allem mit der medizinischen Betreuung unzufrieden, die ihr ihre Medikamente verweigerte, mit dem Essen und der Tatsache, dass ab 19 Uhr abends kaum noch jemand vom Betreuungspersonal gerufen werden konnte.

«Unser Alters- und Pflegezentrum wurde ursprünglich für gut situierte Muslime gegründet, die in Paris ihren Lebensabend verbringen möchten», erwiderte der Verwalter, als er von Mireille auf den Besitzer angesprochen wurde. «Dies war der Wille der Familie, die hinter den Investoren steht. Doch die Grosswetterlage hat sich in den letzten zwei Jahrzehnten verändert und die Fremdenfeindlichkeit so zugenommen, dass die meisten Araber es vorziehen, im Alter in ihre Heimat zurückzukehren. Deshalb haben wir unsere Altersresidenz nun auch für Nichtmuslime geöffnet mit Full Service, also auch ohne Einschränkungen bei der Ernährung oder im Fastenmonat. Geblieben sind die günstigen Konditionen, da wir grosszügige Unterstützung erhalten.»

Viel mehr konnte Mireille nicht in Erfahrung bringen. Weder schien der Verwalter zu wissen, wem die Liegenschaften in der Umgebung gehörten, noch wie das Personal rekrutiert wurde. Am Ende ihres Gesprächs war sie überzeugt, dass Piet wohl übertrieben hatte und nichts Verdächtiges vorlag. Sie konnte auch nicht sehen, dass der Verwalter nach dem Gespräch auf seinem Computer die Information über die Familiengeschichte, die er von Marie

Groot hatte, mit Piets Lebenslauf verglich und kaum Berührungspunkte zwischen den beiden Familien ausmachen konnte.

Nachdem Mireille zu Marie in den Aufenthaltsraum mit den verschiedenen dementen Bewohnerinnen und Bewohnern zurückgekehrt war, machte sich Piet auf den Weg und verschwand unter einem Vorwand im Garten. Dieser war im zum Haus gelegenen Teil sehr gepflegt und wirkte, je weiter man sich davon entfernte, desto verwilderter. Piet folgte den unscheinbaren Trampelpfaden und gelangte zur Gartenmauer, die das Grundstück abschloss. Mitten in dieser Mauer fand er eine Metalltür, die neueren Datums war und aussah, als wäre sie in letzter Zeit benutzt worden. Allerdings wies sie weder einen Griff noch ein Schloss auf und Piet sah keine Möglichkeit, wie er sie hätte öffnen können. Zwar suchte er rings um die Tür die Umgebung ab, entdeckte aber keinen Hinweis auf einen Öffnungsmechanismus. Ebenso wenig bemerkte er die kleine Überwachungskamera, die diskret in die Mauer eingelassen war.

Nachdem sich die beiden von Marie verabschiedet hatten mit dem Versprechen, bald wiederzukommen, inspizierten sie das Gebäudeviereck. Der Bau, der mit seinem Garten wohl an den Altersheimgarten grenzte, sah ziemlich heruntergekommen aus. Bereits vor dem Gebäude lungerten zahlreiche Jugendliche in ihren Hoodies, rauchten oder kifften und hörten sich Musik an. Die meisten waren wohl arbeitslos, Sozialfälle oder sonst aus dem Raster der Gesellschaft gefallene Individuen und es war für Mireille und Piet undenkbar, zwischen diesen Leuten das Haus zu betreten und sich umzusehen. Piet wollte sich auf seinem Handy nochmals die genaue Lage des Hauses anschauen, ob es sich wirklich gegenüber des Altersheims befand. Dabei wurde er stutzig, war doch das WLAN-Netz für diese Wohngegend ausserordentlich stark und stabil, was in Paris eher ungewöhnlich war.

8

Der Mailänder Dom gehört zu den imposantesten Kirchengebäuden in Italien. Majestätisch thront er mitten in der Altstadt mit einem grossartigen, weiten Vorplatz und Umschwung auf alle Seiten. Schon am frühen Morgen bildeten sich lange Schlangen von Touristen aus Asien bis Amerika, Gläubigen, Kunstkennern mit ihren Kunstreiseführern, Familien mit quirligen Kindern, die mitgekommen waren, da ihnen anschliessend ein Eis versprochen worden war und Schulklassen, die sich von ihren Lehrerinnen und Lehrern kaum bändigen liessen. Auf dem Platz verkauften fahrende Händler Kitschpostkarten, Jo-Jos, Wimpel mit dem aufgedruckten Bild des Papsts oder dem Logo von AC Milan.

Im Kircheninnern war es wesentlich ruhiger, die überall präsenten Kerzen und die Farben der Kirchenfenster sorgten für eine feierliche Atmosphäre und die Besucherinnen und Besucher waren von den ausladenden Dimensionen des gewaltigen Kirchenschiffs beeindruckt. Hinzu kamen der Duft von Weihrauch, die Schritte der Menschen, die vom Steinboden widerhallten und die jahrhundertealte Geschichte, die wie ein Gewicht über dem Gebäude lag.

In den Bänken im Mittelschiff sassen zahlreiche Leute. Zum Teil handelte es sich um Gläubige, die zum Beten gekommen waren, zum grossen Teil aber um Touristinnen und Touristen, die vom langen Anstehen erschöpft waren und froh, dass sie sich nun irgendwo setzen konnten. Alle filmten, schossen Fotos oder Selfies und wollten somit selbst zum Teil dieses grossartigen Bauwerks mit seinen imposanten Gemälden, den bemalten Fensterscheiben und der beinahe in den Himmel ragenden Orgel werden.

Nonnen waren daran, Schulklassen, die sie beaufsichtigten, zu ermahnen, sich in der Kirche ruhig zu verhalten, Priester gaben Auskünfte und Besuchergruppen lauschten ihren Fremdenführern, die mit Wimpeln an ihren Regenschirmen versuchten, alle zusammenzuhalten. Die Explosion wirkte zuerst wie ein Element aus einer Welt, das nicht in eine Kirche passte. Doch der grelle Blitz, die gewaltige Rauchwolke und die Druckwelle belehrten die Besucher eines Besseren. Zahlreiche Glassplitter der zerberstenden Fenster prasselten auf die Menschen nieder, Holzteile der Bänke flogen durch die Luft, gefolgt von aus der Wand gerissenen Metallabsperrungen der Seitenaltäre. In Panik versuchten Gläubige und Touristen zu fliehen, drängten zum Ausgang, schoben sich gegenseitig und drückten einander gegen Wände und auf den Boden. Schreie waren zu hören, Verletzte mit zerfetzten Kleidern und blutigen Körpern mischten sich unter die Anwesenden und alle versuchten, möglichst rasch durch die engen Ausgänge an der Stirnseite zu fliehen.

Offenbar hatte sich der Anschlag im rechten Seitenschiff ereignet, einem Ort, an dem sich neben den Altären aus dem vierzehnten und fünfzehnten Jahrhundert auch zahlreiche Gräber und Glasfenster mit Szenen aus dem Alten Testament befanden. Die Aussenmauern des Gebäudes schienen intakt und der Dom stürzte auch nicht zusammen. Trotzdem verwandelte sich das Innere des Doms innert kürzester Zeit in ein Inferno. Eltern suchten ihre Kinder, andere versteckten sich hinter Säulen, Gräbern oder flüchteten in die Sakristei, die aber eine Sackgasse bildete und keinen Ausgang besass, und wiederum andere warfen sich zu Boden aus Angst, es könnten noch weitere Anschläge drohen oder Bewaffnete auf alles schiessen, was sich bewegt. Erschwerend kamen dicker Rauch und Staub hinzu, die den Innenraum einhüllten und die Sicht und das Atmen beinahe verunmöglichten. Durch die mangelnde Luftzirkulation blieben diese wie eine Säule über dem Geschehen schweben.

Wie üblich gab es im Innern des Gebäudes kaum Sicherheitspersonal, da dieses damit beschäftigt war, im Eingangsbereich Taschen zu durchsuchen. Durch die Masse von Besuchenden, die in Panik flüchten wollten, gelang es den Sicherheitsleuten nicht, sich einen Weg ins Innere zu bahnen, auch wenn sie dort wohl kaum hätten ordnend eingreifen können.

Nach wenigen Minuten trafen Polizei, Feuerwehr und zahlreiche Ambulanzen ein und begannen, die Betroffenen zu betreuen, Wunden zu verbinden und schwerer Verletzte in die umliegenden Krankenhäuser zu bringen. Dem Einsatzleiter der Rettungskräfte bot sich ein Bild der Verwüstung und die ersten Spuren sowie die Art der Explosion wiesen auf einen Anschlag hin. Später würde er herausfinden, dass es sich um einen Selbstmordanschlag gehandelt hatte.

Draussen begann die Polizei, die Umgebung abzuriegeln. Einerseits wollte sie keine Neugierigen in der Nähe haben, andererseits konnte sie mit Kontrollen möglicherweise fliehende Attentäter finden. Dies war aber alles andere als einfach, befindet sich der Dom von Mailand doch mitten in der Altstadt mit ihren verwinkelten Gassen und zahllosen möglichen Unterschlupfen – und zudem wusste die Polizei gar nicht, wonach sie eigentlich suchte.

Im Vorfeld hatte es zwar verschiedene Hinweise gegeben, dass die Terrorserie in Europa weitergehen würde, nur blieben diese zu ungenau, um konkrete Abwehrmassnahmen einzuleiten. Es blieb nichts anderes übrig, als in mühsamer Kleinarbeit Spuren zu sichern und diese mit anderen Anschlägen abzugleichen. Dies musste aber zum grossen Teil den Geheimdiensten und Europol überlassen werden, da die lokale Polizei damit restlos überfordert war.

Ein paar Hundert Kilometer von Mailand entfernt sass Vater vor seinem Fernseher und freute sich über die Bilder, die er auf beinahe allen Kanälen verfolgen konnte. Auch wenn die benutzte Bombe vergleichsweise klein war, wog der Umstand stärker, dass sie überhaupt ins Gebäude hineingeschmuggelt werden konnte und die gewünschte Wirkung erzielte. Im Vorfeld hatte er seinen Attentäter sogar beruhigen und motivieren müssen, der ob der geringen Reichweite seines Sprengstoffgürtels enttäuscht gewesen war und Angst gehabt hatte, nicht ins Paradies zu gelangen. Aber als er ihm erklärt hatte, wie wichtig und symbolträchtig sein Auftrag sei, war jener zufrieden gewesen.

9

Noch nie hatte Monsignore Montagnola den Papst derart aufgewühlt und wütend erlebt wie kurz nach dem Anschlag auf den Mailänder Dom. Natürlich hatte es immer wieder Überfälle auf Kirchen oder deren Vertreter gegeben, etwa in Ländern mit einer christlichen Minderheit, die dort verfolgt wurde, oder in kriegerischen Auseinandersetzungen. Ebenso wurde die christliche Kirche auch vom Kommunismus oder in China bedrängt, vertrieben oder verboten. Und nicht zu vergessen gab es Kirchenplünderungen und -zerstörungen während der grossen Religionskriege im Rahmen der Reformation. Dies ereignete sich jedoch im sechzehnten Jahrhundert und nicht in den letzten Jahrzehnten.

Der Papst hatte die Kurie zur Förderung der Einheit der Christen einberufen, ein mächtiges vatikanisches Beratungsgremium, dem Montagnola angehörte. Dort berieten sie nun die Situation und wie der Papst darauf reagieren sollte. Was die Lage so unerträglich machte, war, dass das Attentat nicht an einem abgelegenen Ort stattgefunden hatte, sondern mitten im Zentrum des christlichen Abendlands, in dessen Heimatland, auch wenn Italien und der Vatikan eigentlich seit Jahren bereits getrennt waren und es sich genau genommen um ein befreundetes, aber fremdes Land handelte.

Am schlimmsten war sicherlich, dass es Opfer gegeben hatte und dass die Bombe einen beträchtlichen Schaden am Kulturgut angerichtet hatte mit wertvollen farbigen Fensterscheiben, Schnitzereien, Steinmetzarbeiten und zahlreichen Stücken jahrhundertealter Tradition, die unwiederbringlich verloren waren. Darüber hinaus hatte das Attentat aber eine immense Symbolwirkung. Nach allem, was zu jenem Zeitpunkt bekannt war, wiesen die Spuren klar auf einen islamistischen Hintergrund hin, auch wenn bisher keinerlei Bekennerschreiben aufgetaucht war. Damit bildete es einen direkten Angriff auf die Kirche, das Christentum und letztlich auf die westliche Welt und Lebensart. Noch nie war der Terrorismus derart gezielt gegen diese Grundfesten der europäischen Gesellschaft gerichtet gewesen und er wies deutlich in Richtung einer unmittelbaren Konfrontation zwischen Abendland und Morgenland oder weniger pathetisch zwischen Christentum und Islam.

Zu Beginn der Sitzung orientierte der Chefermittler von Europol, Pierre Barbu, über die Erkenntnisse, welche die Behörden bereits hatten. Es war zwar sehr ungewöhnlich, dass ein Externer von der Kurie an eine Sitzung eingeladen wurde, aufgrund der vorliegenden Lage war dieser Schritt jedoch gerechtfertigt. Leider konnte Barbu nicht allzu viele Neuigkeiten vermelden. Immerhin stand mittlerweile fest, dass das Attentat von einer Zelle radikaler Islamisten verübt worden war und sich der Attentäter als Angehöriger des Sicherheitspersonals ausgegeben hatte. Wie so oft waren unterschiedliche Organisationen mit dem Schutz eines solchen Objekts betraut, weshalb lokale und nationale Polizei, private Sicherheitsleute und Militär immer wieder wechselten, einander nicht kannten und unterschiedliche Aufträge und Befehle hatten. Barbu legte dem Vatikan nahe, eine eigene Sicherheitsorganisation für Kathedralen aufzubauen, wobei auch ihm klar war, dass die Vielzahl von Gebäuden, Wallfahrtsstätten oder kirchlichen Einrichtungen dies praktisch unmöglich machte.

Die anschliessende Sitzung, die ohne den Chefermittler stattfand, verlief entsprechend hitzig. Der amerikanische Kardinal Glenn Moriaty wollte die Opfer gleich zu Märtyrern erklären und warf ein, «die Besucher des Mailänder

Doms haben sich für Christus eingesetzt und sind für den Glauben gestorben». Andere befürchteten, dass dies einer Konfrontation noch mehr Vorschub leisten würde und mahnten, die Kirche solle sich still ins Gebet zurückziehen und ja keine Angriffsfläche für einen Konflikt bieten, der sich nicht mehr steuern und bremsen liesse. Leider äusserte sich auch Benoît Lemaire in diese Richtung, was Montagnola etwas ärgerte. Er war bisher davon ausgegangen, in ihm einen treuen Mitstreiter zu haben und es enttäuschte ihn, dass jener offenbar nicht mitziehen wollte.

Der Papst, der einen eher vorsichtigen Charakter hatte, was ihm auch immer wieder vorgeworfen wurde, wollte kein Öl ins Feuer giessen, aber trotzdem seine Empörung zeigen. Dies war der Moment, bei dem Monsignore Montagnola einhaken konnte. «Unsere nobelste Aufgabe ist es, uns für die Einheit der Kirche und unserer christlichen Werte einzusetzen», rief er mit seiner sonoren Stimme ins Plenum. «Wir sollten unseren Weg gehen und weder links noch rechts schauen. Kein einziger Imam hat uns sein Bedauern über den Anschlag ausgedrückt, kein Staatschef eines muslimischen Landes. Anschläge auf die Kirche hat es in der Geschichte immer wieder gegeben, aber wir haben uns dadurch nie zurückdrängen lassen. Ebenso kann ein Papst kein Interview geben, sondern nur verkünden, was richtig und was falsch ist. Deshalb müssen wir diesen Weg gehen, die Einheit und Stärke des Christentums herausstreichen und uns nicht durch solche Attentate beirren lassen, so schrecklich und schmerzvoll sie auch sind.»

Dies war auch die Haltung des Papsts. Er hatte, schon bevor er sein Amt angetreten hatte, zahlreiche Auseinandersetzungen und Dispute mit Montagnola gehabt. Trotzdem gefiel ihm dieser Weg, der es vermied, allzu stark Stellung zu beziehen und auf das Geschehen eingehen zu müssen. Insgeheim hoffte er, dass es sich bei diesem Attentat in einer Kirche um einen Einzelfall handelte, sah er sich doch als Mann, der vor allem das soziale Engagement der Kirche stärken und für Gerechtigkeit kämpfen wollte – ein Religionskonflikt war ihm zutiefst zuwider. Das Gremium schloss sich dieser Haltung an und der Papst würde an seiner Ostermesse am Wochenende diese Botschaft verkünden.

Auch Montagnola war sehr zufrieden, konnte diese Aussage problemlos interpretiert und weitergetrieben werden, wie er es vorhatte. Mit seiner Zurückhaltung hatte er den Papst wesentlich unterstützt und jener würde auf ihn hören, wenn er weitere Wünsche äusserte. Er kehrte in sein Büro im Vatikan zurück und rief ein paar gut befreundete Journalisten an, mit denen er die allgemeine Lage besprach und denen er ein paar Tipps gab, worauf sie in den kommenden Tagen achten sollten.

10

Wie Millionen andere starrte Piet ungläubig auf den Bildschirm und sah die verwackelten Handyfilme von Besuchern des Mailänder Doms während des Attentats, Interviews und Reportagen von Fernsehjournalisten mit fassungslosen Priestern, Feuerwehrleuten und Schaulustigen. Er machte sich Vorwürfe, auch wenn er nicht genau wusste, weshalb – weder hatte er eine Spur im Altersheim entdeckt noch stand fest, dass wirklich ein Zusammenhang zwischen den Attentaten bestand. Trotzdem wollte er nochmals bei Marie vorbeigehen und vielleicht irgendetwas finden, das er bisher übersehen hatte. Gewiss war dies mehr ein Gefühl als ein Verdacht, aber oft war er in seinem Journalistenleben solchen Intuitionen erfolgreich nachgegangen.

Als er an der Rezeption des Altersheims eintraf, wurde er sofort erkannt. Allerdings ergriff die Empfangsdame, als sie ihn sah, zuerst das Telefon, bevor sie ihn begrüsste. Sachlich und gefasst teilte sie Piet mit, dass Marie letzte Nacht leider unerwartet verstorben sei. Nach ein paar Augenblicken traf der Heimleiter ein, der von der Rezeptionistin offenbar angerufen worden war. Er kondolierte Piet und bat ihn zu sich ins Büro. «Wir waren alle überrascht, dass Frau Groot so schnell von uns gegangen ist, da eigentlich keine gesundheitlichen Probleme bei ihr bekannt waren. Sie schlief letzten Abend beim Abendessen ein und wachte nicht mehr auf.» Er bedauerte, dass sie Piet nicht hatten informieren können, da sie keine Handynummer von ihm hatten.

Dies war gleich der zweite Schock für Piet, nachdem er vom Attentat in Mailand gehört und im Fernsehen gesehen hatte, und er hatte einige Mühe mit der Situation. Der Heimleiter nahm wohl an, dass ihm der Tod von Marie naheging und er besorgte ihm ein Glas Wasser. «Leider hatte Frau Groot kein Testament verfasst und wollte auch nicht hinterlassen, was dereinst mit ihr wegen der Bestattung geschehen soll, obwohl wir dies von unseren Pensionären immer fordern. Wie Sie ja wissen, hatte sie trotz ihrer Demenz einen starken Willen», fuhr er fort. «Zu unserem Glück konnten wir einen der Enkel erreichen, Erik, er wird in zwei Stunden hier eintreffen. Wir haben ihm von Ihren Besuchen erzählt und er war bereits neugierig, Sie kennenzulernen, scheinbar hatte er viel von Ihnen gehört. Deshalb bin ich froh, dass Sie gerade heute vorbeigekommen sind, da wir Sie ja nicht erreichen konnten.»

Piet erblasste innerlich beim Gedanken, dass seine Geschichte durch einen echten Verwandten auffliegen könnte, liess sich aber nichts anmerken. Er entgegnete, dass er gerne in zwei Stunden wieder zurückkommen würde, in der Zwischenzeit aber etwas in der Gegend erledigen könne. Sie sprachen noch kurz über die Verstorbene und wie gut sie es doch im Heim gehabt hatte, dann verabschiedete er sich. Im Entree begegnete er kurz dem jordanischen Mitbewohner von Maries Etage, der als Einziger nicht vollkommen dement schien, und grüsste ihn.

An der Rezeption kam ihm eine Idee. Vielleicht wäre es ja durchaus nützlich, wenn er die Telefonnummer von Maries Enkel hätte, falls dies plötzlich nötig wäre. Die Dame suchte die Nummer heraus und druckte ihm ein Blatt mit der Adresse aus. Als er es einstecken wollte, bemerkte er einen winzigen Zettel, der darauf klebte, beschloss aber, ihn erst ausserhalb des Heims anzuschauen.

Nachdem er das Altersheim verlassen hatte, setzte er sich ausser Sichtweite in eine kleine Bar, die ein paar Tische und Stühle im Freien platziert hatte, und liess den Besuch Revue passieren. Es gab ein paar Ungereimtheiten.

Einerseits hatte er dem Heim beim ersten Besuch seine Telefonnummer hinterlassen müssen, andererseits war der Tod Maries sehr überraschend, hatte sie, wenn auch dement, ansonsten doch gesund gewirkt. Dass der Enkel sich auf ihn freuen würde, da er viel von ihm gehört habe, machte ihn weiter stutzig. Zum Glück war er nicht gleichzeitig wie dieser Erik gekommen, dies wäre sicherlich peinlich gewesen. Diesen Gedanken nachgehend, öffnete er das Blatt mit der Adresse und starrte auf den Zettel. Darauf stand nur «19 Uhr, Café Andromeda». Offenbar hat ihm dies die Dame an der Rezeption geschrieben.

Piet verlebte einen unruhigen Nachmittag. Natürlich vermied er es, in die Nähe des Altersheims zu kommen, damit er Maries Enkel nicht begegnete, obwohl jener ja nicht wusste, wie er aussah. Das Café Andromeda hatte er inzwischen ausfindig gemacht. Es befand sich zwei U-Bahn-Stationen entfernt in einem völlig anderen Quartier.

Pünktlich um 19 Uhr betrat er das Café. Die Dame von der Rezeption war schon da und sass etwas versteckt in einer Ecke, von wo man den Ausgang kontrollieren konnte, aber nicht gleich gesehen wurde. «Ich bin froh, dass Sie gekommen sind», begann sie hastig. «Etwas stimmt nicht mit dem Tod von Marie Groot. Sie schlief keineswegs während des Abendessens ein, sondern war um 20.30 Uhr noch wach. Etwas später kam der Heimleiter aus ihrer Etage herunter und informierte uns über ihren Tod. Sofort wurde ein Arzt gerufen, aber nicht einer unserer Ärzte, sondern jemand, der noch nie bei uns gewesen war. Nach dem Feststellen des Todes kam umgehend ein Bestattungsunternehmen und nahm die Leiche mit. Scheinbar hätte es der Enkel so angeordnet, obwohl wir seit Jahren keinen Kontakt zu ihm hatten.»

Sorgenvoll hörte Piet zu. Hatte der Tod Maries etwas mit seinem Auftauchen zu tun und steckte mehr hinter der Fassade des Altersheims? Die Beunruhigung wuchs, je länger die Rezeptionistin erzählte. «Nachdem Sie mit Ihrer Freundin bei uns waren und versucht haben, den Garten auszukundschaften, sprach der Heimleiter lange mit Marie Groot. Das Gespräch hinterliess Spuren, Frau Groot war am nächsten Tag ziemlich aufgewühlt und verstört. Ich kann mir nicht vorstellen, weshalb, war sie doch seit langer Zeit eine zufriedene und unauffällige Bewohnerin.»

Piet versuchte, noch mehr herauszufinden und fragte die Rezeptionistin nach dem Garten. Diese erwiderte, dass in letzter Zeit vermehrt irgendwelche Typen ins Heim kamen und durch den Garten verschwanden, oder andere via Garten erschienen und das Heim via Haupteingang verliessen. Gesichter hätte sie sich keine merken können, aber es sei etwas merkwürdig gewesen. Zudem habe ihr die Assistentin des Personalchefs erzählt, dass jener immer wieder Personen angestellt und Aufenthaltsbewilligungen für sie eingeholt hätte, die nie bei ihnen gearbeitet hätten. Auf die Frage nach der Tür ohne Schloss am Ende des Gartens erzählte die Rezeptionistin, dass sie einmal gesehen habe, dass sich die Tür mit einem Code auf dem Handy öffnen liesse, aber zum Glück sei sie nicht bemerkt worden.

Vor dem Verabschieden fragte Piet die nette Dame, weshalb sie ihm dies alles erzähle. «Ich habe Angst», erwiderte die Rezeptionistin, «und gleichzeitig mochte ich Marie Groot sehr gut und finde, sie hat keinen solchen Tod verdient. Sollten Sie etwas herausfinden oder tun können, wäre ich Ihnen sehr dankbar. Allerdings bitte ich Sie, mich nicht zu kontaktieren.» Mit diesen Worten trennten sie sich. Piet war ziemlich verwirrt und musste seine Gedanken ordnen. Er rief deshalb Mireille an und sie trafen sich in ihrer Wohnung.

11

Sorgfältig hatte CNN seine Zuschauenden auf die Reaktion des Papsts vorbereitet mit Endlosschlaufen im Programm und Spekulationen, was dieser nun sagen und wie er reagieren könnte. Bereits zuvor war das Attentat tagelang das Thema des Senders mit allem, was dazugehört: eigenem Signet, eigener Erkennungsmelodie und Kommentaren von beinahe all seinen Journalistinnen und Journalisten aus der ganzen Welt. Dies war gepaart mit Liveaufnahmen aus dem Inneren des Doms, Augenzeugenberichten und Bildern von Kranken- und Polizeiwagen sowie Strassensperren, hinter denen der Tatort wohl liegen müsse.

Die Osteransprache liess allerdings mehr offen, als die Verantwortlichen sich erhofft hatten und so behalf sich der Sender wie immer in solchen Situationen mit Spekulationen. Zum einen wurden die Aussagen mit früheren Papstansprachen verglichen, auf der anderen Seite in langen Berichten erklärt, was der Papst wie hätte sagen können und weshalb er dies vermieden hatte. Im Zentrum stand die Aussage, dass das Christentum wieder zu einer Einheit werden sollte und die demokratischen Kräfte auf der Welt sich hinter dieses Ideal stellen sollten.

Für die grosse Abendsendung, die danach ebenfalls endlos wiederholt wurde, lud CNN einen Katholiken, eine Protestantin, einen Muslim, einen Juden sowie einen Republikaner und eine demokratische Senatorin ein, die sich einen munteren Schlagabtausch lieferten. Alle waren sich darin einig, dass es sich um eine wichtige Rede gehandelt hatte. Danach gingen die Meinungen allerdings auseinander und verliefen wie erwartet entlang der bekannten Partei- und Religionslinien. Während die Demokratin darin ein Zeichen für die Versöhnung der verschiedenen Religionen sah, bemerkte der republikanische Abgeordnete, dass dies ein Hinweis für die Überlegenheit des Westens war. Der Muslimvertreter beklagte die zunehmend feindliche Haltung ihm gegenüber, während der jüdische Podiumsteilnehmer von Antisemitismus sprach. Für den Katholiken gab es am Wort des Papsts nichts zu deuten und die Protestantin bekräftigte ihre Unabhängigkeit. Alles schien darauf hinzudeuten, dass die Diskussion und das Thema nach ein paar Tagen verschwinden und durch eine neue Katastrophe und einen neuen Skandal ersetzt würde.

Nicht nur CNN hatte sich des Themas angenommen, sondern auch Fox News. Der Sender hatte sich nicht für eine ausgewogene Diskussionsrunde entschieden, sondern als speziellen Interviewgast Kardinal Moriaty eingeladen, der als sehr pointiert und streitlustig galt und aus seiner Meinung niemals ein Geheimnis machte. Nach einer melodramatischen Einstimmung mit der Präsentation zahlreicher Attentate und Bombenanschläge begann das Interview von zwei Journalisten mit dem Würdenträger. Sogleich sagte dieser aus, die Opfer des Anschlags von Mailand seien als Märtyrer für den christlichen Glauben gestorben, ähnlich wie die Attentäter, denen jeweils der Einzug ins Paradies und tausend Jungfrauen versprochen würden. Er schob sogleich nach, «aber dies ist alles Unsinn, weil wir ohnehin das Paradies für uns gepachtet haben und dort keine Islamisten willkommen heissen». Die Proteste per Mail, Facebook, Twitter und Telefon liessen nicht auf sich warten und beinahe wäre die Zentrale des Senders zusammengebrochen.

Fox News kümmerte dies wenig, hatte der Sender doch die Story und liess die Konkurrenz alt aussehen. Je mehr die beiden sonst gewieften Journalisten widersprachen und das Gespräch auf eine sachlichere Ebene zurückführen wollten, desto mehr ereiferte sich Glenn Moriaty und lieferte eine Schlagzeile nach der anderen. Auf die Osterpredigt des Papsts angesprochen erwiderte er, dies sei ein Aufruf für die Einheit der Kirche und «die Protestanten, die Anglikaner und die orthodoxe Ostkirche sollen in den Schoss des Papsts zurückkehren und die Reformation sowie die verschiedenen Abspaltungen der christlichen Kirche in den letzten Jahrhunderten rückgängig machen». Das war auch den beiden Medienschaffenden etwas zu dick aufgetragen und sie fragten Moriaty, ob der Papst dies wirklich mit seinen Worten gemeint habe. «Natürlich, einer seiner Vorgänger, der aus Deutschland stammende Papst, hatte schon einmal erklärt, dass es nur eine richtige Religion gibt.»

Die Einschaltquoten von Fox News gingen durch die Decke. Natürlich wusste Moriaty, dass er etwas überspitzt formulierte und der Papst sich nicht so deutlich äussern wollte, aber er nutzte die Gelegenheit auch im Wissen, dass der Papst von seiner Stellung her keine Interviews geben konnte. Deshalb feuerte er noch einige Breitseiten gegen die säkularisierte Gesellschaft und die aus seiner Sicht unnötigen anderen Religionen ab und genoss die Aufmerksamkeit, die ihm der Sender widmete. Die beiden Journalisten machten auch keinerlei Anstalten, die Aussagen zu relativieren oder den Kardinal zu bremsen oder zu unterbrechen, da ihnen die Sendung zu attraktiv erschien. Dass Moriaty im Vatikan mit seinen Äusserungen einigen Ärger riskierte, störte ihn nicht, er sah sich durch eine Mehrheit fundamentalistischer Christen in den USA getragen, deren Bedeutung zu gross war, um sie mit einer Absetzung seiner Person zu verärgern.

Fox News war sich Widerspruch und kontroverse Themen ebenfalls gewohnt und liess auch dann nicht davon ab, sein konservatives Credo zu verbreiten, wenn der Sender angegriffen oder als rassistisch bezeichnet wurde. Somit hatten sich zwei Parteien gefunden, die das Thema in den nächsten Wochen sicherlich noch mehr ausschlachten konnten. Das Interview fand über die Vereinigten Staaten hinaus in der ganzen Welt enorme Beachtung, markierte allerdings auch den Beginn einer Auseinandersetzung, derer sich damals noch niemand richtig bewusst war.

12

Giuseppe Montagnola war ein gern gesehener Gast an den G7-Gipfeltreffen. Diese Zusammenkünfte der wichtigsten Industrienationen fanden regelmässig statt und dienten neben dem Austausch unter den Staatschefs dazu, aktuelle Probleme zu lösen. Teilnehmende waren die vier europäischen Nationen Deutschland, Frankreich, Italien und Grossbritannien sowie die USA, Kanada und Japan. Bei den G7-Treffen fühlten sich diese Staaten unter ihresgleichen, vertraten sie, ausser vielleicht Japan, die gleichen Wertvorstellungen mit westlich geprägtem Gedankengut und Empfinden. Anders als bei den Treffen der G20, bei denen Russland, der alte Feind aus dem Kalten Krieg, China sowie zahlreiche aufstrebende Entwicklungsländer mit anderen Gesellschaftsformen, Religionen und Demokratieverständnis dabei waren, waren G7-Anlässe wie Klassentreffen unter Gleichgesinnten.

Zwar konnte der Kardinal nicht direkt mit den Staatschefs sprechen und bei ihren Beratungen dabei sein, aber seine Meinung bei den Finanzministern äussern, da er den Vatikan in diesem Bereich vertrat, und hatte somit immensen Einfluss auf die wirtschaftliche Entwicklung in der Welt. Auf der anderen Seite waren die Staaten froh, einen Vertreter unter sich zu wissen, der mit seinem weit verästelten Netzwerk Länder und Regierungen erreichte, zu denen sie kaum Kontakte pflegten.

Für gewöhnlich konzentrierte sich Montagnola auf Finanzpolitik und Finanzfragen und nutzte seine guten Beziehungen nur, wenn es darum ging, in einem beteiligten Land ein spezielles Problem zu lösen, doch dieses Mal war es anders. Da zum ersten Mal ein Attentat in einer Kirche verübt worden war, fühlte sich der ganze Westen bedroht und es war klar, dass die Staaten dem etwas entgegensetzen mussten. Zudem erfuhren die Staatschefs auch, dass seitens islamischer Staaten, Afrikas und der meisten Länder aus dem asiatischen Raum weder Statements des Bedauerns noch sonstige Reaktionen auf den Anschlag kamen, was das Vertrauen in die weltweite Zusammenarbeit nicht gerade förderte. Deshalb war es nicht schlecht, unter sich zu sein.

Der Anschlag bildete natürlich das Hauptthema des Gipfeltreffens und die Staatsführer liessen sich über den Stand der Ermittlungen informieren, beschlossen polizeiliche Massnahmen und Kooperationen und gaben sich militärischen Überlegungen hin. Hauptsorge für alle waren aber die Auswirkungen auf die Wirtschaft und auf den Tourismus. Herrschte erst einmal ein Klima der Angst in europäischen Metropolen, würde dies zu massiven Überwerfungen in der Gesellschaft führen und letztlich auch ihre Positionen gefährden, was allerdings niemand offen aussprach.

Montagnola wurde daher gebeten, zu referieren, welches seine Einschätzung und die Haltung des Vatikans wären, wussten die Anwesenden, dass es auch für einen Papst schwierig war, an der Haltung des Kardinals vorbeizukommen, sollten die beiden einmal uneinig sein.

Mit einer gewissen Genugtuung und innerer Freude begann er zu schildern, wie die Kirche die Situation einschätzte. Dabei bediente er sich ähnlicher Worte wie damals in seinem Haus in Castiglione, als er zu den befreundeten Kardinälen gesprochen hatte, die bei ihm eingeladen waren. «Wenn wir trotz dieser schrecklichen Vorkommnisse», so begann er, «diesen Angriffen etwas Positives abgewinnen können, ist es sicherlich die Tatsache, dass die Christen in Europa und auf der ganzen Welt aufgeweckt wurden und sich bewusst werden, dass eine wachsende Bedrohung auf sie zukommt. Natürlich ist etwas Unerhörtes geschehen, ein schändlicher Akt, der die Grundfesten der Kirche erschüttern und destabilisieren soll. Aber wir werden nicht klein beigeben, wie wir dies auch nie getan haben. Dazu bedarf es einer gemeinsamen Haltung und der gegenseitigen Unterstützung der einzelnen Staaten, denn es ist nicht nur unsere christliche Religion betroffen, sondern das Abendland als Gesamtes.» Er nannte einige Beispiele aus der Geschichte, bei denen sich die Religionen und Kirchen auf der ganzen Welt wehren mussten, wobei Montagnola darauf achtete, nichts zu verwenden, das Teilnehmer des G7-Gipfels womöglich kränken oder irritieren könnte. Vielmehr warb er für die Unterstützung der westlichen Werte und Lebensart und den Erhalt der Demokratien, die er als Voraussetzung für ein freiheitliches System pries, das für alle das Beste sei. «Eine starke Kirche ist einer der Pfeiler für unser System und wir sollten gemeinsam dazu beitragen, diese Stärke zu erhalten. Sogar die Ungleichheit und die sozialen Unterschiede in einem Land haben etwas Gutes», fuhr er fort, «spornen sie doch die Menschen an, sich anzustrengen und den Aufstieg in eine bessere Welt zu wagen.» Zwar bemerkte er, dass die kanadische Delegation bei seinen Ausführungen immer wieder zusammenzuckte, ihre eher linken Ideale entsprachen nicht gerade dem, was der Kardinal vertrat. Für ihn war Kanada momentan jedoch der schwächste Vertreter, weshalb er sich hier etwas weniger zurückhaltend gab.

Mit seinem Wunsch nach Unterstützung der Kirche und ihrer Institutionen und geeintem Auftreten der G7 für ihre Grundwerte stiess Montagnola auf sehr viel Zustimmung und die einzelnen Staaten versprachen, in ihren Ländern entsprechend darauf hinzuwirken, dass ihre Regierungen solche Gedanken aufnähmen. Seine eigene Vorstellung, dass er eine starke Kirche mit dem Führungsanspruch des Vatikans verbinden wollte, liess er weg – er war ein zu gewiefter Taktiker, um seine Partner kopfscheu zu machen.

13

Dank der Hilfe eines alten Freundes von Mireille gelang es Piet, sich Zugang zum Amt zu verschaffen, das im Stadtteil, in dem sich das Altersheim befand, die Arbeits- und damit die Aufenthaltsgenehmigungen erteilte. Die Personalliste des Heims hatte er zuvor von der Rezeptionistin erhalten, die er im Café Andromeda getroffen hatte, und diese wiederum hatte sie von einer unzufriedenen Assistentin aus der Personalabteilung bekommen. Somit konnte er abgleichen, ob das Altersheim illegal mit Arbeitsbewilligungen handelte. Da dies auch das Arbeitsamt interessierte, liessen sie ihn überhaupt gewähren. Von seinem Terrorverdacht hatte er nichts geäussert.

Rasch stiess er auf Ungereimtheiten, so hatte das Heim nur schon in den vergangenen zwölf Monaten rund dreissig Personen angemeldet und Arbeitsbewilligungen für Mitarbeiter erhalten, die nie dort beschäftigt waren. Piet wusste nicht genau, wonach er eigentlich suchte und konzentrierte sich auf die Zeit rund um den Anschlag in Paris. Es gab dort einen Angestellten, Dalir Nawab, dessen Vertrag im Heim laut Personalliste am Tag nach dem Anschlag auslief, doch konnte er sich nicht vorstellen, dass ein Attentäter einer geregelten Arbeit nachging. Es war schwierig, hier weiterzukommen. Vermutlich war er lediglich auf einen Betrug mit Arbeitsbewilligungen gestossen, der ihn aber nicht sonderlich interessierte. Über die involvierten Personen konnte er kaum etwas herausfinden, diese waren nicht bekannt genug, um Spuren im Internet zu hinterlassen und traten kaum in Social Media in Erscheinung.

Nach der Mittagspause änderte sich dies aber. Als Piet vom Bistro zurückkam, begrüsste ihn ein Commissaire Maître und befragte ihn nach seinem Tun. Umständlich erläuterte er, dass er auf der Suche nach Sozialmissbräuchen wäre, ohne aber seine eigentliche Motivation preiszugeben. Der Commissaire schien sich nach einer gewissen Zeit zufriedenzugeben und widmete sich seinerseits verschiedenen Dossiers.

Etwa eine Stunde später bat ihn Maître, mitzukommen und sie setzten sich in ein kleines Büro. «Ich weiss, weshalb Sie hier sind», begann er unvermittelt, «deshalb erzählen Sie mir bitte, was Sie wissen. Ich bin von einer Spezialabteilung der Polizei.» Piet fühlte sich durchschaut und da er nicht der Mutigste war, begann er, von Beginn an zu erzählen. Zu seinem Erstaunen hielt ihn der Polizist nicht für verrückt, als er von den beiden Männern in der Nähe des Tatorts erzählte, sondern machte sich Notizen. Nur die Information mit der verborgenen Tür im Garten des Altersheims hielt er zurück.

Maître interessierte sich für die Liste, die Piet aus der Personalabteilung des Heims zugespielt worden war, und sie verglichen sie mit den erteilten Arbeits- und Aufenthaltsbewilligungen. Plötzlich hielt Maître bei einem der Namen inne. In der Zwischenzeit waren die beiden Attentäter mit grosser Wahrscheinlichkeit identifiziert und der eine, Dareel Nawab, befand sich unter den Arbeitsbewilligungen. Allerdings hatte dieser nie im Altersheim gearbeitet und befand sich deshalb auch nicht auf der Personalliste. Trotzdem irritierte sie der Umstand, dass der Mitarbeiter, den Piet zuvor entdeckt und der seine Arbeit am Tag nach dem Attentat beendet hatte, denselben Nachnamen trug wie der vermutete Terrorist. Es konnte Zufall sein oder die beiden waren Brüder, die sich gegenseitig geschützt und gedeckt hatten. Möglich war aber auch, dass es sich gar nicht um zwei Personen handelte, sondern um jemanden, der je nach Bedarf den einen oder anderen Namen benutzte. Auf jeden Fall war es ein Indiz mehr, das Piets Verdacht stützte, und der Umstand, dass die Polizei in eine ähnliche Richtung ermittelte, bestärkte ihn noch mehr.

Sie gingen gemeinsam den Rest der beiden Listen durch, fanden aber keine weiteren Auffälligkeiten. Der Commissaire hatte es plötzlich eilig, machte jedoch keinerlei Anstalten, Piet weitere Detailinformationen zu geben oder diesen bei seinen Recherchen einzubeziehen. Vielmehr riet er ihm, von dieser Geschichte abzulassen, da sie gefährlich werden könnte mit Leuten, die keinen Spass verstehen.

Maître gab Piet seine Visitenkarte, falls ihm noch etwas einfiele, verabschiedete sich und ging sofort zum Altersheim. Die Dame an der Rezeption führte ihn sogleich zum Heimleiter, einem jungen Franzosen. Dieser entschuldigte sich nach der Begrüssung für das Chaos, das in seinem Büro herrschte. «Ich musste kurzfristig die Heimleitung übernehmen, da mein Vorgänger mit einer Hirnblutung im Koma liegt. Er ist gestern während der Arbeit plötzlich zusammengebrochen und musste ins Spital gebracht werden. Erschwerend kommt dazu, dass er wohl über längere Zeit nicht angesprochen werden kann, was eine geordnete Übergabe verunmöglicht. Zum Glück besitzt unser Unternehmen mehrere Heime, weshalb ich einspringen und das Haus übernehmen kann», erläuterte er dem überraschten Polizisten.

Maître sprach ihn darauf an, dass die Polizei Unregelmässigkeiten bei der Einreichung von Arbeits- und Aufenthaltsbewilligungen entdeckt habe und er deshalb gekommen sei, um dies zu untersuchen. Der Heimleiter erklärte, dass er nichts davon wisse und auch seinen Vorgänger nicht gekannt habe. Der Commissaire schaue dies am besten mit dem Personalchef an, der aber zurzeit leider in den Ferien weile. Falls es jedoch eile, könne auch er versuchen,

Licht ins Dunkle zu bringen, wobei er den Betrieb erst seit einem Tag betreue.

Misstrauen gehört zu den Grundeigenschaften der Polizei, speziell beim Nachrichtendienst, und Maître liess sich den Namen und die Adresse des ehemaligen Heimleiters geben. Leider wusste allerdings niemand, in welchem Spital er sich befand und es schien auch niemanden zu interessieren. Irgendwie kam er nicht weiter und falls hier wirklich etwas faul war, hätte das Heim wohl genügend Zeit gehabt, belastendes Material zu beseitigen. Auf jeden Fall schien niemand überrascht über sein Auftauchen, was Frédéric Maître irritierte. Immerhin hatte er dank dieses Journalisten die Liste der Belegschaft der letzten zwölf Monate. Als Erstes würde er sich den Personalchef vornehmen, sobald dieser aus dem Urlaub zurück wäre. Er wusste allerdings damals nicht, dass dieser nie mehr auftauchen würde.

14

Die Unruhen begannen in Karatschi und niemand hatte dies kommen sehen. Während sich die europäischen Staaten noch über die mangelnde Unterstützung und Solidarität durch die islamische Welt beklagten, die offenbar ein Attentat gegen eines der wichtigsten Symbole des Christentums begangen hatte, das der Dom von Mailand zweifellos darstellte, wuchs in jenen Ländern die Wut auf den Westen, ausgelöst durch das Interview von Kardinal Moriaty auf Fox News. Seine abfälligen Äusserungen, seine Haltung, dass der Islam weniger wert und das Paradies für die Christen reserviert sei, brachte zahlreiche gläubige Muslime auf die Palme. Ob diese Wut gezielt an Freitagsgebeten geschürt wurde oder ob es nur der Funke war, der das Fass zum Überlaufen brachte, konnte später nicht klar eruiert werden.

Auf jeden Fall gingen in zahlreichen islamischen Metropolen täglich mehr Leute auf die Strasse und protestierten gegen das Christentum ganz allgemein und gegen den Westen. Parolen wie «Christen weg» wurden skandiert, selbst gebastelte Kreuze, Bilder des Papsts, aber auch US-Flaggen wurden verbrannt.

Die westlichen Staaten gaben Reisewarnungen heraus und versuchten über ihre Botschaften, die Touristinnen und Touristen zu schützen, die sich in jenen Ländern aufhielten. Diese selbst merkten wenig von diesen Demonstrationen, waren die touristischen Gebiete doch meist von diesen Brennpunkten getrennt und die betroffenen Staaten hatten kein Interesse, dass ihnen dieser wichtige Wirtschaftszweig plötzlich wegbrach. So gab es zwar Sachbeschädigungen,

Strassenschlachten und vor allem bedrohliche Fernsehbilder, ohne dass die Proteste allerdings in einen Volksaufstand ausarteten wie damals im Arabischen Frühling.

In Europa gab es ebenfalls vielerorts Proteste und Demonstrationen, auch wenn deren Ziele und Forderungen nicht immer so klar waren. In Irland formierte sich der Oranierorden zu einem Protestmarsch. Für diese militante Protestantenorganisation kam die Aussage Moriatys, dass es nur eine richtige Religion gäbe, einer Kriegserklärung gleich, über die der blutige Nordirlandkonflikt wieder ausbrechen könnte.

Das britische Königshaus reagierte irritiert, Grossbritannien hatte sich im fünfzehnten Jahrhundert vom Papst losgesagt und darauf die anglikanische Kirche gegründet. Entsprechend gross war die Opposition gegen die Aussagen des amerikanischen Kardinals und am darauffolgenden Samstag führte ein grosser Protestmarsch durch London, bei dem auch Stimmen gegen den Islam aufkamen.

Die Rechtsparteien in Italien sahen im sich abzeichnenden Konflikt eine gute Gelegenheit, Nationalismus und Religion miteinander zu vermengen und Ausländer mit dem Islam gleichzusetzen. Tausende von Sympathisanten fanden sich auf der Piazza Navona in Rom ein, protestierten gegen das abscheuliche Attentat von Mailand und forderten wie Kardinal Moriaty ein engeres Zusammengehen des christlichen Westens und die Verteidigung dessen Werte. Auch in den meisten norditalienischen Metropolen zeigte sich ein ähnliches Bild. Der Polizei blieb nichts anderes übrig, als die Kundgebungen gewähren zu lassen, da sie sich weder für den Terrorismus einsetzen konnten noch gegen die Kirche, was niemand verstanden hätte.

In Deutschland gab es zwei gegensätzliche Bewegungen. So wurde in Berlin zu einer Demonstration eingeladen, die sich für die Rechte der Muslime in Deutschland und gegen deren Unterdrückung einsetzte, während gleichzeitig gegen den Islam und die Billigung terroristischer Anschläge protestiert wurde. Welche Rolle dabei der Kirche zukommen sollte, ging in diesen Auseinandersetzungen unter. Die Ordnungskräfte hatten alle Hände voll zu tun, die beiden riesigen Demonstrationszüge auseinanderzuhalten und nicht miteinander kollidieren zu lassen. Erschwerend kam hinzu, dass die Demonstrationen von anderen Gruppen mitgenutzt wurden, um auf ihre jeweiligen Anliegen aufmerksam zu machen. So marschierte eine Gruppe Kurden mit, die sich für ihre Autonomie einsetzte, während weiter hinten im Zug eine türkische Gruppe gegen die Kurden demonstrierte.

Die verschiedenen Anliegen, Demonstrationen und Gegendemonstrationen in zahlreichen weiteren Ländern auf der ganzen Welt wurden zwar von den Medien wie immer, wenn etwas geschieht, mit grossem Interesse aufgenommen. Wegen der steigenden Anzahl gelang es jedoch immer weniger, den Zuschauerinnen und Zuschauern zu erklären, worum es bei den verschiedenen Kundgebungen eigentlich ging. Diese Widersprüchlichkeit war wenig geeignet, um das Thema weiter auszuschlachten und so wandten sich die Medien bald wieder davon ab, womit auch die Proteste wieder abflauten.

15

Vater sass wieder in seinem armseligen Raum, der als konspirativer Treffpunkt diente. Zwei seiner bisherigen Kontaktpersonen trafen kurz nach ihm ein, von den anderen konnte einer nach dem Attentat nicht mehr dabei sein und der Assistent von Mailand war ausgewechselt worden. Dazu kamen zwei neue Männer. Wie immer kannte Vater die Hintergründe nicht und seine Stellung liess es nicht zu, dass er nachfragen konnte, er sollte nur so viel wissen, wie er unbedingt wissen musste.

Der Selbstmordanschlag in Mailand wurde von seinem Vorgesetzten gelobt und Vater wusste, dass er damit in der Hierarchie vielleicht aufsteigen könnte. Die Organisation wollte auf jeden Fall den Schwung ausnutzen, um Europa und somit die westliche Welt weiter zu verängstigen und zu destabilisieren. Aus diesem Grund waren sie auch so rasch wieder zusammengekommen, obwohl sonst jeweils die Regel galt, dass sie nach einem Ereignis möglichst mehrere Monate in Deckung gingen, um sicherzugehen, dass sie nicht verfolgt würden. Im schlimmsten Fall sollte nur jemand von ihnen beschattet oder verhaftet werden, damit den anderen Zeit blieb, unterzutauchen. Doch nun war anders entschieden worden und Vater fügte sich.

Vor ihm lag eine skizzenhafte Zeichnung der Strassen um die Kathedrale von Canterbury, da er keinerlei Dateien oder Karten aus dem Internet herunterladen durfte. Der Befehl lautete, keine Spuren zu hinterlassen und jeder müsse sich alles einprägen, um eine Operation nicht zu gefährden.

Zwar war ihm nicht ersichtlich, weshalb ausgerechnet Canterbury zum neuen Ziel auserkoren worden war, gäbe es doch durchaus attraktivere Orte in Grossbritannien wie Westminster Abbey oder die St Paul's Cathedral in London. Zudem waren die Touristenanzahl und der Ort selbst wesentlich kleiner und sie mussten deshalb noch sorgfältiger sein, um nicht aufzufallen. Vater war überdies noch nie in Canterbury gewesen und konnte seine Leute nur bedingt instruieren, was nun ein riesiger Nachteil war. Sie mussten das ganze Vorhaben vor Ort erkunden und improvisieren, was ihm überhaupt nicht lag. Aber sein Auftraggeber sprach von einem wichtigen Ziel und Fragen wurden ohnehin nie beantwortet.

So bereiteten sie sich auf Canterbury vor. Lediglich die beiden neuen Untergebenen sollten zu diesem Zweck nach England reisen. Beide erhielten pakistanische Pässe, um unter den Tausenden Pakistani, die täglich ein- und ausreisten, am wenigsten aufzufallen. Zudem sollten beide über verschiedene Wege und nicht am selben Tag ankommen, was eine Nachverfolgung erschweren würde. Kleidung, Fahrzeug und den Sprengsatz würden sie erst in England erhalten und die Kontaktadresse würden sie nach der Ankunft erfahren.

Mithilfe von Vaters Zeichnung machten sie sich mit den Gegebenheiten vertraut. So war der Vorplatz relativ klein und die Strassen, die zur Kathedrale führten, waren eng. Fluchtmöglichkeiten waren kaum gegeben, vor allem, wenn die Besucher in Panik wegrennen und die Strassen verstopfen würden. Zwar wusste Vater nicht, weshalb auch eine Flucht geplant werden sollte, bei Selbstmordattentätern war der Rückweg schliesslich unerheblich, jedoch gehörte dies zu den Ritualen bei der Vorbereitung eines Anschlags.

Eine weitere Schwierigkeit bereitete die Reise und das Risiko, bei einer verfrühten Anreise entdeckt zu werden. In einer Grossstadt liess sich viel besser untertauchen. Ein gestohlenes Auto kam auch nicht infrage oder höchstens, wenn dies nicht vorher entdeckt wurde. Einer der Attentäter schlug vor, die Nummernschilder eines Autos zu kopieren, ein typgleiches Auto zu stehlen und dieses mit der Nummer des nicht gestohlenen Autos zu versehen. Doch Vater winkte ab. «Wir sollten uns aufs Wesentliche konzentrieren. Jede zusätzliche Unsicherheit schafft ein Risiko, das unsere Organisation weder eingehen kann noch will.» Sie beschlossen schliesslich, mit den gefälschten Pässen und Fahrausweisen ganz normal ein Auto zu mieten.

Das geplante Attentat selbst war ebenfalls aufwendiger als bisher. In diesem Fall spielte nicht nur der Ort, sondern auch der Zeitpunkt eine Rolle. Geplant war, die Bombe nach der Diplomfeier der Studenten, die jeweils in der Kathedrale stattfand, auf dem Vorplatz zu zünden. Die Sicherheitsvorkehrungen wären dann sicherlich stärker als sonst. Gleichzeitig wäre zu diesem Zeitpunkt das Durcheinander grösser und die Sicherheitskräfte könnten nur schwer einschätzen, wer zu wem gehörte.

Langsam nahm das Vorhaben Gestalt an und die verschiedenen Abläufe wurden klarer. Varianten wurden diskutiert und wieder verworfen. Vater liebte dieses Vorgehen, das den Untergebenen das Gefühl gab, dass sie mitgewirkt hätten, auch wenn er stets darauf bedacht war, das Heft in der Hand zu behalten.

Nachdem sie die letzten Details besprochen hatten, mussten sie sich noch einem anderen Problem zuwenden. «Unser Attentat in Paris war nur zum Teil erfolgreich», begann Vater zu erläutern. «Zwei unserer Brüder kamen nicht zum Einsatz und mussten sich zurückziehen. Dabei scheinen sie Fehler gemacht zu haben. Auf jeden Fall ist uns nun die französische Polizei auf die Spur gekommen, zusammen mit einem holländischen Journalisten. Zwar wissen wir nicht genau, wie viel er weiss und woher, aber er bildet ein Sicherheitsrisiko für uns.» Er befahl deshalb den beiden, sich darum zu kümmern. Die beiden Männer nahmen diesen Befehl etwas widerwillig entgegen, da sie wussten, dass die Organisation keine Fehler duldete.

16

Der Katalog der Art Basel stellt mit seinen rund achthundert Seiten eine Art Bibel des Kunsthandels dar. Jede Galerie präsentiert sich darin. Die bedeutendsten aktuell auf dem Markt erhältlichen Werke und die wichtigsten Trends lassen sich dort erkennen.

Die Galerie von Arno Schmitz war ebenfalls in diesem Buch vertreten und zeigte die Werke, die sie an der Messe anzubieten hatte. Der Kunsthändler hatte Glück und aus einer italienischen Privatsammlung vier Bilder von Pablo Picasso und Wassily Kandinsky in Kommission erhalten, die er zu verkaufen hoffte. Zwar hatte er von der Contessa Frani vorher noch nie etwas gehört und diese Familie war in Kunstkreisen nicht bekannt. Immerhin erhielt er aber genügend Dokumente, welche die Echtheit der Werke belegten.

Zur grossen Freude von Schmitz hatte sich schon wieder Mike Evans angekündigt, der sich für die beiden Kandinskys interessierte. Der Verkauf war dieses Mal nicht vorgängig bereits vereinbart und die Messe nur noch ein Vorwand für die Abwicklung, aber trotzdem machte sich Schmitz grosse Hoffnungen auf einen erfolgreichen Abschluss.

Generell war er gerne an der Art Basel mit ihrem familiären Umfeld. Anders als in den zahlreichen Grossstädten, in denen die Kunstmessen sonst stattfanden, konnte er sich in Basel auch mit bekannten Persönlichkeiten unerkannt bewegen und seine Geschäfte diskret abwickeln. Es gab dort grosse, aber bescheiden gebliebene Privatsammlerinnen und -sammler, denen man den Reichtum nicht ansah.

So hatte er ausserhalb des Messegeschehens Vernissagen erlebt, bei denen Sammler aus Basel alle Anwesenden zu sich nach Hause einluden und es sich nicht nehmen liessen, selbst für ihre Gäste in die Küche zu stehen und zu kochen. Nirgendwo sonst war er bisher von einer Milliardärin persönlich bekocht worden.

Der Reigen der Messevernissagen begann mit zwei exklusiven Previews, zu denen handverlesen die wichtigsten Sammler und Museen der Branche eingeladen waren, gefolgt von zwei Tagen mit etwas weniger wichtigen VIPs. Schmitz war einigermassen erstaunt, Evans bereits an einer dieser Previews zu treffen und fragte ihn, wie er dies geschafft hatte. «Nun, es war insofern nicht so schwierig, da ich für einen dieser Sammler arbeite», erklärte der Kunstbroker dem Galeristen bei der Begrüssung. «Sie haben ja mit den beiden Picassos und den beiden Kandinskys auch ein grosses Los gezogen.»

Schmitz tat so, als würde die Familie der Contessa Frani zu seinen langjährigen Kontakten zählen, obwohl er zum ersten Mal mit ihr zusammenarbeitete. Auch dass er die Contessa überhaupt nicht kannte und nur über einen Anwalt verhandelt hatte, liess er unerwähnt. Er war froh, dass Evans nicht mehr Details verlangte, da die Werke via Singapur angeliefert wurden und er keine Ahnung hatte, auf welche Weise sie dorthin gelangt waren, hatten ihm die Verkäufer doch versichert, sie hätten bis vor Kurzem in einem Castello in Italien gehangen. Auf jeden Fall erleichterte ein Umweg über Asien einiges, so konnte der italienische Staat das Geschäft nicht mehr verfolgen und es bestand auch keine Notwendigkeit, den Verkauf bei einer Behörde zu melden.

Der Kunsthändler wunderte sich nicht, dass Evans zuerst an seinem Stand aufgetaucht war, da die wichtigsten Käufe fast immer während der ersten Messetage getätigt wurden, lange bevor das breite Publikum überhaupt eine

Chance hatte, den Anlass zu besuchen. Dass Evans gleich auch einen zweiten Käufer für die Picassos hatte, liess ihn nicht aufhorchen.

Der junge Amerikaner war zwar bereits gut im Kunsthandel integriert, solche Käufe überstiegen aber eigentlich seine Kapazitäten. Er sah darin eine Chance, aufzusteigen, vor allem, da seine Kunden offenbar sehr vermögend und entschlossen waren. Es ging Schmitz ja auch nichts an, dass es sich bei beiden Sammlern in Wirklichkeit um ein und dieselbe Adresse handelte, denn sein Kontaktmann hatte darauf bestanden, die Kandinskys und die beiden Picassos separat zu erwerben. Ebenso wünschte die Käuferschaft, dass er als Erstes an den Stand von Schmitz ging, damit sie mit Sicherheit alle vier Werke kaufen könnte.

Die beiden Kunsthändler verstanden sich prächtig, Evans handelte den branchenüblichen Rabatt von zehn Prozent aus und der Kauf war beschlossen. Schmitz lud nach der Vernissage ins älteste Grandhotel Europas zu einem kleinen Empfang und begrüsste dort auch seinen neuen Geschäftspartner, in dem er einen wertvollen neuen Kunden sah, auch wenn dieser noch nicht für sich selbst einkaufte.

Die Contessa Frani selbst bekam von ihrem Verkauf überhaupt nichts mit. Die hochbetagte kranke Dame lebte zurückgezogen auf ihrem italienischen Landsitz und nahm kaum von der Aussenwelt Notiz. Sie hatte ein paar Renaissancegemälde im Familienbesitz, deren Wert nicht besonders hoch war, aber die vier an der Art Basel verkauften Werke gehörten nicht ihr. Von daher profitierte sie auch nicht vom Verkaufserlös, der von Schmitz nach Abzug seiner Provision in mehrere Tranchen aufgeteilt an verschiedene Konten überwiesen wurde. Von dort gelangte das Geld in ein Netzwerk, das mit seinen Aktionen keineswegs die Kultur förderte, sondern zur Destabilisierung des Westens und seiner Lebensweise beitrug.

17

Auch wenn London Heathrow nicht zu den Lieblings-flughäfen von Kardinal Montagnola gehörte, war sein Besuch in der britischen Hauptstadt unumgänglich. Um nicht allzu stark aufzufallen und um sich einfacher bewegen zu können, hatte er beschlossen, in Zivil zu reisen. Am Flughafen wurde er von einer Limousine mit Fahrer abgeholt, der etwa zwei Stunden brauchte, um ihn im dichten Verkehr in die Innenstadt zu geleiten und pünktlich zum Mittagessen im Hotel Ritz beim Green Park abzusetzen.

Der Kardinal mochte Grossbritannien sehr gerne, auch wenn er es den Engländern nicht verzieh, dass sie sich vor ein paar Hundert Jahren vom Papst losgesagt und ihre eigene Kirche gegründet hatten. Er konnte die heutigen Einwohnerinnen und Einwohner kaum dafür verantwortlich machen und glaubte fest, dass diese nicht mehr so handeln würden.

Seine Gäste waren zwei Amerikaner und ein Engländer, die er bisher nur telefonisch kannte und noch nie gesehen hatte. Auch war sein Treffen für einen Kirchenmann etwas exotisch und ungewöhnlich, doch war Montagnola überzeugt, dass diese Zusammenkunft notwendig war. Zur Vorbereitung hatte er in den letzten Tagen vermehrt Netflixserien geschaut, die ihn zwar zum grossen Teil nicht überzeugt hatten, da sie zu wenig Realitätsbezug aufwiesen, aber trotzdem spannend waren.

Nun traf er heute den CEO von Netflix, einen der Chefproduzenten und einen Drehbuchautor des Senders zum Essen. Während der britische Autor zuerst nicht recht wusste, wie mit einem hohen Würdenträger der katholischen Kirche umzugehen, waren die Amerikaner unkomplizierter und der Kardinal musste sich daran gewöhnen, schlicht mit dem Vornamen angesprochen zu werden. Immerhin half dabei, dass niemand von diesem illustren Quartett Kenntnis nahm.

«Meine Herren», begann er, um das Thema zu lancieren, «wir haben Sie um dieses Treffen gebeten, da wir von Ihnen eine Serie produzieren lassen wollen. Uns schwebt eine Geschichte vor, die von der Reformation handelt und dabei einige der gängigsten Unwahrheiten etwas korrigiert. Vor allem soll die Serie uns in ein positives Licht stellen, gerade auch nach diesem schrecklichen Anschlag in Mailand. Die christliche Welt muss gestärkt werden und unsere Werte sollen in alle Kontinente ausstrahlen. Natürlich muss dies entsprechend verpackt werden, wobei ich mich voll auf Ihre Expertise verlasse.»

Der CEO von Netflix kannte natürlich das Anliegen des Kardinals und hatte sich bereits auf dem Weg eine Antwort zurechtgelegt. So sprach er von journalistischer Unabhängigkeit des Senders als einer der Grundlagen seiner Politik. Weiter wies er darauf hin, dass sie Abonnentinnen und Abonnenten aus der ganzen Welt hätten mit den unterschiedlichsten Religionen, ethischen Werten und Vorstellungen und sie sich nicht nur auf eine Gruppe oder einen Glauben ausrichten dürften.

Der Kardinal nickte verständnisvoll. «Natürlich», fuhr er fort, «soll dies nur sehr subtil einfliessen und keineswegs die Zuschauer verärgern oder dazu führen, dass sie die Serie nicht mögen. Doch das ist ja wohl Ihr Metier und hier möchte ich mich in keiner Weise einmischen.» Zudem hatte er noch einen Trumpf im Ärmel. Seit ein paar Jahren besass der Vatikan dank seiner umfangreichen Beteiligungen rund zehn Prozent des Aktienkapitals von Netflix und war somit ein wichtiger Player. Bisher hatte Rom es allerdings vermieden, direkt bei Netflix Einfluss zu nehmen und der Papst wäre kaum sehr erfreut gewesen, wenn er von diesem Treffen in London gewusst hätte.

Diese Tatsache wurde natürlich nicht direkt angesprochen, da beide Seiten ihre Unabhängigkeit bewahren wollten, jedoch fragte der CEO, während der Hauptgang serviert wurde, ob sich Montagnola vorstellen könnte, dass der Vatikan sich an den Produktionskosten beteiligen würde. «Nun ja», entgegnete dieser, «direkt können wir uns kaum beteiligen, aber wir können uns vorstellen, dass wir noble Spender finden, die dies übernehmen könnten. Wir werden uns entsprechend umsehen, dann können wir dies regeln.»

Danach diskutierten sie über den Inhalt der Serie, die Story und die Besetzung. Netflix legte Wert darauf, in diesen Punkten autonom zu bleiben, der Sender konnte sicherlich besser einschätzen als der Vatikan, wie eine solche Serie inszeniert werden musste. Zudem hatten sie das Thema auch ohne die Intervention Montagnolas ohnehin bereits geplant und wollten nicht, dass alles über den Haufen geworfen würde. Sie konnten auf diese Weise gleich zwei Fliegen mit einer Klappe schlagen – einerseits dank einer kurzen Produktionszeit Aktualität vermitteln und andererseits Unterstützung bei der Finanzierung einer Serie finden und somit Geld sparen.

So sprachen sie eher allgemein über die Besetzungsliste. Montagnola wollte, dass die Katholiken mit sympathisch wirkenden Schauspielern besetzt würden, die Reformatoren hingegen nicht. Er stellte sich die Auswahl der Schauspieler so vor wie die Besetzung der Bösewichte in den James-Bond-Filmen, deren Schicksal es immer ist, zu verlieren. Netflix nahm die Ideen ohne grosse Kommentare auf und sprach davon, dass dies alles zuerst abgeklärt werden müsse.

Sehr zufrieden war der Kardinal mit dem Drehbuchautor, der als Brite wenigstens europäisches Blut hatte und ihm somit kulturell viel näherstand als die beiden Amerikaner. Auch bestach er mit Detailkenntnissen zur Reformation, was angesichts der Tatsache, dass er seit geraumer Zeit für Netflix diese Serie vorbereitete, kaum überraschend war, ausser für den nicht eingeweihten Kardinal.

Beim Nachtisch sprachen sie über die konkrete Abwicklung und dass der Vatikan von Netflix offiziell angefragt würde, einen Berater für die Serie zu stellen, damit alles historisch richtig sei. Montagnola würde diese Anfrage erhalten und in die richtigen Bahnen lenken. Anschliessend verabschiedeten sie sich und beide Parteien waren äussert zufrieden mit dem Gespräch und den getroffenen Vereinbarungen. Auf dem Rückweg zum Flughafen in seiner Limousine überlegte der Kardinal bereits, wie er die Finanzierung der Serie angehen könnte und hatte plötzlich eine bestechende Idee.

18

Detective Peter McCoy sass in London in seiner Einsatzzentrale vor einer Reihe von Bildschirmen und beobachtete die Videos der Überwachungskameras, die ihm die verschiedensten Orte zeigten. Dank ein paar zusätzlich eingeblendeter Daten wie Gesichts- oder Autokennzeichenerkennung konnte er Auffälliges rascher erfassen oder verdächtige Aktionen ermitteln. Gespiesen wurde das System von zahlreichen Datenbanken, die von gestohlenen Kreditkarten bis zu gefälschten Pässen die Besitzer ermitteln halfen und im Idealfall Verbrechen verhindern konnten.

Der Beamte war in den letzten Tagen besonders aufmerksam, wurde doch die Terrorwarnstufe nach den vergangenen Anschlägen in Europa erhöht und zudem hatten sie in Dover eine seltsame Einreise bemerkt. So war ein Pakistani mit gültigen Papieren eingereist. Allerdings war vor ein paar Wochen bereits ein anderer Pakistani mit demselben Reisepass eingereist und es war unerklärlich, weshalb die identische Nummer mehrfach verwendet worden war.

Der Pakistani wurde deshalb auf eine Beobachtungsliste gesetzt. Sobald sein Name bei einer Kreditkartenzahlung, einer Hoteleintragung oder seine Person via Verkehrsüberwachung gesichtet wurde, wurden diese Bewegungsdaten gespeichert. Ebenso fand ein Abgleich statt, wenn er sich an einen speziell überwachten Ort begab oder mit entsprechenden Personen traf.

Zuerst verhielt sich der Pakistani unauffällig, stieg in einem billigen Hotel in London ab und traf wohl Kollegen oder Verwandte in kleinen Restaurants. Mit der Zeit meldete das automatische Überwachungssystem Auffälligkeiten, die an die Zentrale weitergeleitet wurden. So war er zwei Mal in der Nähe einer Wohnung zu finden, die ebenfalls auf der Überwachungsliste stand, da befürchtet wurde, sie könnte zu einer kleinkriminellen oder sogar terroristischen Zelle gehören. Zudem waren dort vermehrt Aktivitäten zu beobachten, die sich mit der Ankunft eines zweiten Pakistani noch verstärkten. Dieser war, wie die Rückwärtsrecherche ergab, ebenfalls aus Paris angereist, hatte aber drei Tage in Canterbury verbracht, wo er vor allem die Touristenattraktionen mehrfach besucht hatte.

Die beiden Pakistani trafen sich mehrere Male in London, wohnten aber an verschiedenen Orten. Einer Arbeit schienen sie nicht nachzugehen und sie besuchten auch keine Geschäfte. Nach ein paar Tagen mietete der eine ein Auto, wie die Überwachung feststellte. Inzwischen waren die beiden auf der automatischen Beobachtung höher eingestuft worden, vor allem, da das System keinen Anlass für ihren Aufenthalt in London ausmachen konnte. Mit seinem Auto holte der eine den anderen Pakistani ab und fuhr zur überwachten Wohnung, welche die beiden nach geraumer Zeit wieder verliessen. Auffällig war, dass die Wohnung nach dem Besuch nicht weiter benutzt wurde, wie sich später feststellen liess.

Einen Tag später verliessen die beiden gemeinsam London mit dem Auto. Als Ziel meldete die Verkehrsüberwachung später Canterbury. Die südenglische Stadt war in jenen Tagen ein stark frequentiertes Ziel, denn die Diplomübergabe der Universität Kent fand in der Kathedrale statt und neben den Absolventen wurden zahlreiche Familienangehörige sowie Freundinnen und Freunde erwartet, welche diesen Anlass mitfeiern wollten. Weiter meldete das Überwachungssystem, dass einer der beiden Pakistani in einem teuren Hotel ein Zimmer genommen hatte, während vom anderen keine Spur zu finden war.

McCoy war alarmiert, dies passte nicht ins Bild, das er von den beiden Männern hatte, die bisher kostengünstig und sparsam unterwegs gewesen waren. Natürlich war zu berücksichtigen, dass die Hotelpreise in diesen Tagen angezogen hatten und es schwierig war, überhaupt eine Unterkunft in Canterbury zu finden. Trotzdem ergab dies keinen Sinn, da sonst keinerlei Verbindungen zwischen den beiden und anderen Personen in Canterbury auszumachen waren. Die Überwachung wurde deshalb nochmals intensiviert und der Beamte liess herausfiltern, was der eine Pakistani bei seinem Besuch in Canterbury alles gemacht hatte. Die Kameras zeigten, dass er mehrfach auf dem Vorplatz zur Kathedrale stand und die Gegend genau musterte. Offenbar suchte er nach irgendwelchen Fixpunkten und versuchte, sich Distanzen und Strassen einzuprägen.

Noch in derselben Nacht wurde die zuständige Taskforce bei Scotland Yard über die Vorkommnisse informiert und mehrere Spezialisten nach Canterbury entsandt. Die Wohnung in London blieb unter Beobachtung, ohne dass sie vorderhand inspiziert wurde. Das Auto musste irgendwo in der Innenstadt von Canterbury sein, wurde jedoch von der Verkehrsüberwachung nicht gefunden. Vermutlich war es in einem Hinterhof oder einer Garage in einem der kleinen Handwerksbetriebe versteckt worden.

Über Nacht wurden die Einsatzkräfte nochmals verstärkt. Zwar war alles nur ein Verdacht und die Spezialkräfte rückten bei solchen Konstellationen häufig aus, auch wenn sich dies hinterher meistens als Fehlalarm herausstellte. Immerhin war die Kathedrale von Canterbury relativ gut gesichert, da sie keinen unkontrollierten Zugang per Auto bot und nur über einen zentralen Besuchereingang verfügte, der einfach zu überwachen war. Dem gegenüber stand aber eine grosse Klosteranlage mit Garten und zahlreichen Gängen und Winkeln, in denen sich jemand relativ einfach verstecken konnte. Die ganze Nacht gingen

Spezialisten alle Spuren durch, die sie von den beiden Pakistani hatten und rekonstruierten ihren Aufenthalt in Grossbritannien seit ihrer Ankunft. Dabei entdeckten sie, dass der eine am Vorabend als Besucher in den Kathedralbereich gelangt war, aber das Verlassen am Abend liess sich nicht auf den Überwachungskameras finden. McCoy hoffte, dass dies ein Zufall war, auch wenn er wusste, dass in solchen Situationen der Zufall ein schlechter Ratgeber war.

Der Andrang zur Kathedrale war an jenem Vormittag wesentlich grösser als sonst. Neben den immer zahlreichen Touristen, welche die Anlage besuchen wollten, kamen die Absolventinnen und Absolventen der Universität Kent hinzu, ihre Freunde und Angehörigen, die gesamte Universitätsleitung, aber auch Vertreter des Erzbistums Canterbury. Dies stellte eine Herkulesaufgabe für die Sicherheitskräfte dar, zu denen sich noch Spezialeinheiten gesellten, die nicht genau wussten, wonach sie suchten, aber gleichzeitig nervös in höchster Alarmbereitschaft standen.

Die Gäste der Veranstaltung hatten alle Zutrittskarten und ihre Namen waren registriert. Hinzu kamen diskrete Überwachungskameras, die am Portal über Nacht angebracht worden waren und mittels Gesichtserkennung die beiden Pakistani suchten. Diese tauchten aber nicht auf und die Zeremonie begann ohne Störung. Draussen in der Klosteranlage und im Park tummelten sich Tausende Touristinnen und Touristen, machten Selfies oder genossen die historischen Anlagen. Unauffällig durchsuchten Mitglieder der Polizei das gesamte Areal, was aber wegen der zahlreichen Gänge und Winkel sehr aufwendig war. Immer wieder glaubten sie, eine verdächtige Situation zu entdecken, die sich dann aber als harmlos entpuppte. Irgendwann kam die Nachricht, dass der Pakistani, der am Vorabend bei der Kathedrale gewesen war, von einer Kamera erfasst worden war und sogleich begaben sich die Sicherheitskräfte in die Richtung, aus der die Meldung kam. McCoy beschlich ein ungutes Gefühl, denn die Zeremonie näherte sich ihrem Ende und wenn alle aus der Kathedrale strömten, wurde die Überwachung noch schwieriger.

Die beiden Pakistani waren sehr zufrieden. Ihr Englandaufenthalt verlief bisher reibungslos und schon bald hatten sie ihr Ziel erreicht. Sie waren etwas irritiert, dass sie nicht bewaffnet waren, liessen sich von ihrer Kontaktperson in London aber schliesslich überzeugen, dass sie auf diese Weise einfacher Zugang zum Gelände erhielten und das Risiko, entdeckt zu werden, minimieren konnten. Den Sprengstoff und die Westen vorgängig zu verstecken, stellte sich als eine gute Idee heraus, denn an diesem speziellen Tag waren spürbar mehr Sicherheitskräfte unterwegs als sonst. Ihr Kontakt in London hatte auch betont, dass sie, falls sie von der Polizei angehalten würden, ihre Westen früher zünden sollten, auch wenn sie noch nicht auf dem Vorplatz der Kathedrale wären.

Sie waren gerade daran, ihre Westen anzuziehen, als sie Schritte zu vernehmen glaubten. Ihr Versteck befand sich in einem der kleinen unübersichtlichen Gänge des Kreuzgangs und sie hatten sorgfältig darauf geachtet, dass er nicht einsehbar war. Dann war es wieder ruhig. Die beiden hielten einen Moment inne und führten dann ihre Vorbereitungen fort. Sie wussten, dass sie noch etwa zehn Minuten Zeit hatten, bis die Besucherinnen und Besucher aus der Kirche strömen würden.

Der Zugriff erfolgte völlig unerwartet. Die beiden Pakistani hatten sich zwar darauf vorbereitet, dass sie die Explosion rascher ausführen müssten, falls sie auf dem Platz entdeckt würden, aber dass die Polizei sie im Visier hatte und von ihren Absichten wusste, konnten sie sich nicht vorstellen. Ebenso, dass diese sofort schoss und ihnen keinerlei Reaktionszeit blieb.

Die Sondereinheit hatte einen Hund dabei, der sie auf die richtige Spur führte. Mittels Nachtsichtgerät war es einfach, die beiden Männer zu erkennen, bevor diese reagieren konnten. Die Polizei gab mehrere Schüsse auf die beiden ab, um zu verhindern, dass diese vielleicht doch noch ihre Sprengstoffgürtel zünden konnten, wussten sie ja nicht, wie gross deren Sprengkraft war. Trotz dieser Exekution war die Sache für die Einsatzkräfte noch nicht vorüber. Womöglich konnten die Sprengstoffgürtel von einem Dritten via Fernzündung ausgelöst werden und vielleicht explodierten sie bei der Bergung der Leichen. Aus diesem Grund wurde der Ort sofort weiträumig abgesperrt und abgewartet, bis Sprengstoffspezialisten eintrafen.

Die Schüsse blieben nicht unbemerkt. Neugierige rannten in die Richtung, aus der sie kamen, und andere flüchteten in Panik. Solange die Polizei nicht wusste, ob sich noch mehr Täter auf dem Gelände befanden, konnte sie keine Entwarnung geben. Auf jeden Fall durften die Gäste die Kathedrale nicht verlassen und mussten erleben, dass zum Ende der Diplomverleihung Uniformierte in die Kirche strömten. Draussen musste die Polizei tatenlos zusehen, wie die Menschen zum Ausgang drängten und konnte nur versuchen, das Ganze so weit zu kanalisieren, dass möglichst niemand zu Schaden kam. Potenzielle Täter in diesem Chaos zu finden, war aussichtslos. Als der Platz leer und das Gelände gesichert war, durften die Gäste nach langem Warten die Kathedrale verlassen und wurden über einen Seitenausgang hinausbegleitet.

Die Medien nahmen das vereitelte Attentat mit grosser Freude auf, auch wenn die Verunsicherung blieb, wo die Terroristen wohl das nächste Mal zuschlagen würden, verbunden mit der Sorge, dass nun feststand, dass Kirchen und andere christlichen Symbole zur Zielscheibe geworden waren. Ebenso gab es Spekulationen, weshalb die Polizei von zwei Attentätern sprach, aber nur von einem, der getötet worden war.

19

Die Begegnung Piets mit dem Polizisten auf dem Arbeitsamt hatte Mireille überzeugt. Waren es zuvor sentimentale oder amouröse Gründe, weshalb sie ihm geholfen hatte, um ihn etwas an sich zu binden und ihn wiederzusehen, erkannte sie nun, dass Piets Verdacht nicht völlig unbegründet war. Zwar glaubte sie nach wie vor nicht, dass er aus Zufall auf eine Terroristenzelle gestossen war, aber etwas an der Geschichte war faul und hatte das Potenzial für eine gute Story, wovon sie als Investigativjournalistin natürlich träumte.

Sie wollte deshalb dem Altersheim nochmals einen Besuch abstatten und versuchen, noch mehr in Erfahrung zu bringen. Die Leitung hatte offenbar gewechselt und daher würde niemand sie wiedererkennen, ausser vielleicht die Rezeptionistin. Trotzdem benötigte sie einen stichhaltigen Grund für ihren Besuch und eine entsprechende Tarnung. Nach kurzem Überlegen entschied sie sich dafür, die Mutter einer Freundin als Vorwand auszuleihen. Bei einem ersten Termin musste sie wohl noch nicht alle Details angeben und die ältere Dame müsste kaum schon mitkommen. Weiter beschloss sie, sich zu verkleiden, damit jedes Risiko, erkannt zu werden, ausgeschlossen würde. Eine Perücke, etwas Make-up, eine Brille und dazu eine auffällige Gestik würden wohl genügen.

Kurz darauf traf sie zum vereinbarten Termin im Altersheim den neuen Leiter, der sie voller Freude empfing. Überschwänglich pries er die Vorzüge seiner Institution, die besondere Sorge, die sie ihren Bewohnerinnen und Bewohnern angedeihen liess, die Kompetenz des Personals, die exzellente Gesundheitsversorgung sowie das hervorragende und auf die Bedürfnisse jedes Einzelnen zugeschnittene Essen. Mireille erinnerte sich beim Zuhören an die seinerzeitigen Klagen von Marie Groot über das Essen und dass nach achtzehn Uhr kaum je Personal zu sehen war, wenn jemand Hilfe benötigte, sagte aber nichts, um sich nicht zu verraten.

Wesentlich schweigsamer war der Heimleiter, als er nach der Trägerschaft und der finanziellen Situation des Heims gefragt wurde. «Ach, wie die meisten privaten gehobenen Alterszentren gehört es einer Stiftung, die sich kaum je ins Geschehen einmischt, ausser wenn sie einen neuen Standort plant oder Häuser dazukauft», antwortete er. «Aber es soll einem Scheich aus Katar oder sonst einem Emirat gehören, habe ich von Freunden vernommen», entgegnete ihm Mireille. Die Miene des Heimleiters verfinsterte sich fast unmerklich, das Thema war ihm unangenehm und hatte er wohl die Anweisung, die Trägerschaft nicht offenzulegen. Dies änderte sich allerdings sofort wieder, als Mireille fortfuhr, «mein Mann arbeitet nämlich in der Investmentbranche und hat mir gestern gesagt, dass vielleicht eine Beteiligung am Heim eine lohnende Investition darstellen könnte, falls so etwas überhaupt infrage kommt».

Flugs zog er einen Investorenprospekt aus der Schublade und überreichte ihn Mireille, die ihn dankbar entgegennahm. Immerhin ersparte ihr dies ein paar Recherchen, auch wenn sie wohl tiefer graben müsste, um die Hintergründe der Stiftung zu erforschen. «Gerne werde ich mich melden, sobald ich mit meinem Mann gesprochen habe», sagte sie zum Heimleiter.

Das Gespräch drehte sich nun wieder um Mireilles angebliche Mutter, wobei der Leiter plötzlich viel offener war und davon sprach, welche Zusatzdienstleistungen alle erhältlich waren. Er nahm sie mit zu einer Führung durch das ganze Heim und zeigte ihr neben den Zimmern auch die verschiedenen Freizeitangebote, die Küche und die Räume, die den Senioren nicht zugänglich waren. Mireille fragte ihn, wie es denn mit der Pflegeabteilung stehe. Ihre Mutter sei noch ziemlich aktiv, aber sie möchte sie auch in einem solchen Fall gerne in guten Händen wissen. Der Leiter präsentierte ihr die Demenzabteilung im dritten Stock, deren Aufenthaltsraum Mireille ja kannte. Die Bewohnenden schienen sie nicht zur Kenntnis zu nehmen und sie war ausserdem sicher, dass niemand sie mit ihrer Perücke erkannt hatte. Noch immer sassen die in schwarz gekleidete Elsässerin, der Buchhalter mit Nickelbrille, die ehemalige Opernsängerin und der Mann aus Jordanien oder Jemen in seinem Rollstuhl und starrten vor sich hin oder wirkten sonst apathisch. Mireille konnte zwar einen Blick in den Garten erhaschen, aber nichts Besonderes entdecken. Zurück von der Führung fragte sie nach dem Garten, der ihr auch sofort gezeigt wurde. Die versteckte Tür am Ende des Gartens sah sie nicht und konnte sie nur erahnen. Die beiden vereinbarten, dass als Nächstes ein Besichtigungstermin mit der Mutter folgen sollte und ein weiteres Treffen zwischen dem Finanzchef der Stiftung und Mireilles imaginärem Ehemann.

Zwei Stunden später traf sie, diesmal ohne Perücke, Piet im Café Andromeda, der gespannt auf ihren Bericht wartete. Er war sehr erfreut darüber, dass sie vielleicht sogar mit der Stiftung, die das Altersheim besass, in Kontakt treten könnten, auch wenn sie dazu zuerst einen Ehemann erfinden mussten. Gleichzeitig störte es ihn, dass die gesamte Leitung ausgewechselt worden war, wohl darum, weil das Altersheim für die Erlangung falscher Ausweise und Aufenthaltsbewilligungen missbraucht worden war. Die beiden beschlossen, zu Mireille zu gehen und einen Vorgehensplan auszuarbeiten. Piet wollte vorgängig nur ein paar Unterlagen und andere Sachen aus seiner Wohnung holen.

Als sie in die Nähe seines Wohnorts kamen, herrschte in den Strassen ein grosses Chaos. Überall standen Polizei- und Feuerwehrautos und die Strasse, in der er wohnte, war zum Teil abgeriegelt. Als sie in Sichtweite seiner Wohnung kamen, stockte ihnen der Atem. Der Dachstock des Hauses, in dem Piet wohnte, stand lichterloh in Flammen. Die Feuerwehr versuchte mit zwei Drehleiterfahrzeugen den Brand zu löschen und hatte mehrere Wasserleitungen ins Haus gelegt. Bewohnerinnen und Bewohner standen oder sassen vor dem Gebäude, zum Teil in Aluwärmefolien gewickelt, die sie von der Polizei erhalten hatten. Einige waren schockiert und wieder andere am Telefon. Einsatzkräfte dirigierten Fahrzeuge, stellten neue Absperrungen auf und kümmerten sich auch um die Anwohner der Nachbarhäuser, die nun ebenfalls evakuiert wurden.

Piet starrte ungläubig auf die Szenerie und konnte kaum fassen, was vor sich ging. Nach wie vor schlugen die Flammen aus dem Dach und hatten bereits auch das Nachbarhaus erfasst. Verzweifelt versuchte die Feuerwehr, die umliegenden Gebäue zu kühlen, damit das Inferno sich nicht noch stärker ausbreitete. Neben den Polizeiautos bemerkte er erst jetzt mehrere Krankenwagen und Leute, die dort verarztet wurden. Er wollte gleich zu den Polizisten gehen und sich als Anwohner zu erkennen geben. Mireille hielt ihn zurück. «Ich werde mich zuerst etwas umhören, um zu erfahren, was überhaupt geschehen ist, mir kommt das Ganze nicht geheuer vor.» Sie schaute ihm tief in die Augen und fuhr fort: «Ich werde mich unter die Leute mischen und ihnen ein paar Fragen stellen.»

Piet nickte in seiner Schockstarre nur abwesend und seine Augen irrten umher. Das Haus war eher anonym und da er ohnehin viel auf Reisen war, kannte er die meisten Mitbewohnerinnen und -bewohner gar nicht. Zudem waren alle mit sich selbst beschäftigt und achteten nicht auf die herumstehenden Menschen. Mireille spielte gekonnt die neugierige Passantin, die wissen wollte, was passiert war, um später ihren Freundinnen zu schildern, was sie gerade erlebt hatte. Ihr gespieltes Interesse und die Neugier änderten sich aber schlagartig, als sie hörte, dass in der Wohnung offenbar jemand umgekommen sei. Ein Journalist habe dort gewohnt und die Polizei habe mehrere Versuche unternommen, in die Wohnung einzudringen und den Eingesperrten zu bergen. Ebenso soll es zuerst eine Explosion gegeben haben, die den Brand ausgelöst hätte.

Mireille wusste natürlich, dass dies erst Gerüchte waren, das Haus stand noch in Vollbrand und zu jenem Zeitpunkt konnte niemand mit Sicherheit wissen, dass sich jemand in der Wohnung aufgehalten hatte. Trotzdem war sie plötzlich bleich geworden und wollte nicht länger als unbedingt nötig an diesem Ort bleiben. Piet stand noch an derselben Stelle, an der sie ihn verlassen hatte, und starrte ungläubig auf das Gebäude. Sein Schock würde noch schlimmer, sobald er von den Gerüchten hören oder falls sich diese bewahrheiten würden. So rasch es ging, versuchte sie, ihn loszueisen und schlug ihm vor, sich zuerst bei ihr zu Hause zu sammeln, bevor sie die Polizei kontaktierten. Sie hakte sich bei ihm unter und zog ihn von der Brandstätte weg, was er widerstandslos geschehen liess. Als sie sich in ihrer Wohnung etwas erholt hatten, begannen sie, die News der wichtigsten Pariser Medien anzuschauen.

Die Gerüchte, dass ein niederländischer Journalist beim Brand umgekommen sei, verdichteten sich immer mehr und ebenso, dass es sich wohl um eine Gasexplosion gehandelt haben musste. Offenbar war in seiner Wohnung eine Leiche geborgen worden. Piet wusste nicht, wie mit dieser Nachricht vom eigenen Tod umzugehen und ob er zur Polizei gehen oder noch abwarten sollte.

20

E s ist selten, dass ein Papst einem Nichtkatholiken eine Audienz gewährt. Noch seltener ist es, dass er hohe Würdenträger einer anderen Religion empfängt, ausser, es sei deren oberster Vertreter. Die Attentate und Attentatsversuche aber machten einen Austausch nötig und zudem wollte der Papst ein internes Zeichen der Verbundenheit setzen, weshalb er einen hohen Vertreter der anglikanischen Kirche zu einer Privataudienz eingeladen hatte. Die beiden sprachen über die Gefahren, die dem Christentum durch die Fokussierung von Terroristen auf ihre Kirchen drohte und welche Möglichkeiten es gab, sich vielleicht sogar gemeinsam dagegen vorzusehen.

Viel Konkretes kam bei der Audienz nicht heraus, aber die Symbolwirkung, dass sich die katholische Kirche auch um die anderen Kirchen kümmerte, war gross. Viel wichtiger war sowohl für den Vatikan als auch für die anglikanische Kirche das daran anschliessende Treffen. Dazu hatte Kardinal Montagnola verschiedene internationale Terrorismusexperten eingeladen wie den Europolchef Pierre Barbu, den Zuständigen des britischen MI5, der das Attentat in Canterbury verhindert hatte, weitere hohe Sicherheitsspezialistinnen und -spezialisten sowie den Chef der Vatikanpolizei. Der Vatikan unterhielt offiziell keinen eigenen Geheimdienst und war meist auf die Informationen und die Hilfe der entsprechenden Staaten angewiesen. Trotzdem war er nicht völlig hilflos und trug selbst auch Informationen zusammen.

Als Erstes berichtete der MI5-Vertreter, wie sie den Attentätern auf die Spur gekommen waren. Dass der Anfangsverdacht mehr oder weniger Zufall war, liess er natürlich weg. Aber er beschrieb, wie sie dank leistungsfähiger Rechner, der überall im Land verteilten Überwachungskameras und des Zugriffs auf Autovermieter und Hotelbuchungen sowie dank des richtigen Profilings die Attentäter verfolgen konnten, ohne dass diesen bewusst war, dass sie im Visier der Ermittler standen. Nun ging es darum, die Hintermänner zu finden, weshalb sie in der Kommunikation bewusst offengelassen hatten, ob es einen überlebenden Attentäter gab, um möglicherweise in Panik geratene Mittelsmänner aufzuspüren. Leider blieb diese Hoffnung bisher unerfüllt.

Von Mailand gab es nicht sehr viele Neuigkeiten, ausser dass der Dom sehr schlecht geschützt war und es leicht gewesen sein musste, die Sicherheitsleute zu überlisten. Die Spur verlor sich irgendwo und die Italiener tippten auf die Umgebung von Bologna, ohne aber näher darauf einzugehen. Einen Zusammenhang mit Canterbury, wenn es denn einen gab, konnten sie auf jeden Fall nicht belegen.

Nicht am Tisch waren die Ermittler aus Frankreich, wobei nicht klar war, ob das Pariser Attentat eigentlich auch einer Kirche gegolten hatte. Barbu beklagte sich über die schlechte Zusammenarbeit mit den Franzosen und liess durchblicken, dass die französische Präsidentin eigene Ermittlungen angeordnet hatte, da sie den Europäern nicht traute.

Der Sicherheitschef des Vatikans erläuterte sein Schutzkonzept für den Petersplatz in Rom, der mit den zahlreichen Pilgern ein perfektes Ziel für einen Anschlag darstellte. Neben polizeilichen Massnahmen zählte er vor allem auf die Zusammenarbeit mit den befreundeten Geheimdiensten und hoffte, im Ernstfall genügend früh gewarnt zu werden.

Montagnola hörte nur mit halbem Ohr zu. Er wusste, dass der Chef des vatikanischen Sicherheitsdienstes ihn informieren würde, falls er etwas verpasst hätte. Seine Gedanken kreisten um sein Projekt, die einzelnen Religionen unter Führung der Katholiken wieder näher zusammenzuführen und so die Macht Roms auszubauen. Aus diesem Grund hatte er nach dem Treffen mit den Polizei- und Geheimdienstleuten noch eine zweite Zusammenkunft vereinbart, bei der nur die Kirchenvertreter anwesend waren.

Bereits während der ersten Sitzung vibrierte sein Handy und sein Sekretär wollte ihn dringend sprechen, was angesichts der Bedeutung ihrer Sitzung aber nicht möglich war. Deshalb erhielt er von ihm eine Textmeldung. «Der türkische Präsident und der Scheich von Katar rufen die gläubigen Muslime auf, sich vorzubereiten und auf den Weg zu machen, um Ostjerusalem zurückzuerobern und von den Christen und Juden zu säubern», lautete die beunruhigende Nachricht.

Diese schlechte Nachricht war für Montagnola eigentlich gleichzeitig eine gute, da sie die verschiedenen Kirchen mehr aneinanderbände. Er hoffte insgeheim, dass sein anglikanischer Gegenpart noch nichts davon wusste und er ihn überraschen konnte. Doch auch dessen Sekretär war sehr tüchtig und liess ihm keinen Vorsprung.

So traf man sich gegenseitig vorbereitet zur zweiten Sitzung. Beide Seiten lobten die gute Zusammenarbeit und dankten für die jeweilige moralische Unterstützung in schweren Zeiten. Natürlich hatten sie ihr Terrain vorgängig abgesteckt und eine weitergehende Zusammenarbeit zwischen den beiden Kirchen stand nicht im Raum. Nun hatte aber die Nachricht zweier Staatsmänner, die im Endeffekt nichts anderes war als eine Kampfansage an das christliche Abendland, die Situation schlagartig verändert.

Eine direkte Annäherung der anglikanischen Kirche an den Vatikan oder das Zugestehen einer Führungsrolle im Kampf gegen den Terrorismus schloss Canterbury kategorisch aus. Die anglikanische Kirche unterstand ohnehin dem englischen Königshaus, das niemals zugelassen hätte, irgendeine Kompetenz an Rom abzugeben, welche die jahrhundertealte Tradition und den Anspruch, die richtige Religion zu besitzen, untergraben hätte. Der Kardinal aus Canterbury sah aber gleichzeitig, dass ein Schulterschluss der christlichen Religionen, zumindest bis diese Terrorattacken enden würden, von grosser Bedeutung war.

Beide Kirchenvertreter beschlossen daher, den Anspruch der christlichen Religion an die Gesellschaft in ihren Herrschaftsgebieten verstärkt anzumelden und Bestrebungen anderer Religionen, ohne den Islam direkt zu erwähnen, zu bekämpfen. Die Priester sollten angewiesen werden, stärker in der Öffentlichkeit aufzutreten und die Religion wieder zu einem wichtigen Thema in allen möglichen Diskussionsrunden und Foren zu machen.

Das Treffen endete damit für beide Seiten mit Zufriedenheit und man beschloss, sich regelmässig auszutauschen. Trotzdem war Montagnola im Innern sehr enttäuscht, er hatte es sich einfacher vorgestellt, seinen Machtanspruch stärker durchzusetzen, da er sich als anderen Religionen überlegen betrachtete. Vielleicht müsste der Leidensdruck bei den Christen noch grösser sein und möglicherweise liesse sich dies etwas schüren, überlegte er sich während der Rückfahrt zu seinem Landsitz in Castiglione della Pescaia.

21

Alexander Petermann und Dagmar waren sich bei Protesten von Occupy nähergekommen, kannten sich allerdings bereits seit ihrer Universitätszeit. Alex, wie er sich damals nannte, begann sein Studium in Soziologie und Politikwissenschaft an der Universität Frankfurt. Er war allerdings kein typischer Vertreter dieser Studiengänge. Ursprünglich wusste er eigentlich nicht genau, was er studieren sollte und interessierte sich auch nicht allzu stark für eine einzelne Fachrichtung. Doch ein bereits etwas fortgeschrittener Studienfreund hatte ihm mit einem eindeutigen Argument weitergeholfen. Er erzählte ihm, dass es an jener Fakultät nicht nur die meisten Frauen gebe, sondern auch die schönsten Mädchen, die er an der Uni gesehen habe.

Daher schrieb sich Alex für Soziologie ein und stellte fest, dass sein Freund nicht übertrieben hatte. Allerdings hatte er verschwiegen, dass diese Mädchen zwar oft sehr hübsch waren, aber entweder entstellten sie sich in seinen Augen durch ihre alternative Lebensweise und Kleidung oder sie waren Aktivistinnen, die ständig die Welt verbessern wollten. Dagmar gehörte zu den Aktivistinnen, die sich sofort einsetzten, wenn sie eine Ungerechtigkeit witterten, die bei jeder Protestaktion an vorderster Front mitmachten und die hartnäckig alles verfolgten, bis ihr jeweiliger Gegner klein beigegeben hatte.

Aber sie sah sehr gut aus, hatte einen gepflegten Stil und Umgangston und Alex verliebte sich sogleich in sie, was von ihr erwidert wurde. Sie waren im Grunde genommen ein sehr ungleiches Paar. Zwar begleitete er sie an alle Podiumsdiskussionen oder Streikaktionen und unterstützte sie beim Druck und Verteilen von Flugblättern. Bei Demonstrationen parkte er sein Auto stets strategisch, damit er sie abholen konnte, sollte die Situation einmal brenzlig werden und sie Gefahr laufen, von der Polizei aufgegriffen zu werden. Im Endeffekt war ihm ihre politische Haltung egal und er sah eigentlich nicht ein, weshalb sie sich immer wieder über alles so stark aufregen konnte. Er liess sich dies aber nur selten anmerken, da er wusste, sonst Gefahr zu laufen, sie zu verlieren.

Ebenso störte es ihn, dass sie in einer WG wohnte, in der ein Privatleben kaum möglich war. Wenn sie allein sein wollten, mussten sie immer in seine Wohnung ausweichen, die er als bescheiden empfand, die von Dagmar aber als Bonzenwohnung abgetan wurde. Trotzdem schätzte sie dieses Refugium, vor allem, wenn sie ungestört sein wollte und dachte im Hinterkopf auch daran, dass es ihr als Versteck dienen könnte, falls sie bei einer Aktion einmal etwas zu weit gehen würde und untertauchen müsste. Zudem liebte sie Alex, auch wenn sie der Überzeugung war, dass sie an ihm noch etwas arbeiten müsse, um ihn zu einem fortschrittlichen Menschen zu machen.

Als die Occupybewegung, die nach der Finanzkrise von 2008 in New York entstanden war, nach Deutschland überschwappte, waren Dagmar und damit auch Alex an vorderster Front dabei. Die Protestbewegung verstand sich als Vertreterin des Volks, das nicht vom Kapitalismus profitierte und diesen abschaffen wollte. Sie bildeten Camps im Frankfurter Bankenviertel, vor der Deutschen Bank und der Europäischen Zentralbank, protestierten mit Menschenketten und Demonstrationen und versuchten, den Bankverkehr lahmzulegen, auch wenn sie damit lediglich die Filialen oder Firmensitze trafen. Nächtelang diskutierte Dagmar mit ihren Freundinnen und Freunden, wie das herrschende Gesellschaftssystem überwunden werden konnte und sie koordinierten ihre Proteste mit Aktionen in Berlin und anderen deutschen Städten.

Wie so oft bei solchen Bewegungen waren der Enthusiasmus und die Ideale zu Beginn gross und die entsetzten Reaktionen der Unternehmen, der Politik und der Wirtschaft deuteten auf eine Umbesinnung. Oft fehlten dann aber die Konzepte für die gewünschten Änderungen, die Forderungen waren zu extrem, die Bevölkerung sah das Problem nicht und konnte sich nicht mit den Protesten identifizieren und die Protestierenden waren sich uneinig und hatten keine klaren Ziele. Grösster Erfolg der Bewegung war die Organisation verschiedener Demonstrationen, bis die Aufmerksamkeit der Medien und der Bevölkerung mit der Zeit erlahmte. Die Bewegung zerfiel und teilte sich in kleine Gruppen auf, die noch immer von der Weltveränderung träumten oder endlos diskutierten, weshalb sie es nicht geschafft hatten, etwas zu bewirken.

Ähnlich erging es auch Dagmar, die nach ihrem selbstlosen Engagement hochgradig über Occupy frustriert war und bei allen die Schuld dafür sah, ausser bei sich selbst. Alex hatte eigentlich nie damit gerechnet, dass diese Aktionen etwas bewirken würden und hielt sich bei den Protestaktionen eher im Hintergrund oder versorgte die campierenden Demonstrantinnen und Demonstranten mit Essen und Getränken. Auch fand er den Protest im Grunde genommen etwas lächerlich, lebten sie doch alle gut von diesem System, was Dagmar allerdings gar nicht so sah. Seine Versuche, seine Freundin zu beruhigen, scheiterten daher kläglich und stiessen auf Unverständnis. Als er dann noch vorschlug, sie sollten für ein paar Monate nach Thailand fliegen und sich dort von den Strapazen der Demonstrationen erholen, löste er bei Dagmar einen Tobsuchtsanfall aus. Sie warf ihm Chauvinismus vor und deckte ihn mit den schlimmsten Beleidigungen ein, die ihr einfielen, wobei er einige davon durchaus auch als Kompliment sah.

Kurz darauf fiel ihre Beziehung auseinander und er begann, Informatik zu studieren.

Dieses Studium war dann auch der Grund, der die beiden nach Jahren wieder zusammenführte. Alex, der sich nun Ax nannte, da es in Englisch besser klang, hatte erfolgreich abgeschlossen und eine gut rentierende Firma für Social Media gegründet, mit der er Grosskonzerne beriet und verschiedene eigene Plattformen betrieb. Dagmar war noch immer überzeugt, dass die Welt sich dank ihr zum Besseren ändern würde und engagierte sich für zahlreiche Sozialprojekte in Berlin. Eine Zeit lang war sie bei den Grünen und wollte in die Politik einsteigen, bis sie die Partei als zu spiessig empfand und wieder austrat.

Als nun nach den Anschlägen auf Kirchen in Europa und den umstrittenen Äusserungen dieses amerikanischen Kardinals zum Islam in den grossen Metropolen Proteste aufflammten, sah sie ihre Stunde gekommen. Wie damals bei Occupy war die Stossrichtung zwar noch nicht ganz klar, doch für Dagmar war eines bereits sicher: «Der Papst muss weg», erklärte sie in den zahlreichen Diskussionen mit ihren Freundinnen, die in Berlin in den verschiedensten Gruppierungen, Wohn- und Sozialprojekten tätig waren und die sich gegenseitig bei Bürgerinitiativen oder Demonstrationen unterstützten. «Wir haben lange genug unter dieser Männerherrschaft gelitten, sei es in der Kirche, sei es in der Politik und nun ist die Zeit gekommen, dies zu ändern.» Worunter sie gelitten hatte, war dabei nicht ganz klar, aber sie betrachtete die streng katholische Erziehung durch ihre Eltern als eines ihrer Schlüsselerlebnisse, das es zu überwinden galt.

Und wieder stellte sich bei Dagmar die Frage nach dem Wie. Wie sollte sie eine solche Umwandlung in die Wege leiten, hatte es ja schon bei Occupy nicht funktioniert. Dann kam ihr der Zufall zu Hilfe. In einer Fernsehsendung, zu der sie aus Langeweile zappte, entdeckte sie Alex, der zu neuen Medien und deren Bedeutung sprach und wie es möglich war, Konsumverhalten oder sogar Wahlen zu steuern. Sie war wie elektrisiert und wollte ihn sofort kontaktieren.

Natürlich hatte sie seine alte Mobilenummer noch irgendwo gespeichert und zu ihrer grossen Überraschung funktionierte diese noch. Alex war sehr erstaunt über ihren Anruf und freute sich gleichzeitig insgeheim. Ausser dem Ende hatten sie eine fantastische Beziehung miteinander gehabt und er trauerte jener Zeit im Stillen noch immer nach. Dagmar schilderte ihm, dass sie jemanden bräuchten, um mit Social Media eine grosse Bewegung zu starten und er interessierte sich dafür. Natürlich hatte er andere Beweggründe und sah eine Gelegenheit, zu Daten und Kontakten zu kommen, die bisher kaum in seinen Netzen aufgetaucht waren. Sie vereinbarten ein Treffen und er würde umgehend zu ihr nach Berlin fliegen. Dagmar war begeistert, auch wenn sie ihren Reflex, dass sie Fliegen nicht mehr sinnvoll fand, unterdrücken musste.

22

Das Treffen mit seinen Untergebenen verlief für Vater erwartungsgemäss schlecht. Zuvor sah er sich bereits mit massiven Vorwürfen durch seinen Vorgesetzten konfrontiert, der mit seiner Arbeit überhaupt nicht zufrieden war und ihn mehrfach angeschrien hatte. Dabei ging es vor allem um das gescheiterte Attentat in Canterbury. «Wie konnte es geschehen, dass die Polizei oder der Geheimdienst von den Plänen der beiden Attentäter Wind bekommen hatte?», wurde er von seinem Vorgesetzen bedrängt. «Wer wusste ausserhalb Ihrer Gruppe von den Plänen und wo war das Leck? Wir haben alles Vertrauen in Sie gesetzt und hatten grosse Pläne mit Ihnen. Nun scheint dies aber alles gefährdet. Wir erwarten von Ihnen eine genaue Untersuchung und die Gründe für das Scheitern, sonst werden wir Sie aus unserer Organisation ausschliessen.»

Vater wusste nur allzu gut, was dies bedeutete – ohne den Schutz seiner Organisation wäre er ein Risikofaktor, der bei der kleinsten falschen Bewegung eliminiert würde. Gleichzeitig konnte er sich nicht vorstellen, was eigentlich schiefgelaufen war. Während der Aktion hatten sie keinen direkten Kontakt gehabt und die beiden Attentäter hätten ihn nur informieren müssen, wenn sie auch nur das geringste Zeichen gesehen hätten, das den erfolgreichen Abschluss gefährdet hätte. Die Idee, sich am Vorabend des Anschlags in einem Fünfsternehotel einzumieten, stammte von ihm. Seine Überlegung war, dass die Behörden einen Attentäter kaum in einer solchen Umgebung vermuteten, falls sie sich bei einem vorzeitigen Entdecktwerden verstecken müssten. Glücklicherweise hatte er zuvor das Einverständnis seines Vorgesetzten eingeholt, Alleingänge sah seine Organisation höchst ungern.

Ebenso waren die Kontakte in England für die Bomben und die Übergabe verantwortlich und wussten aus Sicherheitsgründen nicht, wo und wann diese eingesetzt würden. Alles hatte scheinbar geklappt, sogar das Hineinschmuggeln ins Klostergelände von Canterbury unter einem der zahlreichen Touristenbusse, die ihre Fahrgäste durch die Sicherheitsschleuse am Eingang hineinbringen durften. Nirgends gab es geringste Anzeichen, dass sie entdeckt oder verfolgt worden wären, waren doch die beiden auch speziell für Attentate geschult worden.

Er machte sich grosse Sorgen, ob die Organisation vielleicht unterwandert worden war oder ob sie unter Beobachtung stand. Noch schlimmer wog allerdings der Umstand, dass Vater nicht wusste, ob beide Attentäter ums Leben gekommen waren oder ob der eine gefangen genommen worden war. In den Medien sprachen sie zwar immer von zwei Personen, aber nur von einem Toten. Dies versetzte ihn in Panik, konnte es ja gut sein, dass sein zweiter Mann irgendwo in einem geheimen Versteck von den Briten oder noch schlimmer von den Amerikanern verhört wurde, und er hatte grosse Bedenken, dass dieser dem Druck standhalten würde.

Bei seinem zweiten Projekt sah es noch viel schlimmer aus. Er hatte zwei Untergebenen befohlen, sich um die beiden entkommenen Attentäter zu kümmern und gleichzeitig diesen Journalisten in Paris zu eliminieren, der ihnen offenbar nachspionierte und für sie je länger, desto mehr zur Gefahr wurde. Das Ganze sollte wie ein Gasunfall in dessen Wohnung aussehen. Beim Präparieren der Wohnung ging allerdings etwas schief und der eine seiner Attentäter flog selbst in die Luft, bevor die Wohnung durch den ausgelösten Brand komplett zerstört wurde. Die Polizei ging zurzeit davon aus, dass der Journalist das Opfer war und auch seine Vorgesetzten kannten die Wahrheit nicht, was sich jedoch rasch ändern könnte. Falls der Journalist wieder auftauchen würde, müsste er ihn möglichst rasch und unauffällig zum Schweigen bringen. Hinzu kam, dass sein zweiter Mann in Paris bei den Vorbereitungen dieses Brandanschlags assistiert hatte und ebenso davon wusste, dass der Falsche gestorben war. Auch hier musste er rasch eine Lösung finden. Und es gab ein weiteres Problem, dass er nun mit seinen Untergebenen umgehend angehen musste.

Der geheime Treffpunkt, den sie jeweils benutzten, war nicht ganz so armselig wie er schien. Hinter dem Nebenraum, von dem die Untergebenen nur das abgenutzte Bett sahen, befand sich noch ein Geheimversteck. Dort lagerte eine Ausrüstung, falls Vater fliehen musste, mit Kleidern, Bargeld, Pässen und Kreditkarten. Ebenso befand sich ein Laptop dort, allerdings ohne Internetanschluss. Vater bekam seine Anweisungen jeweils in einem toten Briefkasten, in dem ein USB-Stick lag, und die Antworten konnte er auf demselben Weg senden. Zudem hatte er immer eine kleine Powerbank dabei, sollte einmal der Strom ausfallen.

Er war noch mit den vielen Fragen beschäftigt, die sich nach den beiden Misserfolgen stellten, als seine Untergebenen nacheinander mit einem zeitlichen Abstand eintrafen. Den einen kannte er vom letzten Treffen, die anderen drei waren neu, hatten aber das Versteck gefunden, was ohne Instruktion kaum gelingen konnte. Alle vier wollten wissen, was geschehen war und wie es nun weitergehen sollte, obwohl ihnen Vater mehrfach erklärte, dass er nichts dazu sagen dürfe und dass dies ihren Regeln widersprechen würde, da die Maxime galt, dass jeder möglichst wenig von den anderen wissen sollte. So konnte er es vermeiden, dass der glücklose Brandanschlag in Paris zum Thema wurde, hätte ihn dies doch in eine sehr schwierige Lage gebracht, da drei der Teilnehmer ja nicht wussten, dass statt dem Journalisten ein Terrorist gestorben war.

So konzentrierten sie sich auf die aktuelle Aufgabe, die lautete, das Versteck sofort zu räumen und zu säubern, da die Vorgesetzten befürchten mussten, dass die Behörden ihnen auf den Fersen waren. Gemeinsam verwischten sie alle Spuren und suchten den Ort gründlich ab, um sicher zu sein, dass sie keinen Hinweis auf irgendetwas übersehen hatten. Sie verteilten die vorhandenen Unterlagen, Fotos oder Notizen und jeder sollte den Teil, den er mitnahm, vernichten. Ein neuer Treffpunkt würde ihnen später mitgeteilt und ebenso ein neues Ziel, das sie erkunden sollten. Vom geheimen Raum im Versteck wussten die anderen nichts und Vater wollte ihn nach dem Treffen leeren, sobald die anderen gegangen waren.

Sie verabschiedeten sich und gingen, wie sie gekommen waren, nacheinander weg. Vater war skeptisch und fragte sich, ob einer der vier wohl ein Verräter sei, was er eigentlich nicht beurteilen konnte, da er sie nicht gut genug kannte. Als alle gegangen waren, entschloss er sich, ausserhalb des Treffpunkts eine Zigarette zu rauchen, bevor er das Versteck leeren würde.

Als er aus der Tür trat, spürte er einen stechenden Schmerz in seiner Brust. Er wusste nicht, ob er zuerst das Messer sah, das in ihm steckte, oder das Gesicht eines seiner Untergebenen. Auch hatte Vater keine Zeit mehr, sich dies zu überlegen, denn kurz darauf lag er tot auf dem Boden. Der Mann schleppte die Leiche weg und warf sie in den Kofferraum seines unmittelbar neben dem Haus geparkten Autos. Danach ging er zum Treffpunkt zurück, brach das Versteck auf und nahm die Pässe und das restliche Material an sich. Eine kleine Sprengladung würde genügen, um die marode Fabrikhalle in Bologna zum Einsturz zu bringen und die Behörden würden davon ausgehen, dass dies ein Unfall war, ohne die Schuttberge zu durchsuchen. Die Leiche würde er in der lokalen Kehrichtverbrennung entsorgen.

Den Auftrag, Vater zu töten, hatte er kurz nach dem missglückten Attentatsversuch auf Piet in Paris von der Zentrale erhalten. Diese hatte entgegen Vaters Annahme mitbekommen, dass anstelle des Journalisten einer der Terroristen umgekommen war. Als Assistent hatte er vor dem Haus gewartet und war geblieben, als die Wohnung explodierte und die Feuerwehr anrückte. Ebenso hatte er den Journalisten und seine Freundin vor dem Haus erkannt und war den beiden bis zu ihrer Wohnung gefolgt. Nun galt es, den Journalisten zu eliminieren.

23

P iet sass auf dem Sitzplatz von Mireilles Ferienhaus und blickte auf den Hafen von Cassis mit seinen zahlreichen Restaurants und kleineren Jachten hinunter, die sich in der untergehenden Sonne im Meer spiegelten und fröhliche Urlaubsstimmung verbreiteten. Der Schock der Ereignisse der letzten Tage setzte ihm noch immer zu und der Gedanke, dass jemand versucht hatte, ihn in seiner Wohnung in die Luft zu sprengen, liess ihn nicht los. Zwar war er zuvor noch stolz gewesen, dass er mit seinen Beobachtungen nicht falsch lag und aus purem Zufall auf eine heisse Spur gestossen war. An den Umstand, dass ihm deswegen jemand nach dem Leben trachtete, konnte er sich allerdings nur schwer gewöhnen. Wie ein Film lief die Zeit seit jenem Nachmittag bei ihm ab und er kam sich vor wie in einem bösen Traum.

Gleich nachdem Mireille bei seinem Wohnort vernommen hatte, dass man ihn als Opfer im Haus vermutete, zog sie ihn instinktiv zurück und drängte ihn dazu, den Tatort zu verlassen und sich vorerst nicht zu melden. In ihrem Appartement angekommen, versuchte sie ihn so gut es ging zu beruhigen, was ihr aber nur zum Teil gelang. Schlimm wurde es, als sie die Fernsehberichte über den Brand sahen und die Spekulationen vernahmen, dass Piet dort möglicherweise umgekommen sei. Die Medien hatten allerdings nur ein etwas älteres Foto und sie fand, dass er sich darauf nicht wirklich glich. Nach einem Abendessen mit reichlich Alkohol verabreichte sie ihm ein Schlafmittel und kurz darauf sank er in einen traumlosen Schlaf. Mireille gefiel diese Entwicklung nicht im Geringsten und sie packte, während er schlief, einige Dinge, damit sie zwei bis drei Wochen verreisen konnte. Da Piet, seit sie sich wiedergesehen hatten, hauptsächlich bei ihr wohnte, packte sie auch sein Gepäck.

Allerdings konnten sie am nächsten Tag nicht gleich losfahren. Piet war noch immer verstört, wollte zur Polizei oder in seine ausgebrannte Wohnung gehen oder zumindest seinen Verleger treffen. Mireille konnte sich für keine dieser Ideen erwärmen, merkte aber bald, dass sie ihre Abreise verschieben mussten, sonst würde Piet am Ende nicht mitkommen. Schliesslich willigte sie ein, selbst den Verleger zu treffen, da Piet sonst auf der Strasse erkannt werden könnte. Er erklärte ihr darauf, dass dieser Verleger gar nicht existierte. Vielmehr handelte es sich um ein Anwaltsbüro, bei dem er seine wichtigsten Unterlagen aufbewahrte. Kopien seiner Festplatten, Fotos und andere Dokumente, die er für seine Arbeit benötigte und die er, wenn er in Paris war, wöchentlich aktualisierte. Schon mehrfach waren ihm Unterlagen aus seiner Wohnung gestohlen worden, besonders als er zum Ende der Apartheid über Südafrika berichtet hatte.

Diese Vorsichtsmassnahmen, die sie zuvor als übertrieben taxiert hätte, kamen ihm nun zugute. Vor allem hatte er aus jener Zeit in Südafrika noch einen zweiten, holländischen Pass, der auf den Mädchennamen seiner Mutter lautete. Zwar hatte er ihn seit dem Ende der Apartheid nicht mehr benutzt, jedoch immer wieder erneuern lassen und somit war er noch immer gültig. Und er lag in der Anwaltskanzlei und war dadurch unversehrt geblieben.

Mireille machte sich mit dem Codewort und einem Schlüssel versehen auf den Weg zu jenem Büro. Zuvor wollte sie das Haus mit der abgebrannten Wohnung nochmals sehen, was nicht gelang, da die Feuerwehr einen Zaun davor hatte ziehen lassen. Eine Begehung war wegen Einsturzgefahr ohnehin unmöglich. Sie machte so gut es ging ein paar Aufnahmen des Gebäudes mit ihrem Mobiltelefon, um sie Piet zu zeigen. Auch gab es keine neugierigen Passanten mehr und Mireille wollte sich nicht durch übertriebenes Interesse verdächtig machen. Im Anwaltsbüro wurde sie in einen Raum geführt und erhielt eine Kiste, in der Piets Dokumente lagen. Sie nahm alles, was sie mit Piet abgesprochen hatte, heraus und gab die Kiste wieder zur Verwahrung zurück. Auf dem Nachhauseweg kaufte sie noch ein paar Tageszeitungen.

Piet war erst gerade aufgestanden und hatte einen brummenden Schädel vom Alkohol und dem Schlafmittel der letzten Nacht. Er verschlang die dürftigen Informationen über das Feuer und stellte erleichtert fest, dass er jeweils nur am Rande erwähnt wurde, da die Obduktion der Leiche noch nicht stattgefunden hatte. Nach längerer Diskussion überzeugte ihn Mireille von ihrer Idee, ein paar Tage in ihr Ferienhaus nach Südfrankreich zu fahren, um sich zu erholen und zu überlegen, wie sie weiter vorgehen sollten. Nach dem Abendessen gingen sie früh zu Bett, damit sie am nächsten Tag zeitig starten konnten.

Gleich nach dem Aufstehen packten sie das Gepäck in ihr Auto, kauften in der Nachbarschaft noch ein paar Lebensmittel für die Reise und die nächsten Tage ein und gingen in ein kleines Bistro frühstücken. Danach spazierten sie zurück zum Auto und fädelten in den dichten Pariser Verkehr Richtung Autobahngürtel Périphérique ein, um gegen Süden zu fahren. Dass ihnen dabei ein kleiner dunkler Peugeot folgte, bemerkten die beiden nicht.

Gegen Abend kamen sie in Cassis an, assen in einem Fischrestaurant im Hafen und zogen sich danach in ihr Haus oberhalb des Städtchens zurück. Der Tapetenwechsel tat beiden gut, obwohl sie wussten, dass sie in den nächsten Tagen ein paar grundsätzliche Probleme lösen mussten. Mireille wollte Piet nicht drängen und er wollte sich umgekehrt nicht mit diesen Fragen befassen.

Am Vormittag, als Piet noch schlief, arbeitete Mireille an einer neuen Recherche im Zusammenhang mit den Panama Papers. Am Rande fanden sich auch Hinweise auf den internationalen Kunsthandel, von dem sie allerdings wenig verstand. Deshalb liess sie dieses Thema ganz beiseite. Immerhin hatte sie einige Kunstzeitschriften gekauft, die Piet am Nachmittag zur Zerstreuung und Unterhaltung dienten. Beim Durchblättern stutzte er plötzlich, es wurde über einen bedeutenden Kunstverkauf an einer Messe berichtet, bei dem Werke der Contessa Frani veräussert worden waren.

«Mireille», rief Piet von der Terrasse ins Arbeitszimmer, «vielleicht habe ich wieder etwas für dich gefunden.» «Bitte verschon mich, deine letzte Geschichte beschäftigt und verfolgt uns noch immer zur Genüge», antwortete sie. «Aber schau mal, da wurden an einer Kunstmesse vier Bilder in zweistelliger Millionenhöhe verkauft.» «Na und», antwortete sie ungeduldig, war sie doch mitten in einer Recherche. «Verkäuferin ist eine Contessa Frani. Ich kenne diese Contessa, da ich vor einigen Jahren einen Reisebericht über sie gemacht habe. Ihr gehörte damals ein riesiges ehemaliges Landwirtschaftsgut, das ihre Familie seit Generationen bewirtschaftete, vom dem sie aber immer wieder Teile verkaufen musste, da es sich nicht mehr gelohnt hatte und der Unterhalt ihres Anwesens zu teuer wurde. Diese Familie hat alles, was du dir denken kannst, von Pferdezucht bis Wein und erlesenen Oliven, aber sicherlich keine moderne Kunst – und sie hat auch nie welche besessen.»

Mireille wurde etwas stutzig. Sie hatte immer erwartet, dass es solche Ungereimtheiten im Kunsthandel gäbe, aber dass ausgerechnet Piet darüber stolpern würde, war für sie undenkbar. «Kannst du etwas mehr herausfinden, dann kann ich es mir vielleicht einmal anschauen», erwiderte sie mit dem Hintergedanken, dass er auf diese Weise auch eine gewisse Zeit beschäftigt und abgelenkt wäre und nicht immer an Paris zurückdachte. Allerdings konnte Piet nicht mehr Details herausfinden und so vergassen sie das Thema wieder.

Das Wetter war weiterhin prächtig und die beiden erholten sich zusehends und begannen, ihren Aufenthalt etwas zu geniessen. Mireilles Haus war von hohen Büschen umgeben, relativ unübersichtlich und nur gegen das Meer hin offen. Damit war es perfekt gelegen, um unentdeckt in seine Nähe zu gelangen.

Der Mann trug schwarze, eng anliegende Kleidung und Turnschuhe, mit denen er sich fast lautlos bewegen konnte. Über seinen Kopf hatte er eine schwarze Sturmhaube gezogen, sodass nur noch seine Augen zu sehen waren. Sein leichtes Motorrad hatte er in einem Gebüsch versteckt, das so weit vom Haus entfernt lag, dass die beiden das Motorengeräusch nicht gehört haben konnten. Nun schlich er sich bewaffnet zum Ferienhaus von Mireille, um diesem idyllischen und friedlichen Abend eine neue Wendung zu geben.

Frédéric Maître stand in einiger Entfernung auf einem Hügel und beobachtete die Szenerie mit einem Nachtsichtgerät. Seinen Einsatzbefehl hatte er kurz zuvor erteilt, nachdem er bereits am Nachmittag eine längere Lagebesprechung abgehalten hatte. Unaufhaltsam schlich der Mann in Richtung Haus und nutzte dabei einerseits die Nacht und andererseits die Büsche, die ihm das Vorwärtskommen wesentlich erleichterten. Ausserhalb der Hördistanz entsicherte er die beiden mitgebrachten Pistolen, die er neben einem Messer bei sich trug.

Dann ging alles blitzschnell. Zuerst glaubte der Mann ein Rascheln zu hören oder sonst eine Bewegung in einem Gebüsch in der Nähe. Dann sah er einen Lichtblitz. Er strauchelte noch, bevor er den Boden unter den Füssen verlor und tot zusammenbrach. Aus dem Dunkeln lösten sich zwei Gestalten, von denen die eine geschossen hatte. Sie machten sich umgehend daran, die Leiche zu bergen und abzutransportieren, möglichst ohne Spuren zu hinterlassen. Dies war umso einfacher, da dort niemand eine Leiche vermuten und nach Spuren suchen würde. Als sie ausser Hörweite des Hauses waren, wurden sie von einem Fahrzeug abgeholt, das auch das Motorrad barg. Frédéric Maître nahm die Vollzugsmeldung mit Genugtuung entgegen.

24

Der österreichische Innenminister Alois Zogmaier genoss einen seiner seltenen freien Sonntage in der Steiermark und legte gerade ein grosses Rindsfilet auf seinen Grill, das er seinen Gästen servieren wollte, als sein Dienstmobiltelefon läutete. Das Gerät war nur für den Notfall gedacht und seine Mitarbeiter wussten, dass er sich nur sehr ungern stören liess. Was er dort dann allerdings vernahm, liess ihn erbleichen. Rasch stellte er den Grill auf die kleinste Flamme, instruierte seine Gattin, entschuldigte sich bei den Gästen, rannte ins Schlafzimmer und ersetzte seine Lederhose und sein kariertes Hemd, die er gerne in der Freizeit trug, durch einen Anzug.

Sein Dienstwagen mit Polizeieskorte erwartete ihn bereits vor dem Haus und brachte ihn zum nächsten Landeplatz, auf dem ein Militärhelikopter für ihn bereitstand. Kurz darauf war er in der Luft und sah sein Filet und seinen freien Tag entschwinden. Die beiden Offiziere an Bord begannen umgehend, ihn zu briefen.

Kurz zuvor hatte sich Zogmaier noch gefreut, dass Österreich noch immer als sicheres Land galt, bis nun jemand einen Sprengstoffanschlag auf das weltberühmte Benediktinerkloster Stift Melk verübt hatte. Die Polizei, die bereits vor Ort war, befürchtete mehrere Tote und Verletzte, konnte sich aber noch keinen genauen Überblick über das Geschehen verschaffen.

Rasch telefonierte er mit dem Bundeskanzler und sie besprachen sich, bevor er vor die Medien treten würde. Ihre Hauptsorge galt dem Umstand, dass Melk eine der wichtigsten Touristenattraktionen ausserhalb der grossen

Städte darstellte und nun die Gefahr bestand, dass sich diese Gäste in Österreich nicht mehr sicher fühlten. Das Briefing im Helikopter war nicht sehr ergiebig, da die Lage noch verworren war. Zudem waren vorher keinerlei verdächtige Aktivitäten im Land zu verzeichnen und das Risiko für einen Anschlag wurde als nicht allzu hoch eingeschätzt. Ein Fehler, wie sich nun herausstellte, und Zogmaier ärgerte sich vor allem über diese Fehleinschätzung seines Departements.

Zuerst galt es aber, sich überhaupt einen Überblick zu verschaffen, was eigentlich geschehen war. Dabei stellte sich der Standort des Klosters als grösseres Problem dar, da es auf einem Felsen lag und den Zugang nur gegen Osten ermöglichte. Aus diesem Grund überflogen sie das Gelände zuerst einmal.

In der Luft herrschte Grossbetrieb mit zahlreichen Militär-, Sanitäts- und Medienhelikoptern plus privaten Schaulustigen, die irgendwelche Drohnen in die Luft geschickt hatten und so die Einsatzkräfte behinderten. Zogmaier dachte darüber nach, wie er dies in Zukunft verhindern könnte, etwa mit Flugverboten bei Katastrophen. Auf dem Gelände fielen zuerst ein Krater im Vorhof auf sowie verschiedene kleinere Feuer und deren Rauchsäulen. Dazu ein Gewirr von Helfern, Sanität, Feuerwehr und anderen Uniformierten. Wegen der Enge des Eingangs konnten keine Rettungsfahrzeuge passieren und der Einsatz der Feuerwehr gestaltete sich äusserst schwierig. Hilfe war praktisch nur zu Fuss möglich. Hinzu kam wohl, dass niemand wusste, ob sich noch mehr Attentäter auf dem Gelände befanden.

Ein Besuch des Tatorts erschien zurzeit nicht opportun. Zudem hatte das Militär den einzigen Zugang zum Kloster abgeriegelt und somit hatten Medien keine Möglichkeit, vom Tatort zu berichten oder Minister zu filmen, die am Tatort Betroffenheit mimten. Zogmaier liess den Helikopter daher bei der Einsatzzentrale landen, die alle Aktivitäten koordinierte, und betrat den eilig vom Militär umfunktionierten Gasthof.

Vom Tathergang war noch wenig bekannt. Offenbar hatte sich ein Selbstmordattentäter im Vorhof des Klosters in die Luft gesprengt, wo eine Führung mit amerikanischen Touristen stattfand und sich eine Gruppe Japaner befand. Beim Gebäude waren zahlreiche Scheiben geborsten und die Fassade wies grosse Schäden auf. Immerhin war die Bombe nicht im inneren Hof explodiert, wo sie wesentlich mehr Schaden angerichtet hätte. Die Ermittler waren sich nicht einig, weshalb der Attentäter es nicht darauf angelegt hatte, einen maximalen Schaden anzurichten. Entweder war er entdeckt worden und hatte keine Möglichkeit mehr, weiter vorzudringen oder es ging ihm mehr darum, gewisse Gruppen oder Nationen zu treffen.

Zogmaier stöhnte leise, da er wusste, dass die Amerikaner, sobald einer ihrer Landsleute zu Schaden kam, mit eigenen Ermittlern auftauchten und ihre eigenen Nachforschungen anstellten, was oft zu Koordinationsproblemen und Kompetenzgerangel führte. Um dies zu vermeiden, lud er den Europakoordinator der amerikanischen Terrorabwehr gleich an den Tisch ein.

Die verschiedenen Überwachungskameras am Eingang und auf dem Gelände ergaben kaum brauchbare Hinweise. Ebenso war unklar, wie der Täter überhaupt in den Vorhof gelangen konnte, stand doch am Eingang eine Schleuse mit Metallscanner, durch die alle Besucherinnen und Besucher geleitet wurden. Mit der Zeit konnten sie einen Mann identifizieren, der wohl der Attentäter war, aber es schien, als ob er mit der amerikanischen Gruppe gereist wäre und sich inmitten der Gruppe umgebracht hätte. Immerhin handelte es sich um eine Reisegruppe, die gemeinsam auf einer Europareise war, und die Polizei verfügte deshalb innert kurzer Zeit über eine Namensliste.

Was die Zahl der Opfer betraf, sprach der Einsatzleiter von etwa acht bis zehn, wobei noch nicht alle geborgen waren, sowie von mehreren Schwerverletzten in kritischem Zustand. Sie waren zum Teil in umliegende Spitäler gebracht worden und die Leichtverletzten wurden vor Ort betreut. Gleichzeitig nahmen Polizeibeamte Zeugenaussagen entgegen sowie Videos, die von den Besuchern zur Tatzeit gemacht wurden und die vielleicht weitere Aufschlüsse brachten.

Es herrschte ein immenses Chaos vor Ort, da die Touristinnen und Touristen, die sich zur Tatzeit im Kloster befanden, noch immer dort verharren mussten, da man sie nicht über den Klosterhof gehen lassen konnte. Gleichzeitig mussten Verletzte geborgen und abtransportiert sowie Schwelbrände unter Kontrolle gebracht werden. Die Spurensuche versuchte derweil, sachdienliche Hinweise am Tatort zu finden. Ein weiteres Augenmerk galt dem Gebäude und den Fassaden, bei denen sicherzustellen war, dass nicht Teile davon herunterstürzten und die Helfer unter sich begraben würden. Die Medien verlangten Informationen, wurden aber immer wieder auf später vertröstet. Aus diesem Grund machten sie eigene Recherchen und zeigten Videos, die sie von Augenzeugen gemailt bekommen hatten, gemischt mit Aufnahmen aus dem Helikopter.

Neben Österreich und den USA meldete sich auch der zuständige Bischof, bildete Melk nun doch ein weiteres Element einer Anschlagserie, die sich immer mehr gegen Kirchen richtete, was dem Vatikan grosse Sorgen bereitete. Zogmaier versuchte, die verschiedenen Interessen, Wünsche und Befehle einigermassen zu ordnen, da er wusste, dass es einige Zeit brauchte, um überhaupt agieren zu können. Er bedauerte gleichzeitig, dass diese wertvolle Zeit jeweils den Tätern nutzte, um sich absetzen zu können, war doch davon auszugehen, dass der Attentäter kaum allein gehandelt hatte.

Die Einsatzkräfte rechneten damit, dass das Gelände bis zum Abend gesichert wäre und Zogmaier den Tatort besichtigen könnte, gerade zur Hauptausgabe der News, was ihm sehr gelegen kam. Zuvor musste aber das ganze Gebäude abgesucht und sämtliche Besucher kontrolliert werden, um sicherzustellen, dass keine zweite Katastrophe drohte, die sich während der Liveübertragung ereignen könnte. Die Medien wurden entsprechend instruiert und es wurde festgelegt, wer den Minister begleiten durfte. Damit waren sie wenigstens zum Teil zufriedengestellt.

Während von überallher Informationen eintrafen, hatte die Einsatzleitung den Gasthof in eine moderne Einsatzzentrale umgebaut mit zahlreichen Bildschirmen, Satellitenverbindungen und Monitoren, die Verkehrs- oder Ortsüberwachungen zeigten. Immer wieder erschienen die Bilder der Kameras aus dem Kloster, gemischt mit den einschlägigen Fotos gesuchter Islamisten, da sich die Leitung mittlerweile einig war, dass der Anschlag die Handschrift verschiedener derartiger Gruppierungen trug.

Daneben liefen auch Fernseher mit aktuellen Newssendungen. Irgendwann fluchte Zogmaier, als er sah, dass die Fernsehsender Aufnahmen der Explosion zeigten, die sie selbst noch gar nicht gesehen hatten. «Woher kommen diese Bilder», fragte er verärgert, «wie sind die Fernsehsender dazu gekommen?» Die anderen im Raum starrten ebenfalls auf die Bilder und fragten sich, woher das Bildmaterial stammte. Natürlich gab es oft Tatzeugen, die ihre Bilder zu verkaufen suchten oder auf einer der Social-Media-Plattformen posteten, was sich kaum mehr stoppen liess.

Je länger die verschiedenen Personen der Einsatzleitung aber auf die Bildschirme starrten, desto verwunderter und irritiert waren sie. Und dann realisierten sie fast gleichzeitig, dass die Bilder keineswegs den Anschlag in Melk zeigten. Vielmehr war im Hintergrund eine Barockkathedrale zu sehen, vor der ein Selbstmordattentat stattgefunden hatte, und kurz darauf sahen sie auf CNN den Namen von Dresden auftauchen. Zogmaier war schnell klar, dass sich sein nationales Problem in ein internationales verwandelt hatte.

25

Die Trauermärsche begannen friedlich. In zahlreichen europäischen Hauptstädten hatten sich am Tag nach den beiden Anschlägen von Dresden und Melk Tausende von Personen zusammengefunden, die der Opfer der beiden Attentate gedenken und durch ihr Zusammenkommen ein Zeichen setzen wollten gegen diese feigen Angriffe auf das Leben auf dem Kontinent. Die Tatsache, dass die Anschläge in beiden Fällen christlichen Symbolen und damit der westlichen Lebensart gegolten hatten, wog schon schwer genug. Hinzu kam, dass diese erstmalig in verschiedenen Ländern gleichzeitig und damit international koordiniert stattgefunden hatten, was auf einen hohen Organisationsgrad der Terroristen hindeutete und zeigte, dass jene sich auch über Ländergrenzen hinweg vernetzen konnten, womit die Sicherheitskräfte grosse Mühe hatten.

Zahlreiche Teilnehmerinnen und Teilnehmer trugen Kerzen mit sich, um der Opfer beider Anschläge zu gedenken. Neben vielen jüngeren fiel auch eine stattliche Anzahl älterer Kundgebungsteilnehmer auf. Diese Generation schien sich zunehmend über die sich zuspitzende Gefahr und das Aufkommen religiöser Auseinandersetzungen Sorgen zu machen und befürchtete, dass alles schlimm enden könnte. Im Gegensatz zu den üblichen Demonstrationen in Europa fehlten bunt gekleidete Menschen, Musiker mit Trommeln und anderen Instrumenten und auch Vermummungen waren kaum zu sehen. Ebenso blieben Politikerinnen und Politiker fern und es gab weder Trauerreden noch Sprechchöre und selbstverständlich keine Spruchbänder oder Protestschilder.

Zum Teil waren die Märsche als Sternmärsche von einzelnen Kirchen oder Gemeinden organisiert, die sich am Ende bei der Kathedrale der jeweiligen Stadt trafen, wo die mitgebrachten Kerzen und Blumen deponiert wurden. Das Ganze lief in einer bedrückenden Stille ab und der Verkehr in der Umgebung kam meist vollkommen zum Erliegen.

Auch am zweiten Tag fanden wieder Kundgebungen statt und in zahlreichen Städten hatte die Zahl der Teilnehmer merklich zugenommen. In der Zwischenzeit wuchs die Gewissheit, dass die Attentate einen islamistischen Hintergrund hatten, auch wenn sich niemand dazu bekannt hatte. Doch das Muster war charakteristisch und die Herkunft des Sprengstoffs liess daran keine Zweifel übrig. Während zahlreiche Staatschefs aus Europa, den USA und auch aus Asien ihr Beileid mit den Opfern bekundeten, blieb die gesamte arabische Welt stumm, was die Trauernden zunehmend nervte.

So war es auch nicht erstaunlich, dass in Fernsehtalkshows erste kritische Stimmen laut wurden, die eine Verurteilung dieser Schandtaten durch die arabischen Partner forderten. Mit zunehmender Dauer dieser täglichen Trauerdemonstrationen wuchs der Unmut stetig.

Der Moment, in dem die Stimmung kippte, war später nicht mehr genau auszumachen. Auf jeden Fall wurden in Wien, Frankfurt und anderen Städten Moscheen mit Schriften verschmiert und verschiedene Ladengeschäfte angegriffen und verwüstet. Dabei spielte es für die Demonstrierenden offensichtlich keine Rolle, ob die Besitzer wirklich Muslime waren oder bloss arabisch klingende Namen und Schriftzeichen an ihren Schaufenstern hatten. Plötzlich musste die Polizei, die sich bisher im Hintergrund gehalten hatte, eingreifen, wobei sie nicht genau wusste, wer vor wem geschützt werden sollte. Die Kirchenorganisationen beklagten, dass sich gewaltbereite Chaoten unter ihre Gläubigen gemischt hatten, während einige Extremisten gar nicht so unglücklich über diese Entwicklung waren, hatten die Anschläge doch ihre Wut auf alles aus dem Nahen Osten entfacht.

In Wien wurde der Hauptsitz der OPEC, der Organisation der Erdöl exportierenden Staaten mit Farbbeuteln beworfen und zahlreiche islamische Einrichtungen oder deren Exponenten erhielten Morddrohungen. Dass sich in diesem Durcheinander in Frankfurt eine Gegenbewegung formierte und ebenfalls zu einem Marsch aufrief, erschwerte die Situation zunehmend. Linke Kreise forderten dort ein Ende der Unterdrückung des Islam im Nahen Osten, was überhaupt nicht zur allgemeinen Stimmung passte, und der örtliche Polizeichef liess diese Demonstration – allerdings erfolglos – verbieten.

So kam es am folgenden Samstag zu einer bizarren Auseinandersetzung zwischen Demonstrierenden und der Polizei. Die Trauermärsche wurden von den Kirchen aus Furcht vor Krawallen abgesagt und die Teilnehmer zogen sich zurück, da sie zwar ihre Solidarität zu den Opfern bekunden wollten, aber kein Interesse hatten, an irgendwelchen politischen Auseinandersetzungen mit Gewaltpotenzial teilzunehmen. Übrig blieben die Gegendemonstranten der unbewilligten Kundgebung und die Polizei, welche diese auflösen wollte.

Zwar gab es an jenem Tag einigen Sachschaden, aber die Verantwortlichen der Sicherheitskräfte waren gar nicht so unglücklich über den Verlauf, wussten sie doch, dass damit die Trauermärsche enden würden und es ihnen erspart blieb, auf diese immer grösseren Menschenmengen reagieren zu müssen.

Auch in den anderen Städten ebbte der Protest ab, wohl auch, weil die Medien nicht mehr darüber berichteten, die Kirche der Gewalt nicht viel anderes entgegenzusetzen hatte als Trauerbekundungen und sie keine Forderungen an die Politik stellen konnte.

26

Das Landgut der Contessa Frani war relativ schwierig zu finden, es war nur über eine schlecht erhaltene Strasse ohne Beschilderung zu erreichen. Am Rand eines kleinen Walds gelegen, befand es sich irgendwo im Hinterland des Piemont und fristete ein Schneewittchendasein. Einmal angekommen wähnte sich der Besucher wie in einer anderen Welt. Ein Teil des Guts war längst verfallen, das Dach fehlte oder war eingestürzt, die Steinwände oder die Reste davon waren mit Pflanzen überwuchert, auf den ehemaligen Weideflächen wuchs das Gras meterhoch, versetzt mit Büschen, die sich mangels Pflege überall ausbreiteten. Der Wald schirmte das Gelände gegen die nahe gelegene Ortschaft ab, während in die andere Richtung Brachland zu sehen war, das sich bis an die nächsten Hügel erstreckte.

Mitten auf dem Gelände stand das eigentliche Herrschaftshaus, das vom Glanz der vergangenen Jahrhunderte zwar nur noch zehrte, aber noch immer in gut bewohnbarem Zustand war und eine gewisse Grandezza ausstrahlte. Im Inneren war es vollgepfercht mit Porträts, Kupferstichen, historischen Waffen, Vitrinen mit Tafelsilber, Besteck, Orden der verstorbenen Bewohner, Glaskaraffen, Jagdtrophäen und weiteren Andenken. Das Mobiliar bestand aus Stilmöbeln der verschiedensten Epochen, zum Teil mit gestickten Decken versehen. Jedes Museum wäre wohl stolz, gewisse Objekte aus dem Haus zu besitzen.

Piet hatte seinen Besuch vorgängig angekündigt, das heisst, er hatte den Grossneffen der Contessa angerufen, der das Treffen arrangiert hatte. Vor Jahren war er bereits einmal auf dem Landgut gewesen, als er eine Serie über

Italien und seine versteckten Schätze publiziert hatte. Er hatte sich mit der Contessa auf Anhieb gut verstanden und damals seinen Besuch genossen. Die Dame gehörte zu einer alten, weitverzweigten Adelsfamilie, die aber ihre Bedeutung schon lange verloren hatte und davon lebte, dass sie immer wieder Land oder Objekte verkaufte. Trotz des prächtig anmutenden Gebäudes lebte die Contessa zwar stilvoll, aber bescheiden und ging kaum mehr aus. Noch immer wurde sie von einem alten Pförtnerehepaar betreut, das in einem der Nebengebäude wohnte, verschiedenerlei Geschäfte betrieb und die Maschinen der umliegenden Bauern- und Handwerksbetriebe flickte. Auf diese Weise konnte sie ihren Lebensabend zu Hause verbringen.

Mireille und Piet waren bei Sonnenaufgang aus Cassis abgefahren und kurz nach zwölf bei der Contessa eingetroffen, die sie zum Mittagessen eingeladen hatte. Sie freute sich über Besuch und besonders auch, Piet wiederzusehen, an den sie gute Erinnerungen hatte. Nach dem Erscheinen seines Berichts war ihr Olivenöl sehr beliebt und sie konnte ihre Produktion mehrere Jahre gut verkaufen. Beim Essen sprachen sie über die Probleme der Landwirtschaft in Norditalien und dass sich ein solcher Betrieb nicht mehr lohnen würde.

Erst beim Kaffee begann Piet über das Thema zu sprechen, weswegen sie überhaupt zur Contessa gefahren waren. «Meine Freundin ist auch Journalistin, schreibt aber hauptsächlich über Kunst und Wirtschaft», begann er. «Daher schaut sie sich natürlich permanent nach aktueller und alter Kunst um.» «Ach», entgegnete ihm die Contessa, «das hatte mich in jungen Jahren auch interessiert, doch hat sich meine Familie nie gross darum geschert und gesammelt haben wir auch nicht.» Mireilles Interesse war sofort geweckt. Wie konnte es sein, dass die Contessa nichts von den Bildern wusste, die für mehrere Millionen in ihrem Namen an einer Kunstmesse verkauft wurden? Sie über-

liess die Initiative Piet, der das Gespräch schliesslich führte und vielleicht besser wusste, wie mit der älteren Dame
umzugehen. «Wir waren dieses Jahr an einer Kunstmesse,
an der ein paar Werke für einen grossen Betrag aus einer
Sammlung Frani verkauft wurden», log er. Und fuhr gleich
fort: «Dies hat weiterhum für grosses Aufsehen gesorgt,
kannte doch niemand einen Sammler, der so heisst. Haben
Sie denn Verwandte, die mit Kunst handeln?» «Nein, soweit ich weiss, nicht», entgegnete die Contessa.

Ein paar Minuten später, sie hatte wohl dem Thema
nachgehangen, nahm sie unvermittelt den Faden wieder
auf. «Unsere Familie ist seit Generationen sehr mit der Kirche verbunden», begann sie. «Stets wurden einer oder
mehrere Söhne einer Generation Priester und schlugen
den kirchlichen Lebensweg ein. Im späten Mittelalter wäre
einer der Frani sogar beinahe Papst geworden, wenn er im
Konklave am Ende die Mehrheit nicht verfehlt hätte und
somit Kardinal blieb. Wir haben auch eine eigene Familien-
kapelle, die aber leider kaum mehr in Betrieb ist, und für
mich allein zelebriert kaum ein Priester eine Messe.»

Es folgten längere Ausführungen über die Familie, wie
sie zu ihrem Reichtum gelangt war und wie sie ihn später
wieder verloren hatte. Immer wieder hatte sie der Kirche
geholfen und sie unterstützt, aber auch Hilfe erhalten,
wenn die Familie in Not war, etwa durch Erbansprüche von
Verwandten, die dazu geführt hätten, dass der Landwirt-
schaftsbetrieb damals auseinandergefallen wäre.

So kam es auch, dass sie der Kirche seit einigen Jahren
immer mal wieder einen Gefallen erwies, wenn sie darum
gebeten wurde. Der lokale Priester aus der kleinen benachbarten Stadt hatte im Auftrag seines Bischofs mehrfach
gefragt, ob er Antiquitäten, welche die Diözese von Gläubigen vererbt erhielt und mit denen sie nichts anfangen
konnte, im Namen der Familie Frani verkaufen dürfte. Es
würde sich besser machen, wenn diese Objekte von privat

stammten als von der Kirche und das Renommee, von einer Adelsfamilie verkauft zu werden, liesse den Preis steigern. Von Zeit zu Zeit erhielt die Contessa einen kleinen Anteil aus einem Verkaufserlös und konnte so ihre dürftigen Einnahmen etwas aufbessern. Zwar hatte der Bischof erzählt, er würde auch ein paar Versuche machen, an Messen und Märkten im nahen Ausland teilzunehmen, aber die Contessa hatte ihm abgeraten. Sie konnte sich auch nicht vorstellen, dass jemand ein Vermögen für ein Gemälde ausgab.

Mireille war einigermassen entsetzt und wollte nachhaken, was Piet verhinderte. Sie wussten beide, dass die Contessa wirklich ahnungslos war und sie wohl bei ihr nichts erfahren würden. Ebenso glaubten sie nicht, dass der Priester mehr Auskunft geben würde und er wäre wohl kaum fassbar, sollten sie nicht eindeutige Beweise liefern können.

Sie blieben noch einige Zeit bei der Contessa, nicht zuletzt auch deshalb, da sie spannende Familiengeschichten zum Besten gab, etwas, das Piet schon immer fasziniert hatte. Als sich der Nachmittag langsam zu Ende neigte, verabschiedeten sie sich und fuhren ins nahe gelegene Alba, die Hauptstadt der Slow-Food-Bewegung. Sie hatten in einem Hotel reserviert, das gleichzeitig für seine exquisite Küche mit regionalen Produkten berühmt war, um dort die Nacht zu verbringen.

27

Das Wiedersehen von Dagmar und Ax in Berlin war freudig und es kam ihr vor, als hätten sie sich bloss ein paar Minuten nicht gesehen. Zwar hatte sie darauf verzichtet, ihn direkt am Flughafen abzuholen, erschien ihr dies doch zu kitschig und sentimental. Deshalb trafen sie sich auf seinen Vorschlag hin im Hotel Adlon beim Brandenburger Tor und sie fand, einer der geschichtsträchtigsten Orte in der deutschen Hauptstadt sei adäquat.

Beide hatten sich etwas verändert. Dagmars Modestil war noch immer etwas alternativ, doch handelte es sich durchwegs um teure Kleidermarken von Boutiquen, die auf nachhaltige Produktion und Materialien achteten, während Ax den erfolgreichen Start-up-Unternehmer mimte, der betont leger gekleidet war und zeigte, dass ihn Konventionen weder interessierten noch kümmerten. Die beiden schwelgten in alten Erinnerungen und versuchten, frühere Zeiten wieder aufleben zu lassen, ohne aber die Themen zu erwähnen, bei denen sie sich regelmässig in die Haare geraten waren.

Über den eigentlichen Grund ihres Wiedersehens begannen sie erst beim Aperitif zu sprechen. Dagmar hatte in einem Restaurant in Prenzlauer Berg reserviert, einer Wohngegend im ehemaligen Osten, die sich zum trendigen Stadtviertel gemausert hatte. Das Ganze hatte neben der hervorragenden Gastronomie einen praktischen Grund. Dagmar wohnte in der Nähe und dachte sich, dass sie vielleicht am Ende bei ihr landen würden.

Ax liebte Dagmar eigentlich immer noch und war von ihr wie gefangen, seit sie sich über Mittag im Adlon wiedergesehen hatten. Doch als sie von ihrem Vorhaben zu erzählen begann, kamen ihm leise Zweifel und er erinnerte sich daran, was damals dazu geführt hatte, dass sie sich getrennt hatten. Ihre Ideen und Vorstellungen waren in seinen Augen weder realistisch noch wusste sie eigentlich genau, was sie wollte. Trotzdem wollte er ihr helfen, da Ax auch sah, dass er ihr Projekt für seine Ziele nutzen konnte.

Dagmar begann, von ihrer Aktionsgruppe zu erzählen: «Wir sind eine Reihe engagierter Feministinnen und Freundinnen, die in Berlin wohnen und sich regelmässig treffen, um uns politisch in die Gesellschaft einzubringen. Als vor Kurzem dieser Typ in CNN gesprochen hat und gegen den Islam losgezogen ist, haben wir beschlossen, dass der Papst wegmuss. Dieses Patriarchat ist unerträglich und im einundzwanzigsten Jahrhundert längst überholt.» «Bist du nun gegen den Papst, die Männerherrschaft oder den Islam?», wandte Ax ein und versuchte einzuordnen, in welche Richtung der Protest überhaupt gehen sollte. «Das ist doch klar», erwiderte Dagmar. «Dieser chauvinistische Kardinal hat den Alleinanspruch des Papsts auf die Wahrheit vertreten, eine überholte Organisation, welche die Frauen und die anderen Religionen unterdrückt.» «Aber angefangen haben Islamisten mit Anschlägen auf Kirchen in Europa», versuchte Ax das Ganze zurechtzurücken. «Trotzdem», gab Dagmar trotzig zurück.

Ax versuchte, diesen Teil fürs Erste auszublenden und in Erfahrung zu bringen, was die Gruppe um Dagmar überhaupt bezwecken wollte. Sie sprach vom ewigen Kampf zwischen den bösen grossen Mächten, Regierungen und Kirchen gegen die Bürger und vor allem gegen die Frauen. Sie führte zahllose Beispiele auf, die teilweise schwerwiegend waren, Ax aber manchmal einfach ein Schmunzeln ins Gesicht trieben, was Dagmar wiederum nicht schätzte. Er fragte weiter, was sie denn von ihm genau wolle. Auch diese Antwort klang etwas konfus. Einerseits sollte er sie beim Einsatz von Social Media unterstützen, da Dagmar und ihre Kolleginnen keine Ahnung davon hatten, aber überzeugt waren, auf diese Weise eine grosse Anhängerschaft generieren zu können. Gleichzeitig waren sie den grossen Konzernen wie Facebook oder Instagram gegenüber sehr kritisch eingestellt und träumten davon, ein eigenes weltumspannendes Netz auf die Beine zu stellen.

Lange diskutierten die beiden während des ausgezeichneten Essens über die Möglichkeiten, wie sie miteinander arbeiten könnten, wobei das Gespräch immer lockerer wurde und sie sich immer mehr aus ihrem Leben, seit sie sich aus den Augen verloren hatten, erzählten. Am Ende des Abends und nach reichlich Alkohol erfüllte sich auch Dagmars Wunsch und Ax verzichtete darauf, in einem Hotel zu übernachten, sondern kam mit zu ihr.

Dagmars Wohnung war geschmackvoll eingerichtet, wie Ax beim Brunch am nächsten Mittag konstatierte. Statt wie früher Möbel aus dem Gebrauchtwarenladen zu kaufen, standen überall Vintageobjekte. Ax fragte sich zwar, worin der Unterschied bestand, aber Dagmar erklärte ihm, dass es sich um Secondhandobjekte handelte, die einer bestimmten Marke angehörten, eine individuelle Geschichte hatten, oder um Einzelstücke und Prototypen.

Nach dem Essen begannen sie, das Thema vom Vortag nochmals aufzunehmen und Ax wollte mit Dagmar konkrete Schritte und Ziele festlegen, die sie unternehmen und erreichen wollten. Dazu musste die Stossrichtung nochmals geklärt werden. Dabei schien ihm Dagmars Aussage «Der Papst muss weg» das Konkreteste zu sein, das sich in eine Social-Media-Kampagne einbauen liess. Danach könnte Dagmars Gruppe noch immer weitere Forderungen stellen für die Gleichberechtigung der Geschlechter oder der Religionen.

Sie waren gerade dabei, wichtige Punkte zu notieren, als ihre Mobiltelefone in immer kürzeren Abständen Nach-

richten ankündigten. Zuerst beschlossen sie, sich nicht ab-
lenken zu lassen, aber ihre Neugierde setzte sich schliesslich durch. Zu ihrem Entsetzen erhielten sie Bilder und
Informationen zum Attentat in Melk. Fassungslos schalte-
ten sie den Fernseher ein und vernahmen die schrecklichen Nachrichten aus Österreich. Im Verlauf der Berichterstattung wurden plötzlich Aufnahmen des Dresdener
Doms gezeigt und sie erfuhren konsterniert, dass soeben
noch ein zweites Attentat stattgefunden hatte.

Beide wussten, dass damit Dagmars Kampagne zu Ma-
kulatur wurde und sie mit Vorwürfen gegen die katholische
Kirche wohl allein dastehen würde. Und Dagmar war trotz
ihrer Ausbruchsversuche und rebellischen Phasen eigentlich sehr christlich und westlich geprägt. Trotzdem wollte
ihr Ax helfen und es war am Ende auch seine Idee, wie sie
etwas bewirken könnten. «Im Grunde genommen darf der
Papst ruhig bleiben und es ist wichtig, dass wir in der aktuellen Lage jemanden haben, der gegen diese Gewalt ein-
steht und sich wehrt», begann er. «Aber das befähigt den
Papst nicht, alles zu wissen und rein nach seinem Gusto
entscheiden zu können. Im Gegenteil, er sollte demokratisch legitimiert sein und Entscheide nicht im Alleingang
fällen.» «Das würde in der Konsequenz bedeuten, dass er
nicht mehr unfehlbar ist und dass der Papst vom Volk gewählt werden muss», entgegnete Dagmar und der Gedanke
gefiel ihr.

Wie so etwas umgesetzt und eine Anhängerschaft gebildet werden sollte, war beiden noch vollkommen schlei-
erhaft. Dagmar wollte es zuerst mit ihren Kolleginnen besprechen, während Ax sich eher über die technische
Umsetzung Gedanken machte. Auf jeden Fall war dies ein
Grund, sich wieder zu treffen und Ax wollte ein paar Tage
später wieder nach Berlin kommen.

28

Der Schock war dem Papst ins Gesicht geschrieben, als er sich mit seinem engsten Beratergremium traf, das eiligst einberufen worden war. Er, der sich immer als Mann des Friedens, der Verständigung und des Ausgleichs sah, wurde plötzlich mit einem Problem konfrontiert, das er nie für möglich gehalten hätte und mit dem er nicht umzugehen wusste. Seit Beginn seiner Amtszeit hatte er sich für die Koexistenz der verschiedenen Religionen eingesetzt und war damit vor allem auch in den eigenen Reihen auf zum Teil grossen Widerstand gestossen.

Und nun musste er sich mit Gewalt befassen, die explizit gegen den Kern seiner Kirche gerichtet war und aus islamistischen Kreisen stammte. Zwar waren nach allen Anschlägen der letzten Monate keine Bekennerschreiben eingegangen und niemand hatte die Verantwortung für die Taten übernommen. Aufgrund der Spuren gingen die Ermittlungsbehörden und Geheimdienste gesichert davon aus, dass die Drahtzieher dem Islamismus zuzurechnen seien.

Besonders schlimm wog für den Papst der Umstand, dass er nicht wusste, wogegen er sich verteidigen musste. Sogar abstrakte Gegner wie das Böse oder der Teufel waren für ihn einfacher zu deuten, zu erläutern und zu bekämpfen. Hier aber war sein Gegenspieler nicht fassbar, sein Ziel war nicht ersichtlich und deshalb war es beinahe unmöglich, ein Vorgehen zu entwickeln.

Beim Klerus, bei seinen Beraterstäben, aber auch unter den Gläubigen wuchs der Druck, dass der Papst sich nicht nur endlich äussern sollte, sondern es wurde erwartet, dass er reagierte und diesen Attentaten etwas entgegensetzte.

Natürlich konnte der Vatikan keine Kommandoaktion gegen irgendjemanden unternehmen, ganz abgesehen davon, dass er keinerlei Truppen oder derartige Organisationen unterhielt. Bereits bei den Kreuzzügen rekrutierte die Kirche keine eigene Armee, sondern musste sich auf Regenten und Fürstenhäuser verlassen, die kirchliche Eroberungsfeldzüge unternahmen. Im Gegenzug sorgte die Kirche für das ewige Leben und als seelische Ordnungsmacht für die Bevölkerung. So musste er auch dieses Mal mit den weltlichen Behörden zusammenarbeiten und darauf vertrauen, dass diese die Strafverfolgung und die Sühnung dieser Verbrechen übernahmen.

Mit diesen Gedanken befasst, traf er sich erneut mit der Kurie zur Förderung der Einheit der Christen, um sein Vorgehen zu besprechen. Giuseppe Montagnola war als einer der amtsältesten Würdenträger auch an der Sitzung anwesend. Der Papst bewunderte den Kardinal auf der einen Seite, war aber von dessen forscher Art, die Interessen der Kirche zu verteidigen, nicht immer überzeugt und hatte schon oft erleben müssen, wie dieser ihm zur Erreichung der eigenen Ziele Steine in den Weg gelegt hatte. In der derzeitigen Situation war Montagnola aber unverzichtbar und ein Mann mit festem Glauben und unerschütterlichen Grundsätzen bildete einen wichtigen Pfeiler für den Papst.

Die Diskussion im Gremium ging schleppend voran und war sehr mühsam. Aus Angst oder weil sie schlicht und einfach keine Ahnung hatten, was der Vatikan jetzt tun sollte, schweiften zahlreiche Kardinäle immer wieder vom eigentlichen Thema ab, lamentierten über die Anschläge, spekulierten über die Gruppen, die hinter solch infamen Aktionen stehen könnten und betonten, wie schrecklich auch sie die Ereignisse fanden. Benoît Lemaire warnte einmal mehr vor einer grossen religiösen Auseinandersetzung zwischen Ost und West und meinte, dass der Vatikan gut beraten wäre, mässigend auf die Gläubigen einzuwirken.

«Vertrauen wir darauf, dass in der Geschichte sich am Ende immer das Gute durchgesetzt hat», versuchte er zu argumentieren, was ihm zum Teil bissige Kommentare seiner Kardinalskollegen einbrachte.

Zum Glück musste der Papst die Sitzung nicht selbst leiten, bildete die Kurie doch formal ein Beratergremium, das Vorschläge und Empfehlungen ausarbeitete, aus denen der Papst wählen konnte, ob und was er umsetzen würde. Die Führung lag bei Montagnola, der Resultate und konkrete Handlungen erarbeiten wollte.

Einig war man sich relativ bald, dass der Papst im Rahmen einer Predigt auf dem Petersplatz Stellung nehmen sollte, da er als Vertreter Gottes nicht interviewt werden konnte. Seine Äusserungen sollten zwar an Klarheit und Entschiedenheit nichts zu wünschen übrig lassen, wären aber so weit offen zu belassen, dass sie Interpretationsspielraum böten. Je nach Entwicklung müsste das Wort des Papsts angepasst werden und dies geschähe am einfachsten, wenn er seine Gedanken unkonkret formulieren würde, damit der Vatikan später erklären könnte, was der Papst eigentlich gemeint hatte. Der einzige Haken an der Sache war, dass Montagnola damit im Vordergrund stand und vor allem seine Interpretation Gehör fände.

Inhaltlich war klar, dass die Kirche niemals zu Fall gebracht werden könne, wer immer sie auch in welcher Form angreifen würde. Ebenso sei sie weder an Gebäude und Würdenträger noch an besondere Orte gebunden, sondern der Glaube sei etwas, das in allen Gläubigen lebe, egal wo sie sich befänden. Montagnola wollte dies nicht so weit fassen, schienen ihm doch die Kathedralen als Orte von Macht und Ausstrahlung wichtig.

Dann lenkte er die Diskussion in eine neue Richtung. «Die infamen Anschläge», begann er, «galten nicht nur unserer Kirche, sondern richteten sich in Canterbury gegen unsere anglikanischen Freunde und in Dresden gegen die Protestanten. Somit ist das gesamte Christentum bedroht. Es fehlt nur noch, dass auf Kirchen der Alt-Katholiken und der Griechisch-Orthodoxen ebenfalls Anschläge verübt werden, sind deren Einrichtungen doch wohl ebenso gefährdet wie unsere eigenen. Nun gilt es vor allem, zusammenzustehen und die Krise gemeinsam zu meistern. Aus diesem Grund schlagen wir vor, dass wir alle christlichen Strömungen zu einem Treffen hier in Rom einladen und das Vorgehen gemeinsam beschliessen.» Die Einwände dagegen kamen postwendend. Einer der Kardinäle zweifelte daran, dass ein solches Vorhaben in kurzer Zeit organisiert werden könne, da die Positionen und Befindlichkeiten der verschiedenen Kirchen zu weit auseinanderlägen. Ein anderer bedauerte, dass sich nun die Politik der Trennung von Kirche und Staat räche, seien sie doch auf fremde Hilfe angewiesen. Wieder ein anderer wollte ein Treffen aller christlichen Staaten, was daran scheiterte, dass sich die Kardinäle nicht einig wurden, welche Staaten damit gemeint seien.

Montagnola liess dies alles nicht gelten. «Einem Treffen aller Kirchenoberhäupter steht nichts im Wege», fuhr er fort, «es setzt vor allem ein symbolisches Zeichen und was wir dort beschliessen wollen, kann immer noch diskutiert werden. In der Zwischenzeit können wir mit befreundeten Regierungen sondieren, welche Schritte unternommen werden sollen. Zudem ist es unsere heilige Pflicht, unseren Führungsanspruch für das Christentum zu festigen, indem wir den Terrorismus unter unserer Leitung zusammen mit den Anglikanern, den Alt-Katholiken, der griechisch-orthodoxen Kirche und den Protestanten bekämpfen.» Der Kardinal wusste genau, dass der Papst sich immer wieder für die Ökumene und das Miteinander der Kirchen eingesetzt hatte. Nun erhielt er die Gelegenheit, diese Haltung zu korrigieren und dem Papst waren in dieser Situation die Hände gebunden.

Am Ende stimmten die Kardinäle Montagnolas Vorgehen zu und zwei von ihnen wurden beauftragt, eine entsprechende Sitzung vorzubereiten, während Montagnola das Programm sowie den Text für die nächste Predigt ausarbeiten sollte, was dieser gerne übernahm. Natürlich wussten die meisten Kardinäle, dass sie damit das Heft aus der Hand gegeben hatten. Insgeheim waren sie aber froh, dass jemand in dieser Krisensituation die Initiative übernahm und somit die Verantwortung, die sie ohnehin nicht tragen wollten.

Als letztes Traktandum dieser Krisensitzung informierte Montagnola seine Kollegen und den Papst über die mittlerweile veröffentlichte Netflixserie über die Reformation und betonte, dass Netflix vorgängig auf die Kirche zugekommen sei und sie als Beraterin zugezogen hatte. Natürlich hatte keiner der Kardinäle die Serie gesehen, aber interessanterweise kannten sie zahlreiche Details und Szenen. Montagnola liess vom Gremium ein Dankesschreiben verfassen für die Bemühung des Senders um Wahrhaftigkeit in dieser Serie, verbunden mit der Hoffnung, dass dies auch bei weiteren Serien geschehen würde. Seine Verhandlungen mit Netflix, bei einer neuen Serie über den Islam einen Kirchenvertreter als Berater zu platzieren, verschwieg Montagnola allerdings.

29

Der Concierge des Hotels Aurore in Marseille lächelte zufrieden, als er an seinem Empfangstresen stand. Das Hotel war zwar nicht so schick, wie er sich erhofft hatte, aber es lag unauffällig mitten im Stadtzentrum und war gut ausgelastet. Er hatte den Job neu übernommen und kannte Marseille bisher höchstens als Tourist, war er zuvor nämlich in Paris tätig gewesen.

Seinen Arbeitsplatz in Paris hatte er überstürzt räumen müssen, bestand doch die Gefahr, dass das Alterszentrum ins Visier der Polizei geraten war. Deshalb hatten ihm seine Auftraggeber eine neue Identität verpasst und sämtliche Spuren, die zu ihm führten, gelöscht. Dies störte ihn nicht, er hatte bereits in Paris unter einem falschen Namen gearbeitet.

Er dachte an die letzte Zeit zurück. Begonnen hatte alles damit, dass diese Idioten von Attentätern in Paris das Fahrzeug mit den Waffen nach dem Anschlag vor der Seniorenresidenz geparkt hatten. Von dem Moment an hatten sich plötzlich verschiedene Leute für sie interessiert. Da war dieser Journalist, der eine Bewohnerin besuchte und sich als deren Grossneffe ausgab, obwohl dies gelogen war. Hinzu kam seine Freundin, die zufällig über Finanzströme in Europa recherchierte, und dann noch Beamte, die das Gebäude beschatteten und beim Arbeitsamt schnüffelten.

All dies hatte dazu geführt, dass seine Vorgesetzten beschlossen hatten, das Haus aufzugeben, obwohl alles perfekt eingefädelt worden war. Mit der Seniorenresidenz konnten sie sich Arbeits- und Aufenthaltsbewilligungen ausstellen lassen, die sich für die verschiedensten Personen nutzen liessen. Das an die Gartenmauern angrenzende Haus mit den Sozialwohnungen diente dazu, kurzfristig Personen unterzubringen, die mit diesen Ausweisen ausgestattet wurden. Zudem konnten sie als Pfleger gekleidet via Altersheim verschwinden. Ihre gesamte Infrastruktur für Reisende in den Mittleren Osten, Attentäter, aber auch Personen befreundeter Organisationen, die dort Unterschlupf erhielten, hatten sie so aufgebaut. Die Seniorenresidenz bot eine ideale Tarnung und konnte als unscheinbare Zentrale genutzt werden. Zu Beginn hatte niemand davon gesprochen, Terroristen dort aufzunehmen und zu beherbergen, die in der eigenen Stadt aktiv würden – diese hätten die ganze Einrichtung gefährden können, wie es sich nun auch ereignet hatte.

Es war ihm auch nicht klar, wie viel die Polizei wusste und ob alles nur Zufall war. Auf keinen Fall konnten sie es sich leisten, entdeckt zu werden. Ihre Ausgangslage hatte sich ohnehin erst mit dem Attentat in Paris geändert, als sie plötzlich beauftragt wurden, Pässe und Unterkünfte in ganz Westeuropa zu organisieren. Der Concierge war nicht so hoch in der Hierarchie, dass er mehr darüber erfahren würde. Das Letzte, das er vor seiner Abreise noch mitbekommen hatte, war, dass der Journalist offenbar bei einer Gasexplosion ums Leben gekommen war. Dafür war aber eine andere Abteilung ihrer Organisation zuständig.

Der Concierge hatte in Marseille neben seinem Tarnberuf neue Aufgaben übernommen. Die erste bestand darin, den Koordinator der Pariser Anschläge zu unterstützen, der bei ihm in Hotel gastierte und den er zuvor einmal kurz getroffen hatte. Dessen einziger Wunsch bestand darin, dass ihm ein Motorrad organisiert wurde, da er einen Auftrag in Cassis hatte. Nach getaner Arbeit wollte er wieder ins Hotel Aurore zurückkehren und gab daher dem Concierge ein kleines Päckchen zur Aufbewahrung.

Das grösste Talent des Concierge bestand darin, dass er diskret Leute zusammenführen und für die entsprechende Unterbringung sorgen konnte und sich diese Orte so unauffällig in die Umgebung einfügten, dass niemand Verdacht schöpfte. Dies kam ihm nun bei der nächsten Aufgabe zugute.

Der neue Gast traf ohne Vorankündigung ein. Dank eines vereinbarten Codes wusste der Concierge, dass es sich um einen speziellen Gast handelte, der betreut werden musste. Woher er kam und wie er angereist war, wusste er nicht und brauchte es auch nicht zu erfahren. Eine der Besonderheiten des Gasts war, dass er kein Mobiltelefon hatte. Vielmehr musste alles, was er jemanden mitteilte, und alle Nachrichten an ihn durch einen Kurier an verschiedene Orte gebracht und von dort per Telefon oder Laptop versandt werden, was eine Ortung oder das Abhören des Gasts verunmöglichte.

Sorge bereitete dem Gast, dass der Koordinator von Paris nicht mehr ins Hotel Aurore zurückgekehrt war. Beide wussten nur, dass er etwas in Cassis erledigen musste und sie ihn nicht erreichen konnten. Bei der Rückkehr sollte er allerdings sofort vom Concierge zum neuen Gast gebracht werden.

Bei der Planung einer weiteren Aktion wurde der Concierge stärker eingebunden, als er dies erwartet hatte und bisher gewohnt war und er war stolz, dass er etwas zum Kampf für das Gute, wie man ihn glauben machte, beitragen konnte. Ab sofort war der Gast nun sein Vorgesetzter, der ihm Anweisungen gab, ihn aber auch ein Stück weit in die Pläne einweihte.

Ort und Zeitpunkt blieben noch geheim, aber der nächste Anschlag sollte nicht in Westeuropa, sondern im Mittleren Osten stattfinden. Entsetzt erfuhr er, dass dieser sich gegen eine Moschee richten solle und neben Touristen vielleicht auch gläubige Muslime treffen würde. Dies leuchtete ihm zuerst nicht ein und sein neuer Vorgesetzter klärte ihn auf. «Wir stehen mitten in einem Religionskrieg gegen die Christen, die unsere Völker unterdrücken», begann er. «Mit den Anschlägen gegen religiöse Ziele sind wir in eine neue Phase eingetreten. Es ist zu erwarten, dass der Westen zurückschlägt. Dies wollen wir beschleunigen, um den gläubigen Muslimen zu demonstrieren, wie hinterhältig der Westen geworden ist.» Den Einwand des Concierge, damit würden auch unschuldige Muslime getötet, liess er nicht gelten. «Diese Opfer werden zu Märtyrern für unsere Sache und sogleich ins Paradies kommen. Im Krieg gibt es immer Opfer.»

Der Vorgesetzte liess diese Information etwas setzen, bevor er weiterfuhr und den Concierge so weit wie nötig ins Projekt einweihte. Er erläuterte: «Wir haben eine Reihe von Europäern, die sich unserer Sache und verschiedenen unserer Organisationen angeschlossen haben. Einige davon sind bereit, sich für uns zu opfern. Diese sollen die Moschee in einer Kommandoaktion mit westlichen Waffen, Militärausrüstung und Fahrzeugen angreifen. Bis der Westen dementieren kann, dass die Aktion nicht von Christen verübt wurde, haben wir die öffentliche Meinung bereits auf unsere Seite gebracht.»

Der Concierge sah ein, dass er sich gegen die Argumente nicht wehren konnte und war eigentlich ganz froh, dass er nur in Marseille mitarbeitete und nicht vor Ort. Das Hotel sollte dabei zu einem Rekrutierungszentrum werden, um die geeigneten Kandidaten auszuwählen und sie zu unterstützen.

30

Piet sass gerade mit Mireille beim Frühstück in Alba, nachdem sie ein exzellentes Abendessen in einem der führenden Slow-Food-Restaurants genossen und eine ebenso harmonische Nacht verbracht hatten, als sein Telefon mit einer ihm unbekannten Nummer klingelte. Der Mann am anderen Ende stellte sich als Bischof Montagnola vor, der sich um die Familie Frani kümmern würde. Er hatte von ihrem Treffen erfahren und lud die beiden zu sich ein, da er gerne über das Gehörte sprechen würde. Sofort war das Journalisteninteresse der beiden geweckt und sie verabredeten sich für den Nachmittag in Siena. Piet und Mireille brachen kurz danach auf, da sie mit einer fünfstündigen Fahrt rechnen mussten.

Pünktlich trafen sie im Grand Hotel Oriental ein und Montagnola erwartete sie bereits in der Lobby. Er entschuldigte sich sogleich, dass er sich am Telefon als Bischof ausgegeben hatte, obwohl er auch einmal Bischof gewesen war und so eigentlich nicht gelogen hatte. Er begründete dies damit, dass Piet es womöglich als eigenartig empfunden hätte, von einem Kardinal angerufen zu werden. Es sei ihm lieber gewesen, die beiden von Angesicht zu Angesicht zu treffen, um Missverständnisse zu vermeiden.

Selbstverständlich waren Piet und Mireille über dieses Geständnis nicht sonderlich überrascht, sie hatten auf der Fahrt genügend Zeit gehabt, zu recherchieren, mit wem sie es zu tun bekämen und hatten nur einen Kardinal mit diesem Namen gefunden, der für den Anruf infrage kam. Und ebenso hatten sie sich bereits ein paar Fragen überlegt, da es durchaus ungewöhnlich war, wenn sich ein Kardinal in eine Geschichte einmischte, die sie nur als lokal einschätzten.

«Der Rummel um die verkauften Kunstwerke ist Uns als Freund der Kunst natürlich nicht entgangen», begann er, nachdem sie sich in eine schwer einsehbare Ecke zurückgezogen hatten. «Bis gestern wussten Wir allerdings nicht, dass ein Bischof darin involviert war. Nach Ihrem gestrigen Besuch hatte der Grossneffe der Contessa Frani umgehend bei uns angerufen, da er fürchtete, dass die Angelegenheit in einem falschen Licht erscheinen würde und daraufhin wurden Wir informiert. Sie wissen ja vermutlich, dass die Familie Frani enge Beziehungen zur Kirche pflegt und rasch Gehör findet.» Er ergänzte, wie wichtig ihm der gute Ruf der Kirche sei und dass man im Vatikan peinlichst darauf achtete, nach zahllosen Angriffen und Vorwürfen zu den verschiedensten Themen in den letzten Jahren möglichst keine Angriffsfläche mehr zu bieten. Aus diesem Grund habe er sich entschlossen, die Sache selbst in die Hand zu nehmen und ein für alle Mal für Ordnung zu sorgen. Mit dem zuständigen Bischof habe er bereits gesprochen und eine interne Untersuchung angeordnet, damit solche Verkäufe unter falschem Namen nicht mehr vorkommen könnten.

Piet war über diese Offenheit und rasche Reaktion positiv überrascht, da ihm die Kirche bisher als unnahbare Institution erschienen war. Mireille hingegen hatte Zweifel, da sie nicht nachvollziehen konnte, weshalb ein Kardinal sich eines solch kleinen Problems annahm, ausser es steckte mehr dahinter.

Daher begann sie, Fragen zu stellen. Montagnola betonte zwar, dass er auch noch nicht alle Details kenne, ihr aber so gut es ging Auskünfte geben würde. «Ich schätze es zwar sehr, dass wir mit Ihnen sprechen können», entgegnete sie, «aber ist es nicht etwas übertrieben, dass Sie alles stehen und liegen lassen, nur um sich innert vierundzwanzig

Stunden mit zwei Personen zu treffen, die eine ältere Dame besucht haben? Das klingt, gelinde gesagt, ziemlich nach Panik. Zudem, wenn man die kirchliche Bürokratie kennt, ist es absolut unwahrscheinlich, dass Sie überhaupt innerhalb eines Tages eine solche Information erhalten würden. Mit Verlaub, die Geschichte wirkt etwas gar konstruiert und unglaubwürdig. Es muss noch etwas anderes dahinterstecken, sonst hätten Sie nie auf diese Weise reagiert.»

Der Kardinal merkte, dass er verloren hatte. Dies war ihm gar nicht so unrecht, zeigte es doch, dass die Journalisten für die vorgesehenen Aufgaben recht gut geeignet waren, und er erwiderte: «In normalen Zeiten hätten wir uns sicher nicht sofort mit Ihnen getroffen, aber wir leben nicht in solchen. Wenn uns Geschehnisse von Externen zugetragen werden und wir nicht wissen, was unsere Vertreter tun, ist das immer ein Alarmzeichen. Der Kunsthandel ist ein heikles Geschäft und wir möchten auf keinen Fall in irgendeine Geschichte hineingezogen werden. Wir wissen noch nicht genau, was dieser Bischof getan und in wessen Namen er gehandelt hat und ebenso wenig, wessen Bilder er verkauft hat, weshalb wir dies möglichst rasch klären wollen. Zudem stehen wir im Moment mit all den Anschlägen vor einer weitaus grösseren Herausforderung und haben zwar keine Angst um die Kirche als Institution, aber wir sorgen uns um die Sicherheit unserer Gläubigen, die wir unter keinen Umständen aus den Kirchen vertreiben wollen.»

Und dann unterbreitete Montagnola den beiden seinen Vorschlag, weswegen er sie so rasch und persönlich treffen wollte: «Wir möchten so umfassend es geht herausfinden, was hinter dieser Geschichte mit den Bildern steckt, die angeblich von der Contessa Frani stammen und mit kirchlicher Hilfe den Weg in den Kunstmarkt gefunden haben, obwohl Herkunft und Besitzer nicht klar sind. Wir bieten Ihnen unsere Hilfe bei der Recherche an und ermöglichen

Ihnen den Zugang zu potenziellen Zeugen, die Sie befragen können. Gerne können Sie die Resultate veröffentlichen und diese Geschichte anschliessend an Medien verkaufen, aber unter einer Bedingung: Vor einer Veröffentlichung möchten wir sie sehen und gegebenenfalls in ein richtiges Licht rücken können.»

Für Mireille kam diese Art von Zensur überhaupt nicht infrage und sie wollte das Angebot sofort ablehnen. Piet aber hielt sie zurück und sprach zum Kardinal: «Sie können sich sicherlich denken, dass wir ein Angebot nicht annehmen können, das unsere journalistische Glaubwürdigkeit untergräbt und die Wahrheitsfindung behindern könnte.» Es folgte ein längerer Disput, wie sie zusammenarbeiten könnten, damit beide Seiten zufrieden waren. Im Grunde genommen wussten die beiden genau, dass sie ohne Hilfe des Kardinals keine Chance hätten, überhaupt in die Geschichte eintauchen zu können. Schliesslich einigten sie sich darauf, dass sie ihre Arbeit im Auftrag des Kardinals durchführen würden, aber die Resultate unabhängig als Mediengeschichte veröffentlichen dürften. Für Piet und Mireille bedeutete dies zwar eine Einschränkung, aber sie akzeptierten diese Lösung, bei der die Verhältnisse klar waren.

Der Kardinal verabschiedete sich sehr zufrieden von den beiden, auf diese Weise konnte er unliebsame Resultate verhindern und hatte vielleicht erst noch ein Sprachrohr für seine weiteren Pläne gefunden. Piet und Mireille machten sich auf den Weg zum Campo, um dort einen Aperitif zu geniessen.

31

Das Ministertreffen fand unter Ausschluss der Öffentlichkeit statt. Auf der einen Seite ging es um die Sicherheit in Europa, die Anschläge der vergangenen Monate und die Reaktion darauf sowie um die Koordination verschiedener Massnahmen, was nur hinter verschlossenen Türen und ohne begleitende Diskussion in den Medien möglich war. Andererseits war es für alle Teilnehmer heikel, ob und wie weit sie sich für die Kirche und deren Schutz engagieren wollten, richteten sich die Attentate doch eindeutig nur gegen kirchliche Organisationen und nicht gegen staatliche Institutionen. Zum Teil hatten sie unterschiedliche Interessen je nach Verhältnis zwischen Kirche und Staat oder mussten auf religiöse Minderheiten im eigenen Land Rücksicht nehmen.

Hinzu kam ein weiteres Problem, für das sie den Papst direkt verantwortlich machten. Dieser hatte in seiner letzten Predigt auf dem Petersplatz in Rom auf die Attentate reagiert, was ihm wohl niemand verdenken konnte. Auch sein Vorhaben, die obersten Vertreter der verschiedenen christlichen Religionen zu einem Treffen einzuladen, stiess auf breite Zustimmung. Alle Teilnehmer wussten im Grunde genommen, dass bei solchen Veranstaltungen kaum je ein greifbares Resultat herauskam, aber die Geste und das Bild, die sich in den Medien ausschlachten liessen, hatten eine grosse Symbolwirkung. Sie begrüssten das Vorhaben sogar, das etwas davon ablenkte, wie schlecht die einzelnen Staaten eigentlich auf solche Ereignisse vorbereitet waren und den Fokus hin zur Kirche verschob.

Ebenfalls waren seine Äusserungen zur Völkerverständigung und zum Zusammenstehen aller Gläubigen und dass jene ihren Mut nicht verlieren sollten problemlos. Danach aber begann er, über Reaktionen und Massnahmen zu sprechen, was zuerst harmlos wirkte, doch sein Ton verschärfte sich immer mehr. Er schilderte die unmittelbare Bedrohung für die Christen und die westliche, europäische Lebensart – obwohl er deren Auswirkungen und Auswüchse selbst gar nicht schätzte –, wogegen sich die Christen einsetzen und wehren müssten. Seine Ausführungen gipfelten darin, dass er von einem Kreuzzug für das Gute sprach, was eigentlich einem Kreuzzug für das Christentum gleichkam. Natürlich nahm er keinerlei Bezug auf die Kreuzzüge des Mittelalters, als europäische Könige und Fürsten mit dem Argument der Missionierung den halben Nahen Osten plünderten und alle Ungläubigen eliminierten. Doch der Begriff war gefallen und er wurde von Freund und Feind sofort aufgenommen.

Dies erleichterte die Aufgabe für die Minister und die Regierungen Europas in keiner Weise, sondern polarisierte zusätzlich. Der Papst selbst war sich anfänglich der Wirkung seiner Worte gar nicht bewusst. Er hatte die Predigt wie gewöhnlich nicht selbst geschrieben, sondern nur Vorgaben geliefert und sie auch vorgängig nicht kritisch durchgelesen. Er vertraute seinem Autor Montagnola und konnte sich im Endeffekt auch schlecht gegen ihn durchsetzen, wenn es hart auf hart ging. Zugegeben, sie war etwas harsch formuliert, aber die Gläubigen sollten sein Entsetzen und seine Bestürzung spüren.

Dieser Effekt trat denn auch ein. Die sozialen Medien explodierten, Hassbotschaften wogten hin und her und während die einen von Rassismus sprachen, fühlten sich die anderen in ihrer Meinung bestärkt. Zurücknehmen liessen sich die Äusserungen nicht mehr und dem Papst blieb nur, auf seiner Linie zu beharren. Dies war dadurch etwas einfacher, da er keinerlei Stellungnahmen abgeben musste und sich in einer eigenen Liga befand, die vom täglichen Leben ziemlich abgehoben war.

Montagnola war etwas mehr betroffen, er war bei diesem Ministertreffen eingeladen und wurde dort sofort zur Rede gestellt. «Dieser Ausdruck ‹Kreuzzug› war für die meisten von uns zu viel des Guten», hob der belgische Minister an, «wissen Sie, wie so etwas zustande kommen kann? Immerhin wachen Sie darüber, welche grossen Linien der Vatikan vertritt, und Sie müssten ja wissen, was ein solcher Begriff auslöst.» Der Kardinal mimte den Unschuldigen und entgegnete: «Wir haben selten jemanden so verzweifelt gesehen, der sein Leben für Frieden und Gerechtigkeit eingesetzt hat und nun mitansehen muss, wie sein Lebenswerk zerstört wird. Es ist für ihn unerträglich, dass die Kirche, die Inbegriff von Schutz und Integrität ist, plötzlich mit Angriffen übersät wird und den Gläubigen demonstriert, dass man sich nicht mehr auf sie verlassen kann.» Er erläuterte weiter, dass der Vatikan beschlossen hatte, die verschiedensten Kirchenführer zu einem Treffen nach Rom einzuladen, was ja im ersten Teil der Predigt auch verkündet worden war. Dass sich der Papst danach emotional aufladen und über das Ziel hinausschiessen würde, konnte niemand erwarten, am wenigsten er selbst, der die Predigt in ihrer Urversion verfasst hatte. Ein Teil der Minister glaubte Montagnola, diejenigen, die ihn besser kannten, vermutlich nicht. Dies spielte insofern keine Rolle, da es sich ohnehin um jene handelte, denen diese Haltung des Papsts entgegenkam.

Anschliessend wandten sie sich ihrem eigentlichen Thema zu, der Bekämpfung des Terrors. Allerdings waren die Minister etwas ratlos, da sie kaum Hinweise besassen. Noch immer war nicht klar, wer hinter den Anschlägen steckte. Auf der einen Seite hatten sie sich gehäuft, andererseits war deren Wirkung jeweils relativ schwach. Aus diesem Grund waren sich die Geheimdienste nicht einig, ob es sich um Einzeltäter handelte oder ob die geringe Sprengkraft beabsichtigt war. Immerhin blieb der Effekt der Verängstigung gleich gross und logistisch war es wesentlich einfacher, mit einer kleineren Gruppe und weniger Sprengstoff zu arbeiten. Gegen die Einzeltäter sprach zudem die hohe Dichte an Anschlägen an verschiedenen Orten, die sich aber immer gegen kirchliche Ziele richteten.

Wenig erhellend war der Bericht aus Grossbritannien, da der Chefermittler Peter McCoy berichtete, dass die Vereitlung des Attentats in Canterbury auf einen Zufall zurückzuführen und letztlich der beinahe lückenlosen Überwachung und deren Auswertung zu verdanken war. Auch die Idee der Polizei, nur von einem toten Attentäter zu sprechen und den Zustand des anderen offenzulassen, führte weder bei überwachten Verdächtigten zu Reaktionen noch konnte dies sonst ausgewertet werden. Der zweite Attentäter war denn auch kurz nach der Einlieferung in ein Krankenhaus verstorben und konnte zu keinem Zeitpunkt befragt werden.

Einig waren sich die Minister am Ende der Veranstaltung, dass sie ihre Zusammenarbeit verstärken und vor allem ihre Überwachungsdaten rascher und zielgerichteter austauschen wollten. Selbstverständlich würden sie die Kirche unterstützen und alles unternehmen, um die Attentate einzudämmen, aber eine politische Einmischung oder Forderungen nach einem engeren Zusammenhalt der Christen blieben jedem Land selbst überlassen. Trotzdem reiste Montagnola positiv gestimmt ab, wusste er doch, dass er von den Regierungen nicht im Stich gelassen würde, ganz egal, was der Papst auch sagte. Sein Test hatte perfekt funktioniert.

32

Bereits zum zweiten Mal innert weniger Tage landete Ax in Berlin und seine Vorfreude auf Dagmar war riesig. Ganz egal, ob bei ihrer Zusammenarbeit und ihren Projekten etwas herauskam oder nicht, dachte er, war dies auf jeden Fall genügend Motivation. Nach seiner Rückreise war er voller Euphorie gewesen und hatte sich Gedanken gemacht, wie die beiden vorgehen sollten, denn dass etwas unmöglich sein könnte, kam in seinem Wortschatz nicht vor. Auf eine Hotelbuchung verzichtete er im Vornherein und so trafen sie sich gleich in Dagmars Wohnung.

Sie hatte in der Zwischenzeit ihre selbst gestellten Hausaufgaben gemacht, sich mit ihren verschiedenen Aktivistinnengruppen getroffen und die Lage analysiert. Bis vor Kurzem hatte er immer noch gehofft, sie von ihrem Vorhaben abbringen oder es wenigstens in vernünftige Bahnen lenken zu können. Er hatte noch immer dieselbe opportunistische Haltung wie zu der Zeit, als er Dagmar kennengelernt hatte, wobei er ihr nie erzählt hatte, dass er seine Studienwahl damals von der Anzahl hübscher Frauen abhängig gemacht hatte.

Diese Idee hatte sich jedoch zerschlagen, seit der Papst öffentlich von einem Kreuzzug gesprochen und somit die halbe Welt gegen sich aufgebracht hatte. Spätestens, als er von Dagmar mit Textnachrichten überhäuft wurde wie «Siehst du, jetzt geht es richtig los», war ihm dies klar geworden. Gleichzeitig beabsichtigte er, ein neues Netz an Protestierenden aufzubauen, das sich später für die verschiedensten Aktivitäten nutzen liesse. Er wusste, wie wertvoll solche Daten sein konnten und wie rasch sich die

Menschen für irgendein Anliegen begeistern liessen, mochte die Umsetzung auch noch so schwierig zu erreichen oder die Forderung schlicht unsinnig sein. Für jede Minderheit gab es eine Protestbewegung, wurde Geld gesammelt oder wurden Leute gesucht, die sich damit identifizierten, und es war ein Leichtes, dies zu bündeln. Aber das musste Dagmar wohl kaum wissen.

Stolz erzählte ihm Dagmar nach seiner Ankunft von den verschiedenen Treffen und Aktivitäten, die sie zusammen mit ihren Aktivistinnen ausgeheckt hatte. Die Ideen reichten vom Besetzen des Bischofssitzes in Berlin Mitte über Mahnwachen und Sprayaktionen bis zu einer Grossdemo auf dem Platz vor dem Sitz. Frauenorganisationen, Aktivistinnen aller Couleur, Parteien und Bürgerinitiativen sollten dazu eingeladen werden. Ax musste einen Weg finden, Dagmar zu erläutern, dass dies das Repertoire von vor zwanzig Jahren war und heute ganz andere Möglichkeiten bestanden. Ein Protest oder eine Aktion musste international erfolgen, um Gehör zu erhalten, konnte aber trotzdem bequem vom eigenen Sofa von zu Hause aus geleitet und durchgeführt werden. Er nahm die verschiedenen weltweiten Protestbewegungen als Beispiel und zeigte ihr, wie diese aufgebaut und weshalb sie erfolgreich waren.

Den Aufhänger für eine Aktion hatten sie immerhin bereits gefunden, mit der Erwähnung des Kreuzzugs hatte der Papst ein Schlagwort geliefert, das in eine Aufforderung oder in einen Aufruf umgemünzt werden konnte. Schwieriger war es jedoch, zu formulieren, was Dagmar und ihre Mitstreiterinnen überhaupt erreichen wollten. Nicht ganz überraschend wartete sie mit ungefähr allen Ungerechtigkeiten auf, die sie empfand und in einem Aufwisch lösen wollte. Neben der noch naheliegendsten Unterdrückung von Religionen kamen Rassendiskriminierung, Sexismus, Chancenungleichheit, die Probleme der Entwicklungsländer, unfaire Mieten und Gewinne der Reichen dazu und zahlreiche weitere Ideen. Dazwischen musste sie wenigstens eine Verschnaufpause machen, die Ax nutzte, um sie zu bremsen. «Ich verstehe ja, dass es endlos viele Themen gibt, auf die wir losgehen sollten», begann er, «doch müssen wir uns auf etwas fokussieren. Wir können danach aber unsere zahlreichen Kontakte nutzen, um das nächste Thema zu bearbeiten.» Natürlich dachte er dabei vor allem an sein Geschäftsmodell, das er aber erst später selbst angehen würde. Vielleicht war ja auch Dagmar als Galionsfigur für weitere Proteste gar keine schlechte Wahl.

Sie beschlossen schliesslich, sich gegen den Aufruf zum Kreuzzug einzusetzen, gegen den Führungsanspruch des Christentums und die Diskriminierung des Islam. Es war naheliegend und versprach die grösste Chance zum Erfolg, würden sicherlich auch andere Kreise auf diesen Zug aufspringen. Mehr Mühe machte Dagmar bereits der Umstand, dass das Ganze in Englisch sein sollte. Sie hatte nie daran gedacht, dass eine internationale Kampagne nicht Deutsch als Grundlage haben konnte, bisher hatte sie sich im lokalen Raum bewegt. Wenig originell, aber wirksam schlug Ax als Name der Kampagne #NoCrusade vor. Es frustrierte Dagmar auch, dass alle Botschaften sehr kurz sein mussten, da sie stets grossen Wert auf gute Formulierungen legte und sogar bei ihren Protestplakaten jeweils auf Grammatik und richtige Interpunktion geachtet hatte. Dass nun Ax erklärte, dass sich die meisten Anhängerinnen und Anhänger bei Kampagnen gar nicht für den Inhalt interessierten, sondern nur einem Slogan nachliefen, verstand sie nicht.

Doch im Zentrum standen im Moment Dagmars Aktivitäten und in gewisser Weise auch, dass die Idee und das Konzept von ihr stammten. Ihren Freundinnen hatte sie vorgeschwärmt, dass sie mit Ax einen Top-Social-Media-Kenner an Land gezogen habe, der ihr helfen wolle, auch wenn sein politisches Bewusstsein etwas schwach entwickelt sei. Die Vorgeschichte mit Ax blendete sie dabei elegant aus und dachte, es sei immer noch genug früh, davon zu erzählen, wenn sie ihn ihren Aktivistinnen einmal vorstellen würde.

Trotz gut vorbereiteter Kampagne brauchten sie aber einen Startschuss mit möglichst grosser medialer Wirkung, am liebsten mit einem Polizeieinsatz. Die Gelegenheit bot sich schneller, als sie zuerst vermutet hatten. Auch wenn Ax die Besetzung des Bischofssitzes zuerst belächelt hatte, bot dieser eine ideale Kulisse. Das Gebäude der Staatsoper Berlin befand sich in unmittelbarer Nachbarschaft zur St. Hedwigs-Kathedrale, dem Sitz des Bistums, und Erstere veranstaltete unter dem Motto «Staatsoper für alle» Open-Air-Konzerte vor ihrem Haus. Wenn ein solches Konzert, das vom Fernsehen übertragen wurde, durch eine schrille Aktion vor dem Bischofssitz gestört würde, wäre ihnen Medienpräsenz sicher. So kam es, dass #NoCrusade in Berlin das Licht der Welt erblickte und die Gesellschaft spaltete in jene, welche die Störung eines kulturellen Anlasses strikt ablehnten, und jene, die sich auch für das Anliegen engagierten, es also posteten und damit viral verbreiten halfen.

33

Der Scheich war ausser sich vor Wut, was aber kaum zu bemerken war, da er seit Jahren an den Rollstuhl gefesselt war und sich nur mit Mühe bewegen konnte. Er hatte den Mann aus Marseille zu sich gerufen, was eigentlich all seinen Sicherheitsbemühungen widersprach, doch hatte die Situation dies nötig gemacht. Jener hatte auf dem Weg versucht, möglichst keine Spuren zu hinterlassen und musste daher seine Reise mehrfach unterbrechen und seine Reisevehikel wechseln, was eine Nachverfolgung erschwerte. Zudem wurde er zum Treffen mit dem Scheich von einem seiner vertrautesten Mitarbeiter eingeschleust, damit niemand wusste, dass sich die beiden Männer überhaupt gesehen hatten.

«Was ist in Istanbul geschehen?», begann er. «Welcher Idiot hat alles vermasselt und unsere perfekte Planung torpediert?», sprach er weiter. Der Mann aus Marseille wusste nur allzu gut, auf welch dünnem Eis er sich befand und dass jede falsche Antwort fatale Konsequenzen für ihn selbst haben könnte. Deshalb begann er, das Geschehen ausführlich zu schildern, damit ihm nicht der Vorwurf gemacht werden konnte, er habe etwas zu erwähnen vergessen.

Er erläuterte detailliert, wie er die Attentäter ausgesucht und in Marseille geschult hatte, jeweils einzeln, damit jeder nur das Nötigste erfahren würde. Erst gegen Ende der Instruktion hatten sie jeweils zwei zusammengenommen, da sie ein Team bildeten und ihre Arbeit aufeinander abgestimmt werden musste. Dabei habe er nie den Eindruck gewonnen, dass die Ausgewählten ein anderes Ziel gehabt oder die Anstrengungen unterlaufen hätten, auch wenn er sich des Risikos, Leute zu nehmen, die in Europa aufgewachsen waren, durchaus bewusst war. Zudem hatte er zweien der Teams erzählt, es handle sich um eine Kommandoaktion, weshalb er mit ihnen auch einen Rückzug plante, obwohl dieser gar nicht vorgesehen war. Alle waren anschliessend getrennt und auf verschiedenen Wegen nach Istanbul gebracht worden, denn die Teams sollten autonom handeln. Die restlichen Vorbereitungen wurden von lokalen Helfern übernommen, die weder das Ziel noch sonst etwas von den Plänen und Abläufen wussten.

Beim Anschlag wurden drei Zweierteams eingesetzt. Zwei davon sollten die Hagia Sophia von Norden und Süden her mit einem Fahrzeug angreifen, während das dritte Team bereits als Touristen getarnt mit hereingeschmuggelten Waffen und Sprengstoffwesten im Innern des Geländes wartete. Erst wenn die Besucher versuchten, möglichst ins Geländeinnere zu flüchten, sollte dieses aktiv werden. Dass bei den Opfern kein Unterschied zwischen Touristinnen und Touristen sowie Gläubigen gemacht werden sollte, wussten nur die Attentäter selbst. Hingegen wussten sie nicht, dass ihr Überleben nicht geplant war. Gleichzeitig hatte der Scheich angeordnet, dass die Attentäter nicht ins Innere der Hagia Sophia eindringen sollten, da er die Stätte nicht entweihen wollte.

Aber es kam alles anders. Das erste Zweierteam hatte in einem Versteck in einem der unübersichtlichen Stadtteile übernachtet und wollte gerade mit seinem mit Waffen und Handgranaten vollgestopften Auto losfahren, als es von Spezialeinheiten der Armee angegriffen wurde. In einem kurzen, aber intensiven Schusswechsel wurden beide getötet. In der anschliessenden Medienerklärung der Polizei und im lokalen Fernsehen sprach jene danach von einer Abrechnung unter zwei konkurrenzierenden kriminellen Banden.

Das zweite Team, ein Mann und eine Frau, übernachtete im Gülhanepark Hotel ganz in der Nähe der Hagia Sophia. Die beiden dachten, in einem Viersternehotel und als Paar würden sie kaum auffallen. Sie checkten relativ spät ein, um das Risiko, aufgespürt und entdeckt zu werden, zu minimieren. Wegen ihrer späten Ankunft hatten sie nicht bemerkt, dass sie die einzigen Gäste auf der ganzen Etage waren und das Stockwerk unter ihnen nicht besetzt war. Als ihre Zimmertür aufgebrochen und eine Blendgranate hineingeworfen wurde, schliefen sie. Es gelang dem Mann zwar noch, zum Nachttisch zu hechten und seine bereitliegende Pistole zu fassen, er sah aber die Angreifer nicht, die ihrerseits mit Nachtsichtgeräten ausgerüstet waren. Die Aktion dauerte weniger als eine Minute, bis die beiden tot nebeneinanderlagen. Zufrieden übergab die Spezialeinheit das Hotel den Spezialisten, die alle Spuren entfernen sollten.

Das dritte Team schliesslich befand sich bereits innerhalb des Geländes der Hagia Sophia und wartete auf seinen Einsatz. Die Waffen lagerten in einem Versteck und sollten von beiden Attentätern erst kurz vor der vereinbarten Zeit hervorgeholt werden. Die beiden benahmen sich wie Touristen und spazierten scheinbar planlos auf dem Gelände umher, ohne zu ahnen, dass sie beobachtet wurden. Als sie sich zu ihrem Versteck begaben, fanden sie dieses leer vor. Im selben Moment tauchten plötzlich Sicherheitskräfte auf und überwältigten die beiden, bevor sie sich wehren konnten. Zu ihrem Nachteil waren sie in jenem Moment auch noch unbewaffnet, da sie das Risiko nicht eingehen wollten, bei der Eingangskontrolle mit Waffen hängenzubleiben. Beide wurden von der Armee unauffällig weggebracht, sodass niemand in der Nähe etwas bemerkte.

Diese Details kannten aber weder der Scheich noch der Mann aus Marseille. Sie wussten lediglich, dass das erste Team im Auto angegriffen und vermutlich von Sicherheitskräften überwältigt worden war, wie ihnen ein Helfer, der die Attentäter beherbergt hatte, in Panik erzählt hatte. Zudem gab es in den einschlägigen Kreisen Istanbuls Gerüchte über einen Militär- oder Polizeieinsatz in einem Hotel in der Nähe der Hagia Sophia, ohne dass jemand genau wusste, was wo vorgefallen war. Das Waffendepot war ein paar Tage nach dem versuchten Anschlag leer, wie die Kontrolle durch einen weiteren Helfer ergab.

Der Mann aus Marseille und der Scheich konnten sich nicht vorstellen, von wo die türkischen Sicherheitskräfte vom bevorstehenden Angriff wussten und ihn so detailliert kannten, dass sie ihn verhindern konnten. Irgendwo mussten ein Leck und ein Verräter in den eigenen Reihen sein. Der Concierge in Marseille war nicht detailliert in das Vorhaben eingeweiht und die Helfer vor Ort hatten nur Anweisungen für ihren Teil. Beunruhigend war auch, dass vier der Attentäter verschwunden waren und sich nicht zurückmeldeten. Normalerweise sickerten Informationen durch. In diesem Fall jedoch fehlten alle Hinweise und es war nicht möglich, herauszufinden, ob einer von ihnen etwas verraten hatte.

Ebenso beunruhigt waren die beiden aber auch über die Ereignisse in Cassis. Der Spezialist, der die beiden Journalisten liquidieren sollte, war nicht nach Marseille zurückgekehrt und hatte sich auch nicht mehr gemeldet. Sie konnten sich auch nicht vorstellen, dass der Mann statt zum Täter plötzlich zum Opfer geworden war und bereits nicht mehr lebte. Vielmehr mussten sie davon ausgehen, dass er untergetaucht und womöglich er das Leck war, das sie suchten. Er war nicht direkt in den Anschlag in Istanbul involviert, hatte aber dank seiner Hierarchiestufe Zugang zu mehr Informationen, als dies blosse Attentäter hatten. Immerhin hatte der Scheich erfahren, dass die beiden Journalisten noch lebten und nach ein paar Tagen Abwesenheit wieder auf dem Rückweg nach Cassis waren.

Wütend war der Scheich nicht nur, weil der Anschlag in Istanbul gescheitert war, sondern wegen der damit verbundenen Unsicherheit über den Verbleib und die Absichten seiner Untergebenen, denen er offensichtlich nicht trauen konnte. Zwar war er an der Rekrutierung nicht direkt beteiligt, musste aber alles genehmigen. Auch würden seine Auftraggeber gar nicht erfreut reagieren und womöglich alles selbst in die Hand nehmen, womit sein Netz wertlos würde. Er musste sich deshalb rasch Klarheit verschaffen und dafür war er auf den Mann aus Marseille angewiesen, da sein eigener Bewegungsradius mit dem Rollstuhl stark eingeschränkt war. Zudem verzichtete er aus Sicherheitsgründen auf elektronische Kommunikationsmittel.

Die beiden Männer verständigten sich auf einen Plan. In erster Priorität wollten sie sich um die beiden Journalisten kümmern und gleichzeitig galt es, so viel wie möglich über den überfälligen Mann in Cassis herauszufinden. Weiter sollte in Erfahrung gebracht werden, was in Istanbul geschehen war, ohne dass aber der Mann aus Marseille dorthin reisen würde. Und schliesslich musste das Leck oder der Verräter dringend gefunden werden. Dazu machten sie sich eine Liste, bei wem die Wahrscheinlichkeit am grössten war, wobei sie das Naheliegendste übersahen.

34

M üde kamen Piet und Mireille gegen Abend in ihrem Haus in Cassis an. Die Rückreise von Siena dauerte länger als erwartet, wobei sie die Nacht und den Vormittag dort noch ausgiebig genutzt hatten. Zudem legten sie einen Zwischenstopp in Alba ein, da ihnen Kardinal Montagnola einen Termin beim dortigen Bischof vermittelt hatte, der in die ganze Geschichte mit den Kunstwerken verwickelt war. Sie hatten darauf spontan beschlossen, noch einmal in Alba zu übernachten und waren, da sie es nicht eilig hatten, via Genua der Küste entlanggefahren.

Im Grunde genommen war es gut, dass sie sich Zeit für das Gespräch mit dem Bischof genommen und einen angenehmen Abend in Alba verbracht hatten, wäre eine frühere Rückkehr doch ungünstig gewesen. Ungünstig vor allem für die verschiedenen Techniker, welche die Abwesenheit der beiden Journalisten genutzt hatten, um ihr Haus zu verwanzen. Zwar hätten sie genügend Vorwarnzeit erhalten, aber es hätte die Installationen verkompliziert. Das Haus lag etwas abseits und mehrere Lieferwagen vor dem Gebäude wären aufgefallen. Deshalb verwendeten sie nur einen Lieferwagen von Energie de France, der dem Schein nach irgendeine Freileitung ersetzen musste, um ihr Material zum Haus zu transportieren. Die Installation war dank moderner WLAN-Technik einfacher als früher und es mussten kaum Kabel gezogen werden. Gleichzeitig gestaltete sich die Tarnung als schwieriger, da die Funksignale nicht in den öffentlichen oder privaten Verbindungen auftauchen durften, welche die beiden Journalisten nutzten. Auch deswegen war es Gold wert, mehr Zeit zu haben.

Nach dem Treffen mit Montagnola hatten sich Piet und Mireille zuerst längere Zeit gestritten. Für Mireille war es grundsätzlich undenkbar, dass sie sich bei ihren Recherchen durch irgendjemanden Vorschriften machen lassen sollte. Sie sah darin ihre Unabhängigkeit gefährdet und befürchtete, dass unliebsame Resultate mit einem Publikationsverbot belegt werden könnten. Dies sah Piet zwar ein, doch war er auf einen Auftrag angewiesen. Zudem würden sie ohne Unterstützung und Hilfe ohnehin nicht sehr weit kommen, da sie keinen Zugang zu Quellen erhalten könnten.

Den Kardinal schätzten beide etwa gleich ein. Er war sehr mächtig in der Hierarchie des Vatikans und würde alles unterbinden, was der Kirche schaden könnte. Gleichzeitig aber liess er sich nicht einschüchtern und war ein Hardliner, der es fertigbrachte, Probleme auf den Tisch zu legen und zu lösen.

Ausschlaggebend war im Endeffekt, dass das Treffen mit ihm überhaupt stattgefunden hatte. Wenn das Ereignis unbedeutend gewesen wäre, hätte Montagnola kaum die Initiative ergriffen und überhaupt Kontakt zu Piet aufgenommen. Und wenn er nicht daran interessiert wäre, dass jemand die Hintergründe der Kunstverkäufe erforscht, hätte er dies schlicht nicht initiiert, sondern es im Sand verlaufen lassen. Etwas widerwillig lenkte Mireille schliesslich ein und Piet war froh, als sie am Abend in Siena beim Aperitif plötzlich das Thema wechselte.

Das Treffen mit dem Bischof in Alba war leider nicht sehr ergiebig. Entweder wusste er wirklich von nichts oder er wollte nichts sagen. Nicht einmal den Namen des Anwalts liess er sich entlocken, der den Verkauf eingefädelt hatte. Es sei jemand, der der Kirche sehr nahestände, dessen Namen er ohne dessen Einverständnis jedoch nicht weitergeben könne. Auch habe er dem Ganzen keinerlei Bedeutung beigemessen, da die meisten Werke in einem

Kunstmuseum aus irgendeiner Familiensammlung stammten und er gedacht habe, dass dies kaum einen Besucher interessieren würde. Die Bilder selbst habe weder er noch die Contessa Frani je zu Gesicht bekommen und über deren Wert sei nie gesprochen worden. Mireille bat den Bischof, den Anwalt zu kontaktieren, damit sie mit ihm sprechen konnten, auch wenn sie keinerlei Antwort erwartete und bereits wusste, dass dies nie geschehen würde.

Schon unterwegs hatten sie den Kunsthändler ausfindig gemacht, der die Werke an der Kunstmesse in Basel verkauft hatte, ein gewisser Arno Schmitz. Seine Galerie war weitverzweigt und er hatte Filialen auf drei Kontinenten. Piet gelang es nicht, ihn direkt ans Telefon zu bekommen und er musste sich damit begnügen, mit einem seiner Assistenten zu sprechen. Dieser konnte sich nur sehr schwach an die Bilder erinnern. Auf Piets Einwand, es habe sich um Bilder in Millionenhöhe gehandelt, antwortete der Assistent nur knapp, dass es sich trotzdem nur um vier Werke gehandelt habe und er sich nicht jeden ihrer zahlreichen Verkäufe merken könne.

Ebenso wenig Erfolg hatte die Nachfrage nach dem Käufer und woher die Werke stammten. Der Assistent betonte, dass sie niemals Käufer bekannt gäben, nicht einmal, wenn diese es wünschten. Auch gäbe die Galerie nicht bekannt, in wessen Auftrag sie verkaufe, ob es in Kommission sei oder ob es sich um eigenen Besitz handle. Auf die Provenienz angesprochen meinte er weiter, dass sie diese zwar abklären, aber solche Informationen nur dem eigentlichen Kunden zur Verfügung stellten. Fast alle bedeutenden Werke, welche die Galerie verkaufe, stammten von mehr oder weniger bekannten Sammlern, mit denen sie aber nicht immer in direktem Kontakt ständen.

Piet merkte rasch, dass er bloss mit Standardantworten abgespiesen und der Galerist wohl vor ihm abgeschirmt wurde. Trotzdem beschlich ihn das Gefühl, als sei sein Anruf erwartet worden. Erst nachdem er das Gespräch beendet hatte, fiel ihm auf, weshalb. Er hatte nur nach den beiden Picassos gefragt, doch der Assistent erwiderte, dass er sich nicht an die vier Gemälde erinnern konnte, die aus der Sammlung der Contessa Frani stammten. Wie war dies möglich, dass er sich nicht mehr an den Verkauf entsinnen konnte, aber noch wusste, dass es sich um vier und nicht um zwei Bilder gehandelt hatte?

Ausser der Tatsache, dass die vier Werke über die Galerie von Arno Schmitz verkauft worden waren, fanden die beiden Journalisten keine weiteren Hinweise und Spuren. Es war ihnen zwar bereits vor dem Beginn ihrer Recherchen klar, dass der Kunstmarkt relativ kompliziert und undurchschaubar war, nur hatten sie gehofft, etwas mehr Klarheit in die Angelegenheit bringen zu können. Natürlich wussten sie, dass oft private Verkäufer ihre Werke via Galerie an private Sammler veräusserten und jene auch millionenteure Bilder nicht öffentlich präsentierten, sondern bei sich zu Hause aufhängten. Somit gab es weder Fotos, die auf den Verbleib hinwiesen, noch einen Ort, an dem jemand die Werke entdecken und sehen konnte. Ebenso sinnlos war es, auf einer Messe beobachten zu wollen, wer wen getroffen hatte und weshalb. Sie fragten sich, ob Montagnola wohl über Piet etwas in Erfahrung bringen wollte, das er selbst auch nicht wusste.

Mireille versuchte, über zwei befreundete Kunstjournalisten mehr Informationen zu erhalten oder Tipps, wie sie vorgehen könnte, erhielt aber von beiden eine Absage. Am einfachsten wäre es wohl, an die nächste Messe zu reisen, an der Schmitz teilnahm, und ihn am Stand direkt zu befragen. Diese fand in London statt und so vereinbarten sie, zu gegebener Zeit dorthin zu fahren. Beim Gedanken ans Reisen erinnerte sich Piet an die letzten Tage in Paris und an diesen Polizisten einer Spezialeinheit, dem er auf dem Arbeitsamt mit Auskünften geholfen hatte. Vielleicht könnte er ihm weiterhelfen. Er fand dessen Visitenkarte in seinen Unterlagen und beschloss, diesen Frédéric Maître anzurufen.

35

Johannes Bakowski konnte sich nicht an seinen Geburtsort erinnern, da er zu jung war, als seine Eltern von Polen in die Nähe von Köln ausgewandert waren. Er verbrachte seine gesamte Kindheit in Deutschland, abgesehen von einigen Besuchen bei seinen polnischen Verwandten, nachdem der Eiserne Vorhang gefallen war. Er wuchs sehr behütet und gläubig auf und seine Eltern hatten ihm in Verehrung des polnischen Papsts den Vornamen Johannes gegeben, um dies zu manifestieren. Sie waren sehr stolz auf ihn, hatte er es immerhin geschafft, Ingenieur zu werden, womit sich das damalige Risiko, den Sprung in eine völlig unbekannte Welt zu wagen, ausbezahlt hatte.

In der Zwischenzeit war Johannes verheiratet und hatte zwei kleine Kinder, von denen das ältere soeben in den Kindergarten eingetreten war. In ihrer Freizeit engagierten er und seine Frau sich in der Kirche und sie waren in verschiedenen katholischen Vereinen tätig. Er bezeichnete sich selbst als wertkonservativ und führte einige Probleme der heutigen Gesellschaft auf den Umstand zurück, dass sich die Menschen zu wenig an der Kirche orientierten, die für alles eine Lösung wusste.

In den letzten Monaten waren ihm allerdings einige Zweifel gekommen, als er mit grossem Entsetzen sah, wie sich eine Spur der Verwüstung durch die Kirchen zog und mit verschiedenen Anschlägen versucht wurde, den Glauben und die Kirche zu zerstören. Das Thema begleitete ihn bei den Treffen und Aktivitäten mit seinen Freunden, die ebenso schockiert waren wie er. Selbstverständlich hatten sie nach dem Anschlag in Dresden an einem dieser Stern-

148

trauermärsche teilgenommen, die in halb Europa stattfanden, und danach traurig konstatiert, wie wenig sie an dieser Situation ändern konnten.

Gemeinsam mit seinen Freunden und ihren Familien hatte er die Predigt des Papsts mitverfolgt, als jener das Wort «Kreuzzug» verwendet hatte. Natürlich wusste jeder von ihnen, worum es bei den Kreuzzügen im Mittelalter vordergründig ging, obwohl niemandem klar war, dass es sich bei dieser Mischung aus Kriegszug und Prozession neben religiösen Überzeugungen vor allem um Machtpolitik handelte. Die Eroberung von Jerusalem oder Konstantinopel war letztlich auch ein Vorwand, um die Städte rund um das östliche Mittelmeer zu annektieren.

Diese Geschichtsdetails interessierten Johannes und seine Freunde weniger und sie kannten sich nicht damit aus. Doch sie wollten ein Zeichen gegen die Attacken gegen die Kirchen setzen und kurz darauf war der «Kreuzzug für den Frieden» geboren. Voller Enthusiasmus stürzten sie sich in die Arbeit, einen solchen Zug zu organisieren. An Ideen mangelte es nicht und gleichzeitig wurde ihnen klar, dass sich ein solches Vorhaben nur mit einer guten Vorbereitung durchführen liesse. War das Ziel anfänglich, analog den Kreuzzügen durch ganz Europa zu reisen und in allen wichtigen Städten haltzumachen, so musste dies bald aufgegeben werden. Am Ende blieb von der grossen Idee nur noch der Plan übrig, von Köln nach Melk zu reisen, war der Ort doch schliesslich von einem Anschlag heimgesucht worden.

Trotzdem blieb es beim Namen «Kreuzzug für den Frieden» und sie wollten so rasch wie möglich aufbrechen. Johannes hatte einen alten Camping-VW-Bus und beschloss, seine Familie mitzunehmen. Glücklicherweise konnte er bei seinem Arbeitgeber kurzfristig Urlaub nehmen. Einige seiner Freunde schlossen sich an und organisierten ihrerseits Camper oder andere Fahrzeuge, in denen sie übernachten konnten, sahen sie in der gemeinsamen

Reise und darin, miteinander Tag und Nacht zu verbringen doch einen wichtigen Wert ihrer Aktion. Insgesamt waren sie am Ende rund vierzig Personen inklusive einiger Kinder. Alle versuchten, irgendetwas beizutragen. Die Kathedralen der Städte auf der Route wie Mainz, Nürnberg, München oder Salzburg wurden angefragt, ob sie die Gruppe auf ihren Vorplätzen beherbergen und mit ihnen gemeinsam eine Messe begehen würden. Einer erstellte eine Website und Flyer, während andere versuchten, Medien für ihr Anliegen zu interessieren. Das Ganze war derart angelegt, dass sie innert zehn Tagen in Melk eintreffen würden.

Gemeinsam malten sie Transparente, mit denen sie die Fahrzeuge dekorierten. Die Karawane erinnerte etwas an einen Zug alter Hippies, was aber gar nicht im Sinne von Johannes war, dem deren ausschweifendes Leben, wie er sich das zumindest vorstellte, zutiefst zuwider war. Vielmehr sah er sich als Speerspitze einer christlichen Bewegung für den Frieden in der Hoffnung, Nachahmer zu finden, aber keineswegs als Märtyrer, der sich für eine Sache opfern wollte. Dass dies eine Fehlüberlegung war, merkte er erst viel später.

Die Reise begann wenig verheissungsvoll. Gerade als sie starten wollten, ergoss sich ein heftiger Gewitterregen über Köln. Die spärlich anwesenden Zuschauer und Medienvertreter flohen unter die nächstgelegenen Arkaden, während Johannes und seine Freunde die Transparente von den Fahrzeugen herunternehmen mussten und dabei völlig durchnässt wurden. Sie wussten nicht recht, wohin sie mit den ebenfalls nassen Textilplakaten sollten, die sie am Ende aber ins Innere ihrer Camper nahmen. Entsprechend feucht roch es bei der Abfahrt und die Autofenster waren alle mit Dampf beschlagen. Es konnte nur besser werden.

Als erste Station war Mainz an der Reihe. Immerhin hatte sich das Wetter beruhigt und die Gruppe konnte mit ihrer Wagenburg in der Nähe des Mainzer Doms auf dem

Marktplatz gastieren, auf dem gerade kein Markt stattfand. Sie bildeten kaum mehr als einen kümmerlichen Haufen, den Passanten mit spöttischen Bemerkungen eindeckten. Johannes hatte sich dies ganz anders vorgestellt.

Am nächsten Morgen fuhren sie weiter nach Nürnberg, wo sie dasselbe erbärmliche Bild abgaben. Hinzu kam wieder Regen am Abend, sodass sie nicht zusammensitzen konnten, sondern in ihren Campern verharren mussten. Und in Regensburg am Tag darauf waren sie nahe daran, aufzugeben. Das mediale Interesse blieb gering und auch die Bevölkerung liess sich kaum sehen. Immerhin hatte sie der Bischof von Regensburg für den kommenden Abend zu sich eingeladen.

Sie erwachten am folgenden Tag und sahen erstaunt aus ihren Campern. Ringsherum hatten sich Menschenansammlungen gebildet, die sie beobachteten. In einer Late-Night-Sendung am Vorabend hatte sich ein Moderator über Johannes und seine Gruppe lustig gemacht und sie mit Don Quijote verglichen, der gegen den Islam kämpfen und mit ein paar alten VW-Bussen Jerusalem neu erobern wolle. Der Fernsehbericht erzielte die gegenteilige Wirkung. Zwar gab es zahlreiche Schaulustige, aber darunter ebenso viele Zuschauende, die sie zur Weiterfahrt ermunterten oder ihnen Lebensmittel und anderes auf den Weg mitgaben. Ein paar schlossen sich sogar gleich selbst mit ihren Autos der Karawane an.

Plötzlich hatte die Gruppe Kultstatus und ihre Bilder kursierten wild im Internet. Der Produzent der Sendung, die so schnöde über die Gruppe berichtet hatte, schickte nun sogar einen Journalisten mit Kamera nach Passau, um die Gruppe zu empfangen und zu interviewen. Dass Johannes sich nicht fundiert zum Wesen der Kreuzzüge äussern konnte, sondern nur seinem Gerechtigkeitsgefühl folgte, erwies sich als Vorteil. Dieser erzürnte Christ, der seine Kirche verteidigte, gab ein perfektes Bild für die Late-Night-Show her.

Am Folgetag war nochmals markant mehr Publikum anwesend und zahlreiche weitere Fahrzeuge schlossen sich dem Konvoi an. Johannes war zuerst nur mässig begeistert, da viele seiner neuen Begleiterinnen und Begleiter nur aus Abenteuerlust, dem Bedürfnis, dabei zu sein und aus Neugier mit von der Partie waren. Statt Andacht und Zurückhaltung war plötzlich laute Rockmusik zu hören und die Luft roch nach Joints oder anderen Substanzen. Seine Frau aber beruhigte und bekniete ihn, nicht aufzugeben, heilige doch der Zweck die Mittel.

Bei ihrer Ankunft in München war der Tross nochmals gewachsen und als sie zwei Tage später in Salzburg eintrafen, brach der Verkehr in der Innerstadt zusammen. Johannes wurde jeden Abend in die Late-Night-Show zugeschaltet und konnte stolz von seinen Erlebnissen berichten. Als er allerdings erwähnte, dass sie geplant hatten, nur bis Melk zu fahren, begannen die Leute in den sozialen Medien zu rebellieren. Johannes müsse seine Botschaft in die Welt hinaustragen, hiess es. Zuerst wehrte er ab, besprach sich mit seinen Freunden, dachte an seinen Job und seine Familie. Sicherlich würde es einen Weg durch Ungarn, Rumänien und Bulgarien geben, diese Länder waren tief katholisch. Aber spätestens in der Türkei begännen die Probleme. Vielleicht würde die Unterstützung der Medien helfen, einen Weg zu finden.

In den folgenden Tagen beriet er sich während der Fahrt mit seinen Freunden, am Abend war dies kaum mehr möglich, da sie jeweils gleich vom Publikum in Beschlag genommen wurden, sobald sie in einer Stadt angekommen waren. Bereits am Tag, bevor sie in Melk eintrafen, war ihre Meinung gemacht, dass sie weiter gegen Osten ziehen würden und unter dem grossen Jubel der Menge gaben sie dies in Linz bekannt. Nun gab es kein Zurück mehr, obwohl Johannes gewisse Bedenken für die Weiterreise hatte.

36

Die Schwierigkeiten, ein Treffen mit allen christlichen Religionen zu organisieren, begannen schon sehr früh. In seiner Predigt hatte der Papst dies vorgeschlagen, wohl ohne die Konsequenzen einer solchen Veranstaltung durchzudenken. Es war ihm wichtiger, ein Zeichen zu setzen und der Erwartung der Gläubigen etwas entgegenzustellen, das demonstrierte, dass er sich um sie kümmerte. Die Menschen sollten die Kirche wieder als Hort der Sicherheit wahrnehmen, nachdem sie dieses Gefühl durch die Anschläge verloren hatten oder zumindest verunsichert waren. Deshalb hatte der Papst seine Ankündigung auch möglichst offen vor einem grossen Publikum gemacht.

Die Organisation eines solchen Treffens erwies sich jedoch als sehr tückisch. Selbstverständlich hatte sich der Papst bereits durch das Aussprechen einer Einladung einen Heimvorteil verschafft und konnte durch seine Inszenierung das Bild gegen aussen steuern. Mochten die Vorstellungen der einzelnen Kirchenfürsten noch so unterschiedlich sein, würden sie doch auf dem Petersplatz im Vatikan gefilmt, durch die Schweizergarde begleitet und vor der grossen Kulisse des Petersdoms stehen. Unbestritten war dies eine Machtdemonstration, die ihresgleichen suchte.

Schon beim Erstellen der Gästeliste und der einzuladenden Religionen manifestierten sich die Probleme. Welche Kirchen und Glaubensrichtungen sollten überhaupt eingeladen werden – bloss die christlichen Hauptreligionen oder etwa auch kleinere Abspaltungen und Gruppierungen? Wenn er katholische Splittergruppen einladen müsste, halste sich der Vatikan womöglich Probleme auf.

Doch war dies noch ziemlich einfach im Vergleich zu anderen Religionen. Während die katholische Kirche, die Griechisch-Orthodoxen und die Christkatholiken eine klare und hierarchische Struktur hatten, herrschte bei den Anglikanern und den Protestanten ein Chaos. Kardinal Montagnola fragte sich, wie Religionen Stellvertreter Gottes auf Erden sein konnten, wenn jede Kirchgemeinde etwas anderes glauben durfte und niemand übergeordnet entschied, was gilt und was nicht. Es störte ihn bereits, dass Kirchen nach einzelnen Staaten gegliedert wurden und wohl auf deren Befindlichkeiten Rücksicht nehmen mussten. Noch schlimmer empfand er aber, dass jede Gemeinde autonom entscheiden und unabhängig verbreiten konnte, was immer sie als richtig empfand. Von göttlicher Autorität keine Spur mehr, schien es Montagnola.

Hinzu kam das Problem, was überhaupt als Religion zählen sollte. So gab es zahllose religiöse Gemeinschaften, die zwar auf der Grundlage des Christentums agierten und zum Teil auch organisatorisch in grössere Einheiten zusammengefasst waren, aber dem Kardinal widerstrebte es grundsätzlich, dies als Kirche zu sehen, geschweige denn zu akzeptieren. Er betrachtete solche Gruppierungen stets als Trittbrettfahrer der Geschichte, mit denen sich ein Dialog nicht lohnte, da sie ohnehin nicht auf Augenhöhe mitdiskutieren konnten.

Wohl hatte dies der Papst bei seiner öffentlichen Einladung an alle christlichen Kirchen nicht bedacht oder besser gesagt, Montagnola hatte ihn nicht auf diese Probleme hingewiesen. Im Fokus des Papsts stand sein Wunsch, als grosser Friedensstifter und Vermittler dazustehen und er sah sich als Gastgeber seiner grossen Partner, die für ihn im Endeffekt nur Kirchenleiter waren, die sich von der katholischen Kirche entfernt hatten.

Montagnola hatte zuerst auch daran gedacht, nur die grossen Religionen wie die griechisch-orthodoxe Kirche, die Anglikaner und die Protestanten einzuladen, auch wenn dort bereits nicht mehr klar war, wen er als Repräsentanten hätte berücksichtigen sollen, aber dann hatte er eine bessere Idee. Eigentlich war es viel geschickter, all diese Gruppierungen und damit die unterschiedlichsten Glaubensrichtungen einzuladen. Dies würde grosses Aufsehen erregen und die Medien weltweit anziehen. Der ganze Petersplatz würde mit all diesen Religionen gefüllt und all diese Vertreter würden christliche Werte repräsentieren, womit eine kraftvolle Demonstration entstehen würde.

Natürlich war, was sie miteinander verhandeln und beschliessen würden, viel bedeutender als der Auftritt auf dem Petersplatz, obwohl dessen Symbolwirkung nicht unterschätzt werden durfte. Das Treffen wurde deshalb als zweitägiges Symposium ausgelegt, zu dem Vertreter aus den Leitungsgremien der grossen Kirchen eingeladen wurden und an dessen Abschluss eine gemeinsame Feier auf dem Petersplatz stattfand. Zwar konnte dort keine eigentliche Messe zelebriert werden, sonst wären zahlreiche Glaubensgruppen sofort aufgestanden und hätten den Platz verlassen, aber ein symbolischer Akt liesse sich trotzdem durchführen.

Es sollte ein Aufruf für den Frieden werden, bei dem aber gleichzeitig auf die Bedeutung und die Kraft des Christentums hingewiesen würde. Sicherheitstechnisch stellte dies eine grosse Herausforderung dar, die den Einsatz verschiedener Nachrichtendienste und Spezialeinheiten erforderte.

Beim Symposium würde es vor allem darum gehen, die Reihen zu schliessen und einen gemeinsamen Aktionsplan zu entwickeln, wie sich die Kirchen dem Terror entgegenstellen könnten, auch wenn sie noch immer nicht genau wussten, wer hinter den Anschlägen steckte und welches deren Ziele waren. Montagnola sah darin vor allem auch eine grosse Chance. In einer Krise müssen hierarchische

Strukturen geschaffen werden und solche Situationen brauchen eine klare Führung. Dies konnte nur die katholische Kirche sein. Nicht nur, da Montagnola sie ohnehin als einzige legitime Kraft betrachtete, sondern auch, weil sie einer der grössten und sicherlich der Partner war, der am besten organisiert war.

Montagnola war Stratege und gleichzeitig genügend Pragmatiker, um zu wissen, dass diese Vorteile die ganzen Fragen nach Liturgie, Befindlichkeiten der verschiedenen Religionen und deren Bereitschaft, an einer gemeinsamen religiösen Feier teilzunehmen, bei Weitem überwog. Wenn es ihm gelänge, die katholische Kirche als Anführerin im Kampf gegen den Terrorismus zu etablieren und dies von allen Kirchen akzeptiert würde, hätte er einen riesigen Sieg errungen. Diese Position liesse sich sicherlich weiter ausbauen und somit auch seine Stellung.

Wie er es vorausgesehen hatte, sagten die grossen Kirchen und zahlreiche kleinere Glaubensgemeinschaft ihre Teilnahme zu und sie wollten am Symposium einen Aktionsplan verabschieden. Anschliessend würden sie alle an einer Feier auf dem Petersplatz teilnehmen. Montagnola war stolz auf sein Vorhaben und dachte im Stillen, dass diese ganze Entwicklung im Grunde genommen seinen Vorstellungen sehr entgegenkam.

37

Die Frauengruppen um Dagmar waren von ihrer Aktion begeistert. Die Störung des Konzerts in Berlin und die Transparente beim Bischofssitz hatten für grosses Aufsehen in den Medien gesorgt und waren das Gesprächsthema in der deutschen Hauptstadt. Sogar zwei Verhaftungen hatte es gegeben, die sich dank der Interventionen ihrer Anwältinnen bald rückgängig machen liessen. Die Frauen feierten sich und ihre Aktionen und waren in den nächsten Tagen die Stars in den alternativen Szenelokalen der Stadt.

Die Diskussion zwischen Dagmar und Ax zwei Tage später führte allerdings zur ersten Krise nach ihrem freudigen Wiedersehen und zur Ernüchterung über die Protestaktion. Dagmar schwebte noch immer im siebten Himmel und sah sich schon als mutige Reformerin, die eine weltweite Bewegung angestossen hatte, als Ax sie zurückrief. «Bei aller Freude», begann er das Gespräch, «haben wir eigentlich noch nicht sehr viel erreicht. Wohl haben wir etwas Aufsehen in den Berliner Medien bewirkt, doch wurde das Thema sonst kaum aufgenommen. International ohnehin nicht und nicht einmal in den nationalen Medien wurde unser Einsatz zur Kenntnis genommen. Wir haben nur aus unseren Freundeskreisen einigen Zuspruch erfahren und die Twitter- und Facebook-Zahlen sind relativ bescheiden.»

Dagmar war bestürzt und zählte ihm sofort die Namen aller Freundinnen auf, die sie angesprochen und von denen sie Reaktionen erhalten hatte. Und es war wirklich praktisch ihr gesamter Freundeskreis, den sie erwähnte. Wie konnte er nur so negativ denken. «Das ist wirklich gewaltig», meinte sie, «und viel mehr, als wir je erwarten konnten. Du wirst sehen, davon sprechen die Leute noch in ein paar Monaten.»

Es war für Ax schwierig, einerseits ihren Enthusiasmus nicht zu dämpfen und sie auf der anderen Seite auf den Boden der Realität zurückzuholen. All seine Einwände und Zahlen liess sie nicht gelten und sein Argument, dass der Weg zwischen einem Facebook-Like und einem persönlichen Engagement sehr weit sei, ging ihr gegen den Strich. Dagmar war wütend, dass sie ihn überhaupt kontaktiert und nach Berlin geholt hatte, hätte sie ihre Aktion schliesslich auch allein durchführen können. «Du interessierst dich wie früher gar nicht für unsere Anliegen, sondern willst mich nur ausbremsen und mir aufzeigen, dass ich nichts kann», sagte sie gehässig.

Ax brauchte seine ganze Überzeugungskraft und noch etwas mehr, damit sie ihm wieder zuhörte und empfänglich für seine Überlegungen wurde. Dies war zudem herausfordernd, da Ax eigentlich auch nicht genau wusste, wie sich eine weltweite Kampagne entfachen liess. Das Feld erwies sich als kompliziert, wussten doch Dagmar und ihren Mitstreiterinnen überhaupt nicht, welches ihre Botschaft und ihre Forderungen eigentlich waren.

#NoCrusade war wohl eine Totgeburt. Das Schlagwort wurde nicht verstanden und Dagmar und ihre Mitstreiterinnen konnten niemanden hinter sich scharen, wenn sie selbst nicht wussten, wofür. Sie wollte jedoch nicht aufhören, mit ihrer Aktion beim Bischofssitz hatte sie einen Erfolg gefeiert und konnte nun nicht alles im Sand verlaufen lassen, schon ihres eigenen Egos wegen. Sie bat oder besser, sie flehte Ax an, ihr zu helfen, um eine erfolgreiche Kampagne zu konzipieren. Er war nach wie vor interessiert, einerseits, damit er einen Grund hatte, Dagmar zu sehen und andererseits, da eine solche Kampagne ein willkommenes Gefäss für seine eigenen Interessen war.

So begannen sie nochmals von vorn und Dagmar lud Freundinnen aus verschiedenen Aktionsgruppen, mit denen sie verkehrte, zu einer Sitzung ein. Ax sollte ebenfalls daran teilnehmen, auch wenn er zu Recht befürchtete, wieder dieselben Diskussionen mitverfolgen zu müssen wie seinerzeit, als sich Dagmar gegen die Grossbanken und Finanzplätze eingesetzt hatte und diese mit Aktionen zu Fall bringen wollte.

Seine Vorurteile bestätigten sich grösstenteils. Der Abend gestaltete sich aus einer Mischung aus basisdemokratisch agierenden Weltverbesserern und Personen, die vor allem an Protestaktionen teilnehmen wollten, ganz egal, worum es ging. Die meisten hatten keine Ahnung, wie eine Kampagne aussehen musste, um erfolgreich zu sein, noch wussten sie, dass sich nur hinter eine griffige und klare Aussage Anhänger scharen konnten. Er wurde von den Anwesenden teils als Techguru betrachtet, an dessen Lippen sie andächtig hingen, teilweise aber auch als Chauvinist, der ihre Anliegen nicht ernst nahm und mit dem eine Zusammenarbeit nicht denkbar war. Zudem fanden es gewisse Teilnehmerinnen schwierig, dass er ein Mann war. Er versuchte, sich so weit wie möglich zurückzunehmen, was ihm aber nicht immer gelang. Trotz allem strahlte Dagmar den ganzen Abend, da sie ihre Freundinnen damit neidisch machen konnte, dass sie einen solch gut aussehenden Mann an Land gezogen hatte.

Noch einmal kauten sie alle Überlegungen durch, die er bereits mit Dagmar angestellt hatte, denn die Geschichte gab zu wenig her. Deshalb waren sie nach anfänglichem Widerstand mit seinem Vorschlag einverstanden. Ax erläuterte: «Wir alle haben berechtigte Anliegen und Gründe gegen den Papst und die Art, wie die katholische Kirche funktioniert und aufgebaut ist, und dies muss geändert werden. Dummerweise ist die Situation aber im Moment schwierig, da alle westlichen Kirchen durch die vielen Anschläge bedroht werden und niemand weiss, wer dahintersteckt. Wir müssen auf jeden Fall vermeiden, dass wir am Ende noch dort hineingezogen werden. Auf der anderen Seite dürfen wir auch nicht den Islam unterstützen mit seiner frauenfeindlichen Grundhaltung. Daher schlage ich vor, dass wir uns zuerst vernetzen und in anderen Städten, europäischen Ländern und den USA ähnlich denkende Gruppen suchen und gemeinsam festlegen, wie wir vorgehen. Auch bin ich sicher, dass in nächster Zeit etwas passiert, das uns als Startsignal für eine Aktion dienen kann.»

Die Teilnehmerinnen waren einverstanden. Sie konnten nun ihrerseits Freundinnen kontaktieren, mussten sich aber noch nicht exponieren, was verschiedenen Frauen auch recht war. Ax konnte in Ruhe Plattformen aufbauen, die er nutzen konnte, sobald sich etwas ereignen würde. Wie rasch und konkret sich diese Gelegenheit bieten würde, ahnte er damals noch nicht.

38

Mireille sah umwerfend aus. Piet war sehr stolz, als er mit ihr in London an die Vernissage der Kunstmesse Frieze ging. Zwar musste er gestehen, dass er selbst auch adrett wirkte und ihr aus seiner Sicht in keiner Weise nachstand. Sie hatten sich über eine Freundin als Medien für die Vernissage akkreditieren lassen. Dies war als Journalist nicht besonders schwierig, wenn man in Kauf nahm, nicht an die allererste und teuerste Preview eingeladen zu werden, zu der der Zugang meist versperrt blieb. Piet ging davon aus, dass er dann auch kaum an Arno Schmitz herangekommen wäre, liesse sich jener doch bei wichtigen Verkäufen sicherlich nur sehr ungern von ihnen beiden stören. Wichtig war nur, so früh an die Messe zu gelangen, dass er am Stand in London noch persönlich anzutreffen war.

Nach ihrer Rückkehr nach Cassis hatten sie erfolglos versucht, etwas über die Bilderverkäufe herauszufinden und wo die Kunstwerke verblieben waren. Vermutlich hatten die Käufer nicht direkt bei Schmitz eingekauft, sondern einen Mittelsmann oder Vertreter geschickt, der das ganze Verfahren für sie abgeschlossen hatte. Ebenso mussten sie feststellen, dass der Galerist kamerascheu war und es nur wenige und kaum aussagekräftige Fotos von ihm im Netz gab. Geschweige denn ein Bild zusammen mit einem Kunden. Es stand einzig fest, dass Arno Schmitz oft mit wertvollen Werken aus unbekannten Familiensammlungen handelte, was aber grundsätzlich nicht verboten war.

Sie mussten konstatieren, dass der Bischof in Alba wohl nicht alles gesagt hatte, was er wusste. Zuerst dachten sie daran, diesbezüglich den Kardinal anzurufen, verwarfen diese Idee aber gleich wieder. Sie konnten nicht bereits beim geringsten Problem klein beigeben und ihren Auftraggeber kontaktieren, dies hätte ein schlechtes Licht auf ihre Qualifikation geworfen. Zudem waren sie sich nicht sicher, welche Rolle und Position Montagnola einnahm und ob er wirklich auf ihrer Seite stand.

Mireille hatte versucht, etwas über die finanzielle Situation von Arno Schmitz herauszufinden, ob irgendwelche dubiosen Geschäfte bekannt waren oder Skandale, in die er verwickelt war. Sie hatte dank ihrer journalistischen Tätigkeit Zugang zum Netzwerk, das die Panama Papers auswertete, entdeckte dort aber keine Spuren. Schmitz schien in Ordnung zu sein oder er machte alles sehr geschickt. Hinzu kam, dass im Kunsthandel oft nur einzelne Werke von Privaten an Private verkauft wurden, deren Wert nicht so hoch war, dass er im internationalen Finanzgeschäft aufgefallen wäre. Ohne entsprechendes Insiderwissen waren alle Versuche, etwas zu erfahren, chancenlos.

So hatten sie sich entschlossen, der Londoner Kunstmesse einen Besuch abzustatten und freuten sich, dass sie gleichzeitig die Gelegenheit hatten, die britische Hauptstadt wiederzusehen. Der Aufenthalt selbst musste aber gut vorbereitet werden, da sie davon ausgehen mussten, dass sie mit dem Galeristen wenn überhaupt nur ein einziges Mal sprechen konnten. Und der würde ihnen wohl kaum etwas über seine Verkäufe und Kunden erzählen. Als Journalisten konnten sie nicht auftreten, sondern mussten sich etwas anderes ausdenken. Hinzu kam, dass sie sich überhaupt nicht im Kunstgeschäft auskannten und rasch als Amateure entlarvt würden. Sich für jemand anderen ausgeben, kam nicht infrage, wäre es ja möglich, dass Schmitz diese Person oder jemanden aus deren Umgebung kannte und entsprechende Fragen stellte.

Sie trafen deswegen vorgängig eine befreundete Kunstjournalistin und schilderten ihr Problem, ohne von den

Hintergründen allzu viel offenzulegen. Daraus entstand ein Schlachtplan. Piet hatte glücklicherweise noch diesen niederländischen Pass, der auf den Nachnamen seiner Mutter lief. Zudem kannte er Südafrika sehr gut. Einer pauschalen Überprüfung sollte dies standhalten. Er sollte sich deshalb als jemand vorstellen, der Familie in Südafrika hatte und aus dem Familienbesitz wertvolle Gemälde verkaufen wollte. Aus den Zeiten der Apartheid gab es noch immer zahlreiche Familien, die ausserhalb des Landes kaum bekannt waren und über Kunstschätze verfügten, bei denen die Herkunft und die Besitzverhältnisse nicht klar waren.

Die Journalistin half ihnen noch dabei, ein paar unverfängliche Künstler zusammenzustellen, von denen es so viele Werke gab, dass es unmöglich war, dass jemand den Überblick darüber hatte. Die beiden sollten an den Stand von Arno Schmitz gehen und versuchen, sein Interesse zu wecken. Gleichzeitig sollten sie beiläufig nach anderen Verkäufen fragen und so versuchen, etwas über die Bilder in Erfahrung zu bringen. Südafrika hatte im Kunstgeschehen der vergangenen Jahre kaum je eine bedeutende Rolle gespielt und deshalb war es durchaus plausibel, dass jemand auf einer Messe auftauchte, der zwar einige Kunstwerke oder eine Sammlung besass, aber keine Ahnung hatte, wie damit umzugehen.

Als Piet und Mireille zur Messe kamen, waren sie beeindruckt und begeistert, dass eine Messe mit derart wertvollen Exponaten in einem Zelt stattfinden konnte, obwohl im Innern kaum mehr etwas davon zu spüren war. Leicht enttäuscht waren sie aber, wie wenig bunt die Messe war. Sie hatten sich vorgestellt, zahlreiche Künstler in extravaganten Outfits zu sehen, mussten aber konstatieren, dass teure Abendgarderobe und Anzüge das Bild prägten. Alle waren versehen mit Laptops oder Tablets, auf denen die Vernissagegäste die ausgestellten Werke mit anderen verglichen, mit Preisen von Auktionshäusern oder Online-angeboten im Netz. Die prachtvolle Vernissage war vor allem ein Geschäft und sie stellten fest, dass nur Profis anwesend waren, während das durchschnittliche Publikum kaum je eine Einladung zur Vernissage erhielt.

Die Arno Schmitz Galerie war prominent platziert und strahlte im Scheinwerferlicht. Die beiden Journalisten kannten die meisten Namen der ausgestellten Künstler zumindest vom Hörensagen, obwohl er keine berühmten Kunstwerke am Stand hatte. Sie mussten sich allerdings relativ lange gedulden, bis sie eine Gelegenheit hatten, Schmitz anzusprechen. Erst als die Vernissage sich dem Ende zuneigte, schwand die Hektik etwas und sie nahmen das Gespräch auf.

Piet stellte sich als Holländer vor, der lange in Südafrika gelebt hatte und nach dem Ende der Apartheid in die USA gezogen sei. Er erklärte: «Nun sollen Familienbesitztümer im Rahmen einer Erbschaft aufgelöst werden und ich bin von meiner Familie damit beauftragt, möglichst viel dafür herauszuschlagen. Darunter sind auch einige Bilder von bekannten Künstlern der klassischen Moderne, die ich gerne verkaufen würde.» Er nannte einige Namen, um zu demonstrieren, dass es sich für Arno Schmitz lohnen könnte, aber nicht so viele, dass eine solche Sammlung aufgefallen wäre. Der Galerist war durchaus interessiert, wollte aber erwartungsgemäss etwas mehr wissen. Piet erwiderte, dass sich die Werke natürlich noch in Südafrika befänden und er vorerst nur ein paar Fotos liefern könne.

Schmitz war jemand, der zwar stets vorsichtig agierte, sich aber keine sich bietende Gelegenheit entgehen lassen wollte. Seine Miene verfinsterte sich allerdings kurzfristig, als Piet erklärte, es gäbe noch ein weiteres Problem. Die Werke seien nie als Vermögen deklariert worden und er wisse nicht, wie dies bei einem Export aus Südafrika geregelt werden könnte. Ebenso habe er keinerlei Unterlagen gefunden, wann und wie die Werke seinerzeit gekauft worden waren, da unter der Apartheid wegen des weltweiten Embargos gegen das Land kaum offizielle Papiere existierten.

Der Galerist wollte sich nicht auf die Äste hinauslassen, weder kannte er Piet noch hatte er bisher eine Möglichkeit erhalten, ihn zu überprüfen. Er antwortete nur, es gäbe für alles eine Lösung, nur müsse diese legal sein. Dann wollte er wissen, weshalb sie denn ausgerechnet zu ihm gekommen wären. Entsetzt vernahm Schmitz, dass sie Freunde der Contessa Frani waren und er von ihr empfohlen worden war. Er wusste nur zu gut, dass dies nicht stimmen konnte, schliesslich kannte er die Contessa überhaupt nicht und ihr Name war nur benutzt worden, um den letzten Verkauf zu tarnen. «Wir könnten ja den Handel über denselben Mittelsmann abwickeln, den Sie bereits bei jenen Picassos und Modiglianis eingespannt hatten und der uns einen sehr guten Eindruck gemacht hat», bemerkte Piet zum völlig perplexen Galeristen. Irgendetwas musste schiefgelaufen sein. Ohne lange nachzudenken fragte er, woher sie denn Evans kannten, um gleich wieder zu bereuen, dass er den Namen genannt hatte. Mireille aber lachte ihn an und sagte: «Keine Angst, wir kennen Mike Evans gut», was ihn beruhigte. Sie war bei ihren Recherchen auf Mike Evans gestossen, der als neuer Star am Kunsthandelshimmel galt, und spontan war ihr der Vorname wieder eingefallen, als Schmitz ihn erwähnte. Zudem war der Name vom Bischof von Alba erwähnt worden. So konnte sie Schmitz in falscher Sicherheit wiegen, dass sie ihn kennen würden. Sie ahnte nicht, welch fatale Folgen dies noch haben würde. Piet beruhigte den nervösen Arno Schmitz zusätzlich und meinte: «Wir wissen ja alle, wie diskret solche Dinge zu behandeln sind und sind es gewohnt, gewisse Umwege in Kauf zu nehmen, was uns unsere Geschichte am Horn von Afrika eindrücklich gelehrt hat.»

Sie tauschten noch Businesskarten aus und Piet versprach, den Galeristen zu kontaktieren, sobald er Fotos habe. Die Karten mit seinem holländischen Namen plus einer Prepaidnummer hatte er sich vorgängig anfertigen lassen. Mireille und Piet verabschiedeten sich und verliessen den Stand im Wissen, in der Galerie von Arno Schmitz wohl ein hektisches Treiben ausgelöst zu haben. Nun mussten sie diesen Evans finden.

39

In Melk waren Johannes und seine Freunde wie Helden empfangen worden. Es war ihm dabei nicht ganz klar, weshalb er diesen Status hatte, aber er genoss es, wie ein Popstar von der Menge begrüsst und bejubelt zu werden. Seine Karawane war seit dem Start von rund vierzig auf etwa hundertfünfzig Personen angewachsen. Zahlreiche weitere Menschen begleiteten ihn entweder in die nächste Stadt oder sie warteten auf seiner Route, bis er vorbeikam und schlossen sich ihm dann an.

Einer seiner Freunde hatte es übernommen, den Reiseverlauf auf seiner Website jeden Tag zu aktualisieren, was wiederum zahlreiche Schaulustige anzog. Der Fernsehsender berichtete täglich über Johannes' Vorhaben und interviewte die begeisterten Zuschauerinnen und Zuschauer. In Melk wurde sogar ein Gedenkgottesdienst mit einer Schweigeminute für die Opfer des Anschlags abgehalten und Johannes dabei für seinen Einsatz und sein Opfer gedankt.

Trotz dieses Erfolgs musste er sich über den weiteren Verlauf seines Unterfangens Gedanken machen. Ursprünglich hatte er für diese Aktion nur seine Ferien eingesetzt und seine ihn begleitende Ehefrau hatte ebenfalls einen Job, den sie nicht ohne Weiteres aufgeben konnte. Und selbst wenn ihre Arbeitgeber ihnen entgegenkämen, blieb das finanzielle Problem bestehen, da beide nicht die Mittel hatten, um sich für eine längere Reise finanzieren zu können. Auch widerstrebte es ihnen, ein Spendenkonto für ihre Aktivitäten einzurichten, obwohl ihnen kaum eine andere Wahl blieb. Oft bekamen sie Essen geschenkt, wurden vor Ort eingeladen und eine Tankstellenkette bot ihnen kostenlos Benzin an. Ihre Fixkosten zu Hause blieben aber bestehen.

Im weiteren Verlauf der Reise wuchs ihre Anhängerschaft stetig an und sie befanden sich auf einer Welle des Hochgefühls, getragen von Medien sowie Freundlinnen und Freunden. Sie lernten unzählige Menschen kennen und diskutierten mit ihnen beinahe Tag und Nacht. Zwar wussten sie, dass nicht alle den Sinn und Zweck dieser Reise verstanden und ihnen selbst war auch noch nicht klar, was sie am Ende der Reise unternehmen sollten. Doch gingen diese Gedanken in der Euphorie des Moments unter.

An den nächsten Stationen durch Österreich bis Wien erging es ihnen gleich. Wie ein Wanderzirkus, der in die Stadt kommt, wurden sie gefeiert, mussten Interviews geben, wurden fotografiert. Ein paar findige Werber hatten bereits Fähnchen und T-Shirts drucken lassen und Johannes und seinen Freunden umgehend einen Teil des Erlöses zugesagt, damit diese sich nicht dagegen wehrten. Trotz ein paar heftigen internen Diskussionen entschieden sich Johannes und seine Freunde, das Geld anzunehmen, benötigten sie doch schliesslich eine Finanzierung ihres Unterfangens.

Nach und nach wandelte sich die Szenerie auf ihrer Reise. Während von Wien bis Bratislava alles gut erschlossen war, machten die zahlreichen Städte und Dörfer nun langsam der Natur Platz. Der Telefonempfang wurde etwas schlechter und sie hatten wachsende Bedenken, was geschähe, wenn eines ihrer meist älteren Fahrzeuge ausstiege. Platz zum Aufstellen der Wagen gab es genug, Stromanschlüsse zum Aufladen der Batterien oder sanitäre Anlagen wurden hingegen immer mehr Mangelware. Auch kamen sie immer langsamer voran, vor allem, da jeder Bürgermeister oder Priester auf ihrer Reiseroute darauf bestand, dass sie bei ihm haltmachen oder über Nacht einkehren sollten. Für manche Orte wurden Johannes und sein Friedenskreuzzug wohl zum grössten Ereignis des Jahres und ihr Eintreffen zum Volksfest. Seine ursprüngliche Idee, aus religiöser Überzeugung eine Reise zu starten und diese kontemplativ zu begehen, wurde von den Menschenmassen weggespült.

Die Fragen zur Reise, die sich Johannes stellte, galten ebenso für alle anderen, die ihn begleiteten. Auch sie waren auf ein kurzes Abenteuer eingerichtet, hatten ihre Ferien genutzt oder verschoben und müssten eigentlich bereits wieder bei ihrer Arbeit erscheinen. Hinzu kamen die Kinder, die in die Schule oder den Kindergarten sollten, aber nicht ohne Weiteres allein nach Hause geschickt werden konnten. Zwei Kinder wurden zudem mitten in Ungarn auf der Reise krank und mussten in ein Spital gebracht werden. Die Eltern konnten sie nicht allein lassen, Johannes konnte nicht warten, bis sie wieder genesen waren und die Familie wollte weder unbegleitet wieder nach Hause fahren noch allein der Karawane nachfolgen.

Aus der euphorischen Stimmung des Beginns wuchsen Zweifel, ob das Vorhaben richtig geplant war und weitergeführt werden könnte. Andererseits war Aufgeben keine Option. Das Medienecho war auch in Ungarn sehr gross, zahlreiche Schaulustige und Anhänger begleiteten den Tross einen Teil der Strecke. Zudem sprudelten die Spenden und niemand wusste, wie die Spender bei einem Abbruch reagiert hätten.

Johannes war das Opfer seines eigenen Erfolgs geworden und musste nun etwas durchziehen, das er sich nur in groben Zügen überlegt hatte. Und ihm war klar, dass der schwierigste Teil seiner Mission erst bevorstand. Immerhin konnte er seine Sorgen mit einem Kirchenvertreter diskutieren, als sie für zwei Tage in Budapest haltmachten und dieser versprach ihm zu sondieren, inwieweit ihm die Kirche mit ihren Kontakten helfen und den Weg ebnen könnte.

Gegen aussen hin konnte er diese Probleme natürlich nicht schildern. Der Chefredakteur des Fernsehsenders, der ihn über seinen Korrespondenten noch immer begleitete und wenn auch nicht mehr täglich, so wenigstens zweimal pro Woche über die Karawane berichtete, hatte ihm dies schonungslos klargemacht. Er wolle eine Erfolgsgeschichte und seinem Publikum Unterhaltung bieten. Probleme wie Kinder, die auf der Reise in ein Spital eingeliefert werden mussten, waren zwar gut für die Einschaltquoten und würden viel Empathie bringen, müssten sich aber spätestens nach ein paar Tagen in Minne auflösen, sonst schade dies dem Sender. Johannes war sich dessen nicht bewusst und konstatierte erst langsam, dass nicht er derjenige war, der das Geschehen bestimmte, sondern ein Regisseur weit weg in Deutschland, der über den Erfolg oder Misserfolg seiner Reise entschied. Trotzdem biss er auf die Zähne und entschloss sich, für die gute Sache weiterzumachen.

40

Pierre Barbu war über die Erkenntnisse seiner Sitzung wenig erbaut. Als Chef der Sonderermittlungseinheit von Europol hatte er alle zuständigen Kriminalbeamtinnen und -beamten sowie Geheimdienstleute der verschiedenen Länder eingeladen, in denen Attentate verübt worden oder die stark gefährdet waren. Zwar hatten sie sich regelmässig ausgetauscht und Daten miteinander abgeglichen, tappten aber nach wie vor im Dunkeln, wer hinter den zahlreichen Anschlägen des letzten Jahres steckte und wie sie hätten verhindert werden können.

Ein grosses Problem stellten dabei seine Befugnisse dar sowie die verschiedenen Vorgehensweisen und Regelungen, welche Informationen geteilt wurden und welche nicht. Es gab verbindende Fakten und Parallelen zwischen den Anschlägen, die eine gemeinsame Organisation dahinter vermuten liess. Dennoch fehlte ein Beweis, da sich bisher niemand zu den Attentaten bekannt hatte. Die Forensiker hatten gute Arbeit geleistet, konnten aber mit ihren Untersuchungsergebnissen keine fassbaren Resultate liefern.

Einführend fasste Barbu die Fakten zusammen, wie sie sich darboten. «Fest steht», begann er, «dass sich alle Attentate ausser jenes in Istanbul gegen Kirchen und Symbole der christlichen Religionen richten und verschiedene Religionen betroffen sind. Hinzu kommt, dass die einzelnen Attentate relativ einfach konzipiert waren und weniger Schaden angerichtet haben, als sie dies mit etwas Mehraufwand hätten tun können. Für eine solche Strategie spricht, dass die Attentate durchaus genügen, um Angst und Schrecken zu vermitteln und die Europäer zu verunsichern. Alle

Anschläge fanden bisher ausschliesslich in Europa statt. Weiter benötigen sie nur wenig Technik. Die Täter agieren zu Fuss oder mit Autobomben, verwenden Gewehre und Sprengstoff und hatten untereinander kaum Koordination. Entweder wurden die Attentäter nur für diese eine Aufgabe ausgewählt oder es waren Dilettanten, wogegen die gute Planung spricht. Irgendwo muss es eine Zentrale geben, die auch ein politisches Ziel verfolgt.»

Gemeinsam gingen die Spezialisten nochmals alle Ereignisse und die daraus resultierenden Schlüsse durch. Frédéric Maître, der französische Geheimdienstchef, begann mit der Schilderung des Pariser Anschlags. Gemäss ihren Ermittlungen gingen sie von drei Terroristen aus. Der eine kam bei der Explosion der Autobombe ums Leben, während zwei weitere flüchten konnten. Diese sollten vermutlich zusätzlich zur Bombe auf die flüchtenden Menschen schiessen, beschlossen aber aus unerfindlichen Gründen, dies nicht zu tun und den Tatort unverrichteter Dinge zu verlassen.

Maître schilderte, wie sie das Fluchtfahrzeug und die Spur eines der beiden Attentäter in einem Pariser Altersheim gefunden hatten, dank dem dieser eine Aufenthalts- und eine Arbeitsbewilligung hatte, obwohl er nicht dort arbeitete. Laut gemeinsamen Erkenntnissen verübte er kurz darauf das Attentat im Mailänder Dom, bei dem er umkam.

Den ganzen Rest seines Wissens teilte er nicht. So wussten die anderen Ermittler nicht, dass Paris von vier Attentätern ausging, von denen einer starb, als er versuchte, einen Gasunfall in der Wohnung jenes Journalisten zu fingieren, der ihnen wohl auf die Spur gekommen war. Ebenso wenig erzählte er, dass sie den anderen Terroristen beim Versuch, die beiden Journalisten umzubringen, eliminiert hatten und er teilte auch nicht mit, dass sie deren Haus in Cassis verwanzt hatten und sie beschatteten. Nach wie vor traute er Barbu nicht über den Weg. Er hatte ohnehin entsprechende Anweisungen der französischen Präsidentin, die eine eigene Untersuchung bevorzugte.

Der britische Chefermittler Peter McCoy gab zu, dass es sich in Canterbury um einen Zufallserfolg handelte. Dank der umfassenden Videoüberwachung in Grossbritannien seien die Behörden bereits bei deren Einreise auf die beiden Attentäter aufmerksam geworden und konnten sie unschädlich machen, kurz bevor sie zur Tat schritten. Zwar hätten die Behörden gehofft, durch ihre unklare Kommunikation, ob einer der Terroristen gefangen genommen worden oder beim Einsatz verstorben sei, Aktivitäten im Netz und bei beobachteten Aktivisten zu finden, aber es sei relativ ruhig geblieben. Daraus hatte er geschlossen, dass die beiden Attentäter nicht aus England stammten und nur etwas lokalen Support erhalten hätten.

Von den anderen Attentatsorten war Istanbul am ergiebigsten. Genau genommen hatte dort gar kein Anschlag stattgefunden und zuerst waren die türkischen Ermittler nicht sicher, ob ein Zusammenhang mit den anderen Orten bestand. Auf jeden Fall hatten sie einen Tipp erhalten, worauf sie aktiv geworden waren. Dieser Hinweis war sehr detailliert gewesen und musste von einem Insider stammen, doch wollten die Behörden am Bosporus die Quelle entweder nicht preisgeben oder sie wussten selbst nichts Genaues. Immerhin hatte ihr Polizei- und Militäreinsatz dazu geführt, dass sie zwei Terroristen gefangen nehmen und verhören konnten. Zudem war die ganze Geschichte nicht an die Öffentlichkeit gedrungen und die Terroristen wussten daher auch nicht, was mit ihren Einsatzleuten in Istanbul geschehen war. Lediglich bei einem der drei in Istanbul arbeitenden Terroristenpaare gab es eine Schiesserei, über die in den Medien berichtet wurde.

Da die türkischen Behörden nicht sehr zimperlich vorgingen, konnten sie ein paar weitere Details in Erfahrung bringen, allerdings verbunden mit der Erkenntnis, dass die Attentäter sehr wenig wussten und ihre Mitstreiter nicht kannten. Auffällig war, dass es sich um Europäer handelte, die sich einer Extremistengruppe im Nahen Osten anschliessen wollten und kurz nach der Rekrutierung zu ihrem ersten Einsatz kamen. Dieser sah allerdings vor, dass sie flüchten und nicht als Selbstmordattentäter enden sollten, was nicht richtig ins Muster passte.

Ihre Rekrutierung und die Vorbereitung auf das Attentat waren in Marseille in einem Hotel erfolgt. Frédéric Maître konnte bestätigen, dass ihn die türkischen Behörden bereits informiert hatten, er das Hotel Aurore seit ein paar Tagen observieren liess und eigene Leute als Gäste eingecheckt hatten. Nächste Schritte sollten in Abstimmung mit Europol erfolgen.

Trotz dieser kleinen Erfolge waren die Teilnehmenden unzufrieden. Nach wie vor fehlte jede Spur zu den Auftraggebern und sie hatten keine Ahnung vom Motiv. Es konnte doch nicht sein, dass jemand derart viel Energie auf eine Anschlagreihe verwendete, ohne davon in irgendeiner Weise profitieren zu können. Vielleicht konnten sie bei den beiden gefangenen Attentätern nochmals etwas nachhaken und gegebenenfalls bot das Hotel weitere Informationen, auch wenn sie nicht sicher waren, ob noch jemand dort war, der für sie von Interesse war.

Sie baten daher Maître, die Untersuchung in Frankreich federführend an die Hand zu nehmen und die anderen Polizei- und Geheimdienststellen auf dem Laufenden zu halten, was dieser noch so gern zusagte. Seit Beginn der Krise war er ohnehin der Meinung, er und Frankreich seien am prädestiniertesten, den Fall zu lösen.

41

Die Reise von Johannes und seinen Freunden wurde immer beschwerlicher und innerlich fragte er sich, weshalb er sich das angetan hatte. Er war kein Abenteurer oder Reisender, der neugierig Unbekanntes erleben wollte, sondern zog es vor, mit seinem Camper wie ein Gewohnheitstier immer wieder dieselben Orte und Gegenden zu besuchen. Meistens war er in Deutschland oder Italien unterwegs, aber auch dort nur in touristisch erschlossenen Gegenden.

Hinzu kam, dass ihm die lokale Bevölkerung immer fremder vorkam. In den grösseren Städten gab es wenigstens noch ein paar Menschen, die Deutsch sprachen und ihm übersetzen konnten, auf dem Land wurde dies zunehmend komplizierter. Zudem hatte er mit der örtlichen Religiosität Mühe, da die Bewohnerinnen und Bewohner einen viel stärkeren Bezug zur Kirche hatten als er. In jedem Ort musste seine Gruppe an einer Messe teilnehmen. Dadurch wurde die Zahl seiner Anhänger etwas reduziert, da all diejenigen, die nur ein Abenteuer und ein Spektakel gesucht hatten, sich nach und nach verabschiedeten.

Dem Fernsehsender gingen langsam die Geschichten aus und er reduzierte seine Berichterstattung kontinuierlich. Irgendetwas musste geschehen, um wieder aktueller zu werden. Von der Kirche hatte er immer wieder ermunternde Worte erhalten, ohne je wirkliche Unterstützung zu bekommen.

In dieser Phase mit grossen Zweifeln und Gedanken ans Aufgeben war es vor allem seine Gattin, die ihn vorwärtstrieb. Ursprünglich hatte sie sich gegen das ganze Unterfangen gestellt und ständig neue Gründe aufgeführt, weshalb sie diese Reise nicht unternehmen sollten. Er hatte bereits mit dem Gedanken gespielt, ob er allein aufbrechen sollte, aber sie war im letzten Moment umgeschwenkt, wohl auch aus Angst, dass ihm etwas passieren könnte. Nun hatte sich das Blatt aber etwas gewendet. Sie sah Chancen darin, mit der Reise berühmt zu werden. Bereits hatte sie in den sozialen Medien einige Follower und postete täglich mehrmals etwas, so belanglos dies auch sein mochte. Sie fühlte sich wie eine Madonnenfigur, wurde die Gruppe ja fast wie Heilige behandelt, je weiter sie gegen Osten fuhren. Deshalb war Aufgeben in ihren Augen keine Option.

Ähnlich sahen es auch seine Freunde, die ihn seit der Abreise in Köln treu begleiteten. Als er eines Abends versuchte, mit ihnen zu sprechen, ob sie weitermachen sollten oder nicht, erwiderten sie, dies sei sicherlich eine Prüfung, die ihnen auferlegt wurde, um zu sehen, wie stark sie an den Kreuzzug für den Frieden glaubten. Somit war er von seinem eigenen Erfolg gefangen und sah keinerlei Möglichkeit, auszusteigen. Die anderen hatten es aus seiner Sicht auch einfacher, sie konnten sich hinter ihm als Anführer verstecken und mussten somit keine schweren Entscheidungen treffen.

Ebenso viel Mühe wie mit den ihm immer fremder werdenden Menschen auf seiner Route, mit denen er sich nicht verständigen konnte, waren die sozialen Bedingungen. Obwohl er gewusst hatte, dass Osteuropa noch immer der arme Teil Europas war, war er entsetzt über das, was er sah. Schon in Ungarn war ihm die Armut auf dem Land aufgefallen und dass sie sich selbst nur mühsam Nahrung und Getränke kaufen konnten. Nach dem Überqueren der rumänischen Grenze akzentuierte sich dies nochmals und er begann zu verstehen, warum diese Gegend als Armenhaus Europas bezeichnet wurde. Er machte sich zunehmend Sorgen um seine beiden kleinen Kinder sowie die Kinder seiner Freunde, die den Tross begleiteten. Dabei dachte er vor allem auch an die Krankheiten, die sie auflesen und kaum behandeln konnten. Als negativ erwies sich nun, dass sie keine Personen mit medizinischer Ausbildung bei sich hatten. Doch als er die Armut im Fernsehen thematisieren wollte, winkte der Sender ab, da er seinen Fokus vor allem darin sah, zu unterhalten und nicht Gesellschaftskritik zu üben.

In Rumänien veränderte sich auch die Landschaft. Während der Weg durch Ungarn durch weite, flache Gebiete mit Landwirtschaft und Tundra geprägt war, war Rumänien wesentlich hügeliger und sie kamen langsamer voran. Jede Etappe musste nun genau geplant und genügend Wasser und Benzin mitgeführt werden. Die Einheimischen schickten sie zwar von einem Ort zum nächsten weiter, was aber bedeutete, dass sie dort übernachten oder zumindest sich empfangen lassen mussten. Die begeisterten Einwohnerinnen und Einwohner, für die eine solche Karawane eine einmalige Attraktion bildete, erwarteten von Johannes auch, dass er Zuversicht und Optimismus ausstrahlte, was ihm immer schwerer fiel.

Johannes war ein gläubiger Mensch und die Kirche hatte in seinem Leben einen bedeutenden Platz. Nun bemerkte er, dass ihm ein Ausgleich fehlte. Jeden Abend in irgendeiner Kirche an einem Ort, von dem er noch nie gehört hatte, mit Singen und Beten zu verbringen, wurde ihm langsam zu viel. Wie gerne hätte er sich einmal einen Fussballmatch angeschaut, wäre mit seinen Freunden ein Bier trinken gegangen oder hätte mit seiner Familie ein Spiel gemacht. Zudem sehnte er sich nach seinen Arbeitskollegen, die er sehr vermisste, und sogar nach seiner Arbeit, was ihn etwas erstaunte.

Kurz nach Arad wurden das Gelände etwas gebirgiger und die Strassen enger. Zwei Personen im Konvoi wurde mehrfach übel, weshalb sie einige Male anhalten und eine

Pause machen mussten. Sie wussten, dass sie zwei lange Etappen vor sich hatten, da sie am folgenden Abend in Bukarest eintreffen wollten, wo es einen grösseren Empfang durch die Kirche gab. Entsprechend müde waren Johannes und seine Freunde und sie mussten sich beim Fahren häufig abwechseln. Sogar die Gattin von Johannes war von den Strapazen gezeichnet und zum ersten Mal seit Langem sandte sie keine Bilder an ihre Anhänger. Sie wusste im Moment auch nicht, was sie berichten sollte und freute sich auf Bukarest und auf die Aussicht, wieder einmal in eine richtige Stadt zu kommen mit der entsprechenden Infrastruktur.

Einige Kilometer von der Karawane und von der Route entfernt, aber mit einem guten Überblick, stand ein Jeep mit zwei Männern. Sie hatten sich von verschiedenen Orten herkommend am Vorabend in Bukarest getroffen und gemeinsam die Reise mit ihrem Fahrzeug angetreten. Die beiden kannten sich nicht und sprachen kaum miteinander. Was sie auszeichnete, war ihre Geduld und ihre Beobachtungsgabe. Schon früh sahen sie die Karawane mit dem VW-Camper von Johannes als vorderstem Fahrzeug. Langsam schlängelte sich die Kolonne über die Strasse mit den zahlreichen Kurven. Immer wieder sahen sie die Fahrzeuge auftauchen und wieder hinter den Bäumen verschwinden. Als sie an einem bestimmten Punkt vorbeikamen, öffneten die Männer ihr Fahrzeug und nahmen die darin liegende Panzerfaust heraus.

42

Kardinal Montagnola hatte das Treffen der verschiedenen christlichen Religionsführer sorgfältig geplant und es konnte kaum etwas schieflaufen. Das Ganze war eine logistische Herausforderung, wenngleich der Vatikan viel Erfahrung aus der Organisation der Pilgerreisen übernehmen konnte. Jene wurden nach hinten verschoben mit der Zusicherung einer Gruppenaudienz beim Papst, was die meisten Pilger besänftigte.

Im Vorfeld konnten alle Religionen und Religionsgemeinschaften Wünsche, Anregungen, aber auch Punkte, die ihnen wesentlich erschienen, einsenden. Montagnola würde sie zusammen mit je einem Vertreter der grossen Kirchen ordnen, damit sie in kleinen Gruppen diskutiert werden konnten. Am Ende sollte jede dieser Gruppe berichten und ein Aktionsplan verabschiedet werden. Der Kardinal wusste nur allzu gut, dass aus solchen Runden meist nur Allgemeinplätze entstanden und kaum griffige Argumente. Sein Augenmerk lag aber ganz woanders.

Im Kampf gegen die Terroranschläge brauchte es Organisation und Führung und dafür kam wohl nur der Vatikan infrage. Geschickt baute Montagnola entsprechende Fragen in die Papiere ein, damit die Teilnehmer diskutieren mussten, wer als Sprachrohr dienen sollte. Da die meisten Anschläge katholische Einrichtungen getroffen hatten, schien das Primat relativ klar. Natürlich soll diese Leitung nur für die aktuelle Krisensituation gelten, aber Montagnola dachte bereits viel weiter.

Klug war sicherlich, die unterschiedlichsten Kirchen und Gruppierungen einzuladen, womit kleine Glaubensgemeinschaften die Chance erhielten, sich für ein Mal mit grossen Kirchen zu unterhalten. Dies ergab oft hitzige Diskussionen, die Gruppen befassten sich mit Detailfragen und die grossen Züge übersahen sie in ihrem Eifer. Montagnola hatte darauf bestanden, dass sich alles öffentlich abspielen sollte, was eine enorme Medienpräsenz provozierte, wie wenn der ganze europäische Kontinent gegen eine Bedrohung aufstände. Die meisten Maximalforderungen wurden gestrichen, da sie oft nur eine Kirche betrafen und die Freiheit einer anderen eingeschränkt hätten. Fragen nach Gleichberechtigung in der Kirche, Scheidungen oder sexuellen Ausrichtungen wurden vorsorglicherweise gleich zu Beginn eliminiert, da sie den Prozess womöglich blockiert hätten.

Unter den Kardinälen hatte es lange Diskussionen gegeben, wo das Symposium stattfinden sollte. Einige von ihnen wollten die eigenen Räume nicht für andere Religionen oder Frauen öffnen, andere fanden, dass damit gegebenenfalls Teilnehmer abgeschreckt werden könnten. Am Ende wurde das Roma Convention Center gewählt, das bereits über eine eingespielte Infrastruktur verfügte. Die Kosten für den Anlass würden zwischen dem Vatikan und Italien irgendwie aufgeteilt.

Die Einladung und das Programm wurden neutral gehalten und Montagnola verzichtete darauf, persönlich im Vordergrund zu stehen. Der Papst nahm selbstverständlich nicht daran teil, da er sich wegen seiner Unfehlbarkeit auf keinerlei Diskussionen einlassen konnte.

Als Resultat des Symposiums wurde eine Charta verabschiedet. Dort beschworen die Teilnehmer, dass sie sich gemeinsam gegen den Terrorismus wehren wollten und das Christentum die Leitreligion Europas sei. Die Sicherheitsfragen würde man weiterhin den nationalen Polizei- und Geheimdienstorganisationen überlassen. Es wurde ein Gremium gebildet von Vertretern aus den fünf Leitreligionen Katholiken, Protestanten, Anglikanern, Christkatholiken und Griechisch-Orthodoxen. Da die anderen vier Repräsentanten vorwiegend religiöse Aufgaben hatten und Montagnola der Einzige war, der auch weltliche Dinge wahrnahm, wurde er als Vorsitzender gewählt. Zudem hatte der Vatikan die beste Infrastruktur. Der Kardinal war damit sehr zufrieden und sagte in einer Pause verschmitzt zu seinem Sekretär: «Das hätten wir auch einfacher haben können, ohne Symposium und den ganzen Firlefanz.»

Die Abschlussfeier fand auf dem Petersplatz statt. Bewusst wurde auf den Begriff Messe verzichtet und der Ablauf entsprechend angepasst. Die obersten Vertreter der fünf wichtigsten Religionen sollten kurz sprechen und jeweils ihren Segen geben, womit niemand brüskiert werden konnte. Die Charta sollte vorher vom italienischen Präsidenten verlesen werden, wodurch sie mehr Gewicht erhielt und keine Diskussionen entstanden.

Es war ein prächtiger Tag und der Petersplatz war gefüllt mit den Teilnehmerinnen und Teilnehmern des Symposiums in einer farbenfrohen Mischung. Von T-Shirts mit «I love Jesus» bis zu Würdenträgern in ihrem prachtvollen Ornat war alles zu sehen. Montagnola war stolz zu sehen, wie sein Plan aufgegangen war.

Wie in einer Prozession trafen die fünf Oberhäupter der Leitreligionen ein, angeführt vom Papst. Die Bilder wurden in die ganze Welt übertragen. Die Organisatoren hatten sich auf zwei Lieder geeinigt, die den meisten Menschen geläufig waren, und diese wurden von zwei Chören vorgesungen in der Absicht, dass sich das Publikum beteiligte. Es herrschte eine festliche Stimmung.

Für viele als Höhepunkt erhob sich der Papst für seine Rede und den Segen und es wurde auch hier nicht von Predigt gesprochen. Während er zum Podium schritt, wurde die Menge plötzlich sehr unruhig. Menschen begannen zu schreien, zu weinen und alle zückten ihr Handy. Der Papst

181

hielt inne und Montagnola versuchte herauszufinden, was geschehen war.

In diesem Moment sah er ein kurzes Video, das sich rasend schnell auf dem ganzen Platz verbreitete. Ein Begleiter aus dem Tross hatte zufällig gefilmt, wie der Camper von Johannes von einer Rakete getroffen explodierte und sich in einen riesigen Feuerball verwandelte. Wie als Reflex hatte er das Video gepostet, woraufhin sich dieses in den sozialen Medien sofort um die ganze Welt verbreitete.

Der Schock sass sehr tief und der Papst musste einige Zeit abwarten, bis sich die Menge auch nur etwas beruhigt hatte. In der Zwischenzeit hatte ihm Montagnola das Video gezeigt und er sah, wie der Papst vor Wut zitterte. Trotzdem trat er kurz darauf scheinbar gefasst zum Podium und begann mit der Menge zu beten.

Danach aber wich er vom vorbereiteten Ablauf ab. Zwar wusste er noch nicht, was wirklich geschehen war, aber es war offensichtlich, dass es sich um einen Anschlag handelte. Zuerst sprach er den Angehörigen sein Mitgefühl aus und zeigte, wie schockiert er über das Geschehene war. Er begann, gegen die infamen Anschläge zu wettern und ging davon aus, dass sich das Attentat in die Anschläge der letzten Monate einreihte. Er sprach von der Gefährdung Europas durch Islamisten und dass der Lebensstil ganzer Völker bedroht sei. Die Leben von Johannes und seiner Familie, sogar seinen Kindern seien von Extremisten ausgelöscht worden. Unschuldige, die sich für den Frieden eingesetzt hätten, würden angegriffen und so zu Märtyrern. Sie hätten sich mit ihren Familien zu einem Kreuzzug für den Frieden aufgemacht und seien in einen Hinterhalt geraten.

«Einer solchen Spaltung des alten Kontinents muss sofort Einhalt geboten werden», fuhr er fort. «Zum Glück hat soeben unser Symposium stattgefunden und wir haben eine Charta verabschiedet, dass wir gemeinsam unsere Werte verteidigen. Wir sehen uns wie in einem Kreuzzug gefordert, uns zu verteidigen, unsere Kultur zu festigen und wo nötig zurückzuerobern.» Der Papst schloss mit den Worten: «Und ich bin bereit dazu, diese Bewegung anzuführen.»

Auf dem Petersplatz geschah nun etwas, was sonst vollkommen unüblich war. Das Publikum begann zu applaudieren, Bravo zu rufen und alle Anwesenden waren wie elektrisiert von seinen Worten. Selten hatte Montagnola eine derart aufgepeitschte Menge gesehen. Normalerweise lief eine Messe auf dem Platz sehr ruhig ab und ausser den Worten und Gesängen war kaum ein Laut zu vernehmen. Aber es handelte sich nicht um eine Messe, sondern es waren zahlreiche Gläubige anderer Religionen anwesend, mit anderen Regeln und Verhaltensweisen.

Nach seiner Ansprache spendete der Papst seinen Segen und die anderen vier Kirchenoberhäupter waren an der Reihe. Ihnen blieb nichts anderes übrig, als dem Papst beizupflichten und sich hinter ihn zu stellen.

Für Montagnola kamen die Ereignisse beinahe wie ein Geschenk des Himmels. Er hatte damit gerechnet, dass sich die anderen Religionen zieren würden, sich hinter das Primat des Vatikans zu stellen. Dies war auch in der Charta noch zu spüren. Ein solcher Auftritt wie der soeben geschehene machte aber alles klar. Die Medien würden sich auf die zentralen Aussagen des Papsts stürzen und danach die Unterstützung durch die anderen Würdenträger zeigen. Gleichzeitig wurde dem Kardinal aber bewusst, dass soeben etwas entfesselt worden war, das nur schwer wieder zu kontrollieren und in geordnete Bahnen zurückzuführen wäre. Dies bereitete ihm jedoch im Gegensatz zu zahlreichen seiner Kollegen kaum Kummer.

43

Seit Langem wirkte der Mann aus Marseille zum ersten Mal etwas entspannt. Er befand sich mit drei anderen Männern in einer Mietwohnung, die er ohne Kreditkarte und ohne einen Pass gemietet hatte. Sie war einfach, aber zweckmässig eingerichtet und das Haus besass mehrere Ein- und Ausgänge sowie ein Parkhaus. Sie konnten sich daher treffen, ohne dass jemand alle Teilnehmer beim Eintreffen und Verlassen direkt beobachten und Rückschlüsse daraus ziehen konnte.

Der letzte Anschlag lief wieder einmal erfolgreich und ohne Probleme. Er hatte nicht erwartet, besonderes Lob dafür zu erhalten, war dies in der Hierarchiekette doch ohnehin selten vorgesehen, aber immerhin bekam er eine Vollzugsmeldung, dass sein Einsatz wahrgenommen worden war. Der Mann aus Marseille überlegte sich gar nicht, dass es wohl schwieriger gewesen wäre, vom Anschlag auf Johannes und seine Familie nichts mitzubekommen, bildete jener doch seit Tagen das Medienthema schlechthin.

Er musste sich allerdings auch eingestehen, dass es wohl das einfachste Projekt war, das sie bisher unternommen hatten und das nun gelungen war. Das Ziel war kaum zu verfehlen, bei Anfahrt und Flucht mussten keine besonderen Vorkehrungen getroffen werden und es fand mitten in der Natur statt, in der der Gegner völlig ungeschützt und wehrlos war. Dass es eine ganze Familie getroffen hatte, bedauerte er zwar, dachte sich aber gleich, dass es dafür bestimmt einen Grund geben würde.

Nach den zahlreichen Pannen der letzten Monate traute er sich nicht, nachzufragen, weshalb sie für eine solch einfache Aufgabe drei Männer benötigt hatten. Er hätte wohl keine Antwort erwarten können. Ein Grund dafür könnte sein, dass es auch mit Luftüberwachung aufwendiger war, drei Personen zu verfolgen und deren Bewegungen im Auge zu behalten, was die Rückschlüsse auf deren Hintergründe erschwerte. Dass dieser Anschlag zu einem Aufschrei in der ganzen Welt geführt hatte, bewies, dass es entgegen seiner Erwartungen und Wünsche genügte, eine kleinere und einfachere Aktion durchzuführen, um denselben Effekt zu erreichen wie mit einem komplizierten Anschlag, wie sie ihn in Istanbul geplant und in den Sand gesetzt hatten.

Das Attentat selbst war nach einem bewährten Muster ausgeführt worden. Zwei Männer waren zum ausgewählten Punkt gefahren und hatten die Panzerfaust auf das Ziel abgefeuert, während ein dritter in etwa eineinhalb Kilometer Entfernung mit einem zweiten Fahrzeug wartete. Nach dem erfolgten Anschlag versteckten die beiden ihren Jeep im Dickicht. So konnten sie davon ausgehen, dass es lange dauerte, bis jemand das Fahrzeug fand. Danach eilten sie durch den Wald, der sie vor Blicken von oben schützte, zu ihrem Kollegen, der sie im zweiten Auto in Empfang nahm. Den einen luden sie in der nächsten grösseren Gemeinde ab, wo er von einem Lastwagen aufgenommen wurde, der regelmässig diese Route befuhr. Die beiden anderen fuhren zurück nach Bukarest, wo sie sich trennten.

Sorgen bereitete dem Mann aus Marseille der Umstand, dass sie bereits wieder umdisponieren mussten. Das Hotel Aurore hatten sie kurz nach dem missglückten Attentat in der Türkei aufgegeben, jedoch einen ihrer Leute im schräg gegenüberliegenden Hotel zur Beobachtung postiert. Dieser meldete sich bereits nach ein paar Tagen, war sich aber nicht ganz sicher, ob das Hotel Aurore effektiv durchsucht worden war. Es handelte sich beim Beobachter um ein noch junges, neues Mitglied ihrer Gruppe, das noch nicht allzu viel Erfahrung hatte und entsprechend nervös war. Noch nervöser wäre der neue Mann geworden, wenn er gewusst hätte, dass ein paar Zimmer neben ihm wiederum ein Geheimdienstmann postiert war, der beobachten sollte, ob im Hotel Aurore etwas Ungewöhnliches vor sich ginge. Es war wohl nur eine Frage der Zeit, bis er entdeckt würde.

Noch immer hatte der Mann aus Marseille keine Ahnung, was aus den Attentätern in der Türkei geworden war und er befürchtete, dass mindestens ein Teil von ihnen überlebt hatte und wohl bald reden würde, um das eigene Leben zu retten, waren die Behörden in Istanbul doch kaum zimperlich. Die Attentäter wussten zwar nicht allzu viel, nur, was ihr Auftrag war, und konnten deshalb lediglich verraten, dass sie ihre Anweisungen in Marseille erhalten hatten. Aber, und das machte die Geschichte wesentlich schlimmer, sie kannten ihn und den Concierge. Somit konnte er ins Fadenkreuz irgendwelcher Ermittler oder Geheimdienstleute geraten, was bedeutete, dass er sich nur noch vorsichtig bewegen konnte. Auch fühlte er sich zunehmend unsicher, da sie nach dem Ort in Paris nun auch das Hotel in Marseille hatten aufgeben müssen und die vorbereiteten sicheren Häuser abnahmen.

Ebenso war der Attentäter, der die beiden Journalisten unschädlich machen sollte, verschwunden und der Mann aus Marseille befürchtete auch hier, dass er vielleicht irgendwo gefangen genommen worden war. Er kannte aber weder den Ort, wo die Journalisten genau wohnten, noch war er in Details eingeweiht worden, was für die beiden geplant worden war. Irgendwie fühlte er sich zunehmend unwohl und spürte, dass er nicht Herr der Lage war.

Seine generellen Zweifel am Projekt versuchte er so gut er konnte zu unterdrücken, sah er doch Ziel und Zweck nicht. Mit ihren Attentaten hatten sie halb Europa verunsichert, sich jedoch bis heute nicht dazu geäussert. Kein

Bekennerschreiben, kein Video, keine geschichtsträchtigen Termine waren zu finden. Das Schlimmste, das er sich vorstellen konnte, war, dass am Ende jemand anders die Urheberschaft an sich riss und somit die von ihm ausgebrachte Saat erntete.

Er hatte in Paris den Scheich darauf angesprochen und gefragt, wann und wie sie denn in die Öffentlichkeit treten und ihre Taten bekennen würden. Der Scheich liess sich aber nicht auf eine Diskussion ein und das Thema schien ihm eher unangenehm zu sein. Daraus schloss der Mann aus Marseille, dass die Entscheidungen wohl weiter oben in der Hierarchie getroffen wurden und sie nur für die Ausführung zuständig waren. Natürlich hätte er gerne gewusst, wofür genau er sein Leben einsetzte und auch die Männer in der Wohnung verlangten diese Details zu wissen. Es blieb ihm im Moment nichts übrig, als alle zu beschwichtigen und auf die neuen Aufgaben einzuschwören.

Sie hatten noch keinen genauen Zeitplan erhalten und einer der Männer sollte lediglich das neue Ziel auskundschaften und seine Schwachstellen identifizieren. Ebenso würde er einen lokalen Helfer treffen, um Verstecke zu definieren. Sie hatten sich dieses Mal entschlossen, jemanden vorgängig persönlich vor Ort zu schicken, da sie nach dem vereitelten Anschlag in Istanbul nicht sicher waren, ob sie überwacht wurden. Vielleicht gelang es ihnen, eine mögliche Überwachung zu identifizieren und somit Gegenmassnahmen in die Wege leiten zu können. In der Zwischenzeit warteten sie vergebens auf Neuigkeiten aus Marseille, denn der Mann gegenüber dem Hotel Aurore war noch nicht erfahren genug, um Zeichen und Auffälligkeiten rechtzeitig zu deuten.

44

Der Schock sass sehr tief bei Dagmar und Ax. Beide waren eigentlich nicht sonderlich religiös und befassten sich nur wegen ihrer geplanten Protestaktion überhaupt mit Fragen im Zusammenhang mit der Kirche. Deshalb hatten sie die Reise von Johannes Bakowski Richtung Jerusalem auch nur am Rande verfolgt und etwas belächelt. Genau genommen hatten ihn beide als eine Mischung von Träumer und Spinner taxiert und empfanden seine Aktion als unbedarft. Diese war nach einer ersten Euphorie auch weitgehend wieder aus den Medien verschwunden und nur von Zeit zu Zeit tauchten Informationen auf, die immer etwas gleichförmig klangen. Dass nun ausgerechnet dieser Johannes zu einer zentralen Figur für sie werden könnte, ahnten sie zu jenem Zeitpunkt noch nicht.

Gemeinsam hatten sie die Zeremonie auf dem Petersplatz verfolgt, waren sie doch auf der Suche nach einem Anknüpfungspunkt für ihre Protestaktion. Dagmar und ihre Freundinnen hatten bereits fleissig Ideen und Vorschläge gesammelt und Überlegungen in die verschiedensten Richtungen angestellt. Von der Gleichberechtigung in der Kirche über die gleichen Rechte für alle Religionen bis zu Forderungen, dass bei Abendmahldarstellungen sechs Jünger und sechs Frauen abgebildet werden müssten, wurde so ungefähr jede brauchbare und unmögliche Idee eingebracht.

Für Ax war es im Grunde genommen egal, gegen wen sich der Protest richten sollte, während sich Dagmar mit grossem Gewicht für die eine oder andere Aktion einsetzte. Bisweilen war sie von ihm etwas enttäuscht, hätte sie doch mehr Unterstützung erwartet. Dafür hatte sie wieder einmal einen Partner und vor allem auch einen, den sie stolz zeigen konnte, was sein Verhalten in ihren Augen relativierte. Ebenso genoss sie die Tatsache, dass Ax beinahe jede ihrer Ideen unbesehen mittrug.

Die Reaktionen auf den perfiden Anschlag auf Johannes und seine Familie waren heftig und das Entsetzen war nahezu grenzenlos. Natürlich betraf dies fast ausschliesslich Europa und die USA sowie Südamerika, also im Grunde genommen die christlichen Staaten. Regierungschefs zahlreicher Länder versuchten sich in Reaktionen zu übertreffen, versprachen Rache und dass sie die Schuldigen überallhin verfolgen würden. Allerdings blieben diese Äusserungen allesamt sehr vage und eigentlich wusste niemand, mit wem man es als Gegner überhaupt zu tun hatte. Gleichzeitig kristallisierte sich immer mehr heraus, dass ein Feindbild oder ein Feind hermusste, als Blitzableiter für das Volk einerseits und andererseits, um vom eigenen Unvermögen, dem Terror ein Ende zu setzen, abzulenken.

In den grossen Metropolen kam es zu Protesten, Unruhen und gewalttätigen Auseinandersetzungen, die weit schwerer waren als nach dem Interview des amerikanischen Kardinals Glenn Moriaty bei CNN und der ersten Erwähnung eines Kreuzzugs durch den Papst. Es gab regelrechte Strassenschlachten, Geschäfte von Muslimen wurden geplündert und religiöse Stätten angegriffen. Zahlreiche Personen trauten sich kaum mehr auf die Strasse. Die Polizeikräfte verschiedener Staaten mussten ganze Stadtviertel vor dem Mob schützen und die Lage schien langsam ausser Kontrolle zu geraten.

Kulminationspunkt dieser Proteste war die Trauerfeier für Johannes und seine Familie in Köln. Der Dom war natürlich viel zu klein für die erwarteten Menschenmassen und es wurden zahlreiche Grossbildschirme in der ganzen

Stadt aufgestellt, um das Publikum etwas zu verteilen und so mehreren Hunderttausend Personen zu ermöglichen, beim Geschehen dabei zu sein. Im Vorfeld gab es zahlreiche Gerüchte, dass der Papst selbst nach Köln kommen würde, obwohl der Vatikan dies gar nie in Betracht gezogen hatte. Ebenso wenig wie eine Videobotschaft, schien dies noch nicht das richtige Kommunikationsmittel zu sein und es sollte vermieden werden, dass der Papst in Zukunft in irgendeiner Weise ins Tagesgeschehen der Welt eingebunden wurde, stand er doch über all diesem weltlichen Geschehen.

So wurde die Ausrichtung der Trauerfeier den deutschen Kardinälen und im Speziellen dem Kardinal von Köln übertragen. Die Kunst bestand darin, würdevoll von Johannes und seiner Familie Abschied zu nehmen und gleichzeitig die Wut über das Geschehene so weit aufzufangen, dass die Feier und die Tage danach nicht zu einem Bürgerkrieg oder einer Hexenjagd führten. Dabei galt es zu bedenken, dass sich die Kirche in Westeuropa nur am Rande mit Johannes auseinandergesetzt und seine Aktion nicht sehr ernst genommen hatte. Erst in Ungarn und Bulgarien begann sich dies zu ändern, da die Karawane dort als Attraktion verstanden wurde und in den zahlreichen kleineren Städten grosse Bedeutung erlangte.

Der Kardinal von Köln mochte daher auch nicht von Märtyrern sprechen und die Aktion als grossen Kreuzzug preisen, hingegen von Menschen, die sich für ihre Überzeugung eingesetzt hatten und dafür gestorben waren. Dies entsprach nicht ganz der Doktrin des Vatikans, doch hatten auch seine Vorgesetzten in Rom keinerlei Interesse an einer weiteren Ausweitung der jetzt schon heiklen Lage. Der Kardinal setzte auf eine opulente Inszenierung mit viel Pomp, grossen Gesten und einem Grossaufmarsch an Gästen aus Kirche, Gesellschaft und Politik. Als einziger Nichtkleriker durfte nur der deutsche Bundespräsident sprechen. Umrahmt wurde der Anlass von viel Musik und

Chören. Höhepunkt bildete Guiseppe Verdis Gefangenenchor aus der Oper «Nabucco», den der Kardinal nicht wegen seiner religiösen Bedeutung gewählt hatte, sondern weil ihn der Grossteil des Publikums zumindest mitsummen konnte und so das Gefühl hatte, einen Beitrag an die Abdankung zu leisten.

In die Trauer und die Wut über das Attentat mischte sich aber immer mehr auch die Angst, da noch immer ein Bekenner oder eine Organisation fehlte, die hinter den Morden stand und zum Feind erklärt werden konnte. Die Bevölkerung speziell in Europa verstand nicht, weshalb die Ermittlungsbehörden so langsam arbeiteten und keine Erfolge gegen den Terrorismus zu verzeichnen hatten. Deshalb war es auch schwierig, den Zorn in den Strassen einzudämmen und Stadtviertel zu schützen, deren Bewohnerinnen und Bewohner nichts mit der Sache zu tun hatten.

Augenfällig wurde dies in London und in Paris, den Städten, die als Schmelztiegel der verschiedensten Kulturen galten. London war bisher nicht Ziel eines Anschlags geworden und trotzdem verstärkten sich dort die Konflikte zwischen den verschiedensten Ethnien.

Ax und Dagmar sahen, dass es für ihre Protestaktion schwierig wurde, nicht zwischen die Fronten zu geraten und auch ihre Freundinnen waren sich nicht einig, wogegen sie eigentlich kämpften. Dass der Papst sich nun an vorderster Linie für alle Christen einsetzen und gegen die Attentäter kämpfen wollte, konnten sie nicht ernst nehmen. Vielleicht war es genau diese Diskrepanz zwischen effektiver Macht und der Vorstellung der Kirche über ihre eigene Bedeutung, bei der sie einhaken konnten. Dass der Papst nun das Rad zurückdrehen und alle verschiedenen christlichen Religionen unter seiner Führung vereinen wollte, nachdem diese sich in zum Teil Jahrhunderte andauernden Kriegen von den Katholiken losgesagt hatten, klang wie ein schlechter Scherz.

Je mehr sie darüber nachdachten, desto besser gefiel ihnen ihre Idee. Alles Mögliche liess sich in diese Stossrichtung einbauen und die verschiedensten Interessen bündeln. Von Gruppen, die alle Religionen als gleichberechtigt ansahen, über kleinere Gemeinschaften, die ihre eigene Religion geschaffen hatten, bis zu Frauen, welche die Rolle der Frau in der katholischen Kirche thematisieren wollten, liess sich alles einbinden.

Als sie am nächsten Abend ihre Aktivistengruppen trafen, waren diese Feuer und Flamme. Natürlich hatte Ax in weiser Voraussicht seine Idee so präsentiert, dass sich alle Teilnehmerinnen etwas herauspicken konnten, womit die Unterstützung breit gefächert wurde. Noch in derselben Nacht beschlossen sie, ihre Aktion #NeinzuRom zu taufen.

45

Piet und Mireille waren noch immer an ihren Recherchen über die Kunstverkäufe und deren Hintergründe. Den Kardinal hatten sie seit ihrem Treffen in Siena nicht mehr kontaktiert, doch wussten sie, dass er nach den schrecklichen Geschehnissen wohl im Moment kaum Zeit für sie hatte. Zudem gab es ihrerseits kaum Neues zu berichten.

Ihr Hauptinteresse war, diesen Kunsthändler Mike Evans zu treffen, den sie als Schlüssel für ihre Nachforschungen betrachteten und der ihnen freiwillig oder nicht weiterhelfen konnte. Ihre Deckung mussten sie aufrechterhalten und somit müsste sich Piet nach wie vor als Südafrikaner ausgeben, aus dessen Familienerbe er verschiedene Kunstwerke verkaufen wollte.

Zuvor hatten sie sich gestritten, wie sie vorgehen sollten. Piet wollte sich vor allem auf Arno Schmitz konzentrieren, den er für die zentrale Figur in dieser Geschichte hielt. Aber Mireille entgegnete ihm: «Hast du nicht bemerkt, dass der Bischof von Alba offenbar Mike Evans kannte, obwohl er eigentlich für seine Kunden nur an Schmitz verkaufte. Somit war Evans zuerst am Verkauf an Schmitz beteiligt, um danach die Kunstwerke für seine Kunden dem Galeristen Schmitz wieder abzukaufen. Das geht doch nicht auf, ausser es handelt sich um ein Scheingeschäft oder Geldwäscherei.» Diesen Argumenten konnte Piet nichts entgegensetzen, weshalb sie sich von nun an auf den Amerikaner konzentrierten.

Evans war ein viel beschäftigter Mann und er reiste praktisch permanent, was ihn schwer erreichbar machte. Eine Telefonnummer hatten sie nicht, sondern bloss eine

E-Mail-Adresse, von der sie aber nicht wussten, ob er sie aktiv nutzte. Deshalb geschah zunächst überhaupt nichts und sie mussten sich eine neue Strategie zurechtlegen.

Immerhin war aktuell die Saison der grossen Auktionen und sie gingen davon aus, dass Evans an mehreren dieser Anlässe teilnähme. Verschiedene Auktionshäuser gaben auch Hotelempfehlungen für ihre Kunden ab und so beschlossen die beiden Journalisten, die entsprechenden Häuser durchzutelefonieren. Das war zwar etwas mühsam, aber Erfolg versprechender, als an Auktionen zu gehen und zu hoffen, der Kunsthändler würde dort auftauchen.

Dank ihrer Beharrlichkeit waren sie erfolgreich und ein Hotel in London verband sie mit dem Zimmer von Evans. Trotzdem benötigten sie nochmals mehrere Anläufe, bis er endlich einmal im Hotel war und den Anruf entgegennahm. Das Gespräch war relativ kurz und der Kunsthändler teilte ihnen nur mit, dass er sie nicht kennen würde und an keinem Kontakt interessiert wäre. Sie konnten nicht einmal den Namen von Schmitz oder der Contessa Frani platzieren, derart kurz war er angebunden. Immerhin notierte er instinktiv die Telefonnummer von Piet, die er im Hoteldisplay erkennen konnte.

Ein, zwei Tage später rief Evans zu Piets Überraschung plötzlich an. Er habe sich die Sache nochmals überlegt und zudem habe er vielleicht einen Kunden, der an ihrem Angebot interessiert sei, erklärte er dem verdutzten Journalisten. Dieser fing sich aber sogleich und antwortete als südafrikanischer Familienerbe, als der er sich ausgegeben hatte. Evans schlug ein Treffen vor und sagte, dass er ohnehin für ein paar Tage nach Paris fahren werde und Piet dort treffen könnte. Sie verabredeten sich für zwei Tage später in der französischen Hauptstadt. Für Piet war es etwas seltsam, wieder nach Paris zurückzukehren. Mireille hingegen fand diese Aussicht grossartig, war doch ihre Abreise sehr rasch und unkoordiniert erfolgt.

Der Sinneswandel von Evans war leicht zu erklären, wenn er auch für sie nicht ersichtlich war. So hatte sich der Assistent von Arno Schmitz beim Amerikaner erkundigt, ob er Piet kennen würde, da ihm das Ganze etwas suspekt vorkam. Beide fanden keine Spuren oder Hinweise auf Piet im Netz, was die Sache nicht einfacher machte. Nachdem ihn Piet effektiv gefunden und in London im Hotel angerufen hatte, informierte Evans seine Kontakte, über die er die Käufe organisiert hatte. Daher war er anfangs kurz angebunden, er musste sich zuerst eine Strategie überlegen. Seine Hintermänner befanden, dass ein Treffen vielleicht ganz nützlich war und schlugen vor, sich darauf einzulassen. Sie gaben ihm dazu ein paar weitere Direktiven auf den Weg, damit sie mehr Informationen herausbekamen als umgekehrt.

Das Treffen war ziemlich schwierig vorzubereiten. Beide Seiten wussten eigentlich nur, dass ihr Gegenüber sie angelogen hatte, Piet mit der Geschichte bei Arno Schmitz, dass er Evans kennen würde und Evans, dass er plötzlich doch Interesse an Piets Sammlung habe. Gleichzeitig wussten beide, dass der andere auch wusste, dass er angelogen worden war.

Piet und Mireille verbrachten Stunden damit, sich eine Strategie zurechtzulegen. Ihr Hauptinteresse war, einen Kontakt zu etablieren, damit sie sich wieder treffen mussten, denn falls sie ihn mit allzu vielen Fragen und Ungereimtheiten konfrontieren würden, würde Evans ihr Treffen vermutlich verlassen und sich nie mehr bei ihnen melden.

Entgegen kam ihnen sicherlich, dass sie die Contessa Frani wirklich kannten und vor Kurzem besucht hatten. Evans war im Prinzip nur in den Kauf der Werke für seine Kunden bei Arno Schmitz involviert und musste gar nicht wissen, ob es die Contessa wirklich gab und ob ihr die Bilder gehörten. Solange er von Schmitz die Provenienz der

Bilder und somit ihre Echtheit dokumentiert erhielt, war für ihn alles in Ordnung. Daher wollten sie ihn beim ersten Treffen nicht mit der Tatsache konfrontieren, dass der Bischof von Alba von ihm gesprochen hatte, was beweisen würde, dass er auch am Verkauf beteiligt gewesen war. Immerhin war diese Erkenntnis für die beiden Journalisten wertvoll – ihr Verdacht, dass etwas am Verkauf unlauter war, hatte sich bereits bestätigt, auch wenn sie noch nicht wussten, wie alles zusammenhing.

Evans seinerseits bereitete sich ebenfalls lange auf ihr Treffen vor, das er mit gemischten Gefühlen betrachtete. Etwas schien nicht aufzugehen. Einerseits kannten sie die Contessa Frani, die nie Besitzerin der Bilder gewesen war, was sie sicherlich wussten. Dass Piet mit der Contessa über seine Kunst gesprochen hatte, erschien wenig plausibel, da sie selbst ja wenig davon verstand. Ebenso fraglich war, ob es diese Sammlung in Südafrika überhaupt gab, was er bezweifelte.

Seine eigene Position war nicht einfacher. Natürlich konnte er ihren Fragen ausweichen, da er nur bei Schmitz eingekauft hatte. Immerhin musste er aber die Provenienz der Bilder kennen, da er die Herkunft und Geschichte der Werke seinen neuen Besitzern deklarieren musste. Doch musste er derartige Informationen wohl kaum an Piet weitergeben.

Heikler würde es, falls Piet mehr über die Werke wusste als er selbst. Evans hatte seinerzeit erfahren, dass die Werke aus einer privaten Sammlung stammten und in den vergangenen Jahrzehnten nie in der Öffentlichkeit zu sehen waren. Dies bedeutete aber auch, dass sie vom Besitzer kaum je als Vermögen deklariert und somit vor dem Radar der Steuerbehörden verborgen worden waren. Evans wusste aber nicht, aus welchem Land sie stammten. Der Kontakt zum Bischof von Alba konnte darauf hindeuten, dass der Vatikan mit von der Partie war und die Kunstwerke entweder selbst besass oder in Verwahrung genommen und versteckt hatte, etwa im Zweiten Weltkrieg. Nun war es darum gegangen, sie der Öffentlichkeit oder zumindest dem Kunstmarkt wieder zuzuführen, ohne dass allzu viele Fragen entstanden.

Die Hintermänner, die den Handel durchgeführt hatten, erachteten es als sinnvoll herauszufinden, ob irgendein Verdacht bestand oder jemand versuchte, in diese Richtung zu recherchieren. Sie gaben deshalb Evans eine Reihe von Fragen mit und wollten ihn nach seinem Meeting mit Piet ebenfalls treffen.

Sie hatten sich im Hotel Georges V verabredet, das sich unweit der Champs-Élysées befand. Piet und Mireille waren etwas früher eingetroffen und warteten nervös und gespannt auf den amerikanischen Händler. Dieser hatte zuvor noch eine andere Besprechung und war etwas knapp, aber noch in der Toleranzgrenze, die sich Geschäftspartner bei einem Meeting normalerweise zugestehen.

Evans war bereits an den Champs-Élysées und überquerte die Fahrbahn zu Fuss. Dabei übersah er den Lieferwagen, der auf ihn zuschoss und ihn voll erfasste. Er wurde einige Meter weit auf die Fahrbahn geschleudert. Die anderen Verkehrsteilnehmenden blieben geschockt stehen und eilten ihm danach zu Hilfe. Die Polizei und ein Krankenwagen wurden gerufen und die Unfallstelle führte zu einem grösseren Verkehrschaos.

Für Mike Evans kam jede Hilfe zu spät. Er verstarb noch an der Unfallstelle. Der Fahrer des Lieferwagens blieb unverletzt, wurde aber ebenfalls von den Sanitätern betreut. Die Polizei begann mit der Sicherung des Unfalls und der Befragung der Zeugen. Mehrere behaupteten, dass das Auto beinahe ungebremst in Evans gerast war, als hätte der Fahrer ihn gar nicht bemerkt. Die zuständigen Polizeibeamten beschlossen, dieser Sache bei der Befragung des Lieferwagenfahrers auf den Grund zu gehen. Als sie den

Fahrer im Krankenwagen verhören wollten, waren sie irritiert. Der Fahrer hatte angegeben, dass er etwas frische Luft benötigte und hatte sich in einem unbemerkten Moment aus dem Staub gemacht.

46

Das Auftauchen eines Bekennervideos löste sehr unterschiedliche Reaktionen aus. Für die einen war es beinahe eine Art Erleichterung, endlich zu wissen, mit welchen Terroristen es die Welt zu tun hatte, für die anderen war es die Angst, dass effektiv eine Organisation hinter den Anschlägen stand, die wohl in der Lage wäre, noch viel mehr Leid zu verursachen.

Das Video selbst war vergleichsweise unspektakulär, aufgenommen vor einer hellen Wand mit einem Mann im Vordergrund, dessen untere Gesichtshälfte verhüllt war. Er verkündete, dass seine Gruppe «Altariq» die Verantwortung für die verschiedenen Anschläge in Europa übernähme. Dieser Name liess kaum Rückschlüsse auf die Herkunft, eine Aktivität oder ein geschichtliches Ereignis zu. Das Video war relativ kurz und verzichtete auf langatmige Erklärungen und Rechtfertigungen für die Attentate, auf die der Sprecher nur sehr pauschal einging. Er drohte mit weiteren Aktionen, bis er und seine Brüder eine neue Ordnung errichtet hätten.

Das Bildmaterial war verschiedenen Medien zugespielt und im Internet verbreitet worden. Die grossen sozialen Netzwerke versuchten zwar, es umgehend zu löschen oder zu blockieren, doch es hatte den Weg an die Öffentlichkeit längst gefunden und war zudem von mehreren Medien in ihr Programm aufgenommen worden. Medien, Nachrichtendienste und sonstige Expertinnen und Experten versuchten sofort, es zu analysieren, die Herkunft zu orten oder über die verwendete Sprache und Stimme weitere Informationen zu generieren. Wie meist in solchen Fällen resultierten aus diesen Versuchen eine Unzahl an Gerüchten, Falschmeldungen oder Spuren, die sich nicht weiterverfolgen liessen.

Die Geheimdienste verglichen die Daten mit bekannten Personen aus ihren Karteien und elektronischen Archiven, glichen Stimmen ab oder versuchten, die Materialien des Bildhintergrunds zu analysieren, um herauszufinden, wo das Gebäude stand, vor dem das Video gedreht worden war. Es rechnete allerdings niemand damit, einen grossen Erfolg zu verbuchen, kannte die Gegenseite doch diese Tricks selbst und hatte sicherlich vorgesorgt, dass nicht allzu viel aus ihren Bildern und Texten geschlossen werden konnte.

Immerhin gab es einige verwertbare Hinweise, wie die Sprache des Mannes und die Art, sich auszudrücken. Seine Herkunft wurde im Grenzgebiet zwischen Afghanistan und Pakistan verortet und er musste mit einer englischsprachigen Erziehung in Europa aufgewachsen sein. Zudem sprach er manchmal von «wir» und dann wieder von «ich», was vermuten liess, dass er entweder ein Anführer war oder wenigstens Entscheidungskompetenz hatte. Generell wirkte er souverän und machte nicht den Anschein, dass er Angst hatte, entdeckt zu werden.

Den Mann aus Marseille traf die Veröffentlichung des Videos wie ein Blitz aus heiterem Himmel. Zwar hatte er von seinen Vorgesetzten immer wieder gefordert, dass ein Bekennervideo verbreitet werden sollte und musste im Grunde genommen zufrieden sein. Doch das Gegenteil war der Fall, denn das Video stammte weder von ihm noch von seiner Organisation. Jemand anders, von dem er noch nie etwas gehört hatte, behauptete, die Anschläge verübt zu haben. Langsam kroch Panik in ihm hoch. Nachdem er bereits vom Verbleib verschiedener seiner Attentäter nichts wusste und den drängenden Fragen seiner Vorgesetzten kaum mehr ausweichen konnte, kam nun ein falscher Attentäter dazu.

Vor allem sein junger Helfer, der noch immer in einem Hotelzimmer gegenüber dem Hotel Aurore in Marseille sass, schien ihm gefährdet. Er war noch unerfahren und wusste wohl nicht, wie reagieren. Das Schlimmste, was jener Mann machen könnte, wäre, seine Notfallnummern zu kontaktieren. Dann bestände die Gefahr, dass er abgehört würde und ins Netz irgendwelcher Ermittler geriete. Zu ihm reisen war aber ebenfalls eine schlechte Option und so hoffte er inständig, dass sich der Mann an seine Anweisungen hielte und nicht durchdrehte.

Er selbst musste so rasch wie möglich mit dem Scheich sprechen, was aber nicht so einfach war wegen dessen eingeschränkter Mobilität mit seinem Rollstuhl. Zudem sollten auch jene Treffen nur in Ausnahmefällen stattfinden. Telefonischer Kontakt war undenkbar, da der Scheich selbst gar kein Telefon besass und alles nur mündlich befahl. So hoffte er, dass er ohnehin bald kontaktiert würde, was ihm einiges an Kopfzerbrechen abnehmen würde.

Seine Untergebenen musste der Mann aus Marseille ebenfalls beruhigen, sie hatten das Video für echt gehalten und waren erzürnt, dass sie vermeintlich für eine andere Organisation tätig waren als jene, auf die sie eingeschworen worden waren. Es galt nun einen Zweifrontenkrieg zu führen – einerseits gegen die Ziele, die sie im Visier hatten, und andererseits gegen eine unsichtbare Konkurrenz, die unberechenbar war und sie gefährden konnte.

Bei Europol löste das Video grosse Aktivitäten aus. Als der Chefermittler Pierre Barbu konstatiert hatte, dass bisher nichts über diese neue Gruppe «Altariq» bekannt war, liess er all seine Agentinnen und Ermittler in zahlreiche Länder ausschwärmen, damit sie sich umsehen konnten. Ebenso lud er all seine ausländischen Kolleginnen und Kollegen zu einem der verhassten Meetings ein, die meist ergebnislos blieben und reine Zeitverschwendung waren.

Trotzdem traf man sich, tauschte Nettigkeiten aus und versuchte, aus dem dürftigen Material Spuren zu finden, die Erfolg versprechend schienen. Selbst die türkischen Sicherheitskräfte, die noch immer zwei Attentäter in Gewahrsam hatten, konnten keine Resultate liefern. Die beiden Gefangenen schienen noch nie von «Altariq» gehört zu haben, und die Anwesenden konnten davon ausgehen, dass den Methoden des türkischen Geheimdiensts kaum etwas verborgen blieb. Für die Expertinnen und Experten war dies alles eine ungute Situation – der Druck ihrer Heimatländer, der zuständigen Minister und der Regierungen war gewaltig und mancher Regierungschef zitterte vor den nächsten Wahlen, sollte das Problem nicht rasch gelöst werden.

Äusserlich aufgeregt, aber im Endeffekt innerlich entspannt blieb nur der französische Geheimdienstchef Frédéric Maître. Das Bekennervideo hatte ihn nicht sonderlich überrascht. Vielmehr war er sogar stolz darauf, wie gut es gelungen war. In einer hochgeheimen Mission hatte es eine kleine Gruppe des französischen Nachrichtendiensts selbst produziert. Ohne bemerkt zu werden, hatten sie es in Pakistan mit einem ihrer Agenten aufgenommen, den sie danach sicher in einem anderen Land untergebracht hatten. Vielleicht müsste er noch einmal vor die Kamera stehen, wenn es die Situation erforderte.

Danach hatten sie es gestreut, ohne dass die Quelle erkannt wurde. Im Zeitalter der rasanten Beschaffung von News bemerkte kaum jemand, wo der Ursprung einer solchen Meldung lag. Die Medien stürzten sich ohnehin auf jede Meldung und wollten stets die Ersten sein, die über ein Ereignis berichteten. Dass dieses Mal die Franzosen die Nase vorn hatten überraschte nicht, waren sie doch selbst von einem Attentat betroffen.

Maître hatte auch bei den Gerüchten aktiv mitgewirkt und mitgeholfen, dass Spekulationen über die Herkunft der Täter und deren Hintergründe Nahrung erhielten. Dank ihm glaubte die ganze Welt, dass der Attentäter aus dem Grenzgebiet von Afghanistan und Pakistan stammte und wohl der Anführer dieser mysteriösen Organisation war.

Seine Überlegungen, die zu dieser Aktion geführt hatten, waren einfach. Mit dem Bekennervideo sollten die richtigen Attentäter aufgescheucht und zu Panikaktionen verleitet werden. Wenn jemand verunsichert ist, begeht er Fehler und wird damit plötzlich für Ermittler sichtbar. In weiser Voraussicht hatte er die verschiedenen Überwachungsaktivitäten von Polizei und Geheimdienst in den vergangenen Wochen verstärken lassen, damit er Bewegungen und Kontakte von observierten Personen rasch erfassen konnte und Verhaltensänderungen mitbekam. Im Idealfall versuchten potenzielle Attentäter nun, ihre Vorgesetzten zu kontaktieren oder jemand wurde nervös und unternahm Schritte, von denen er wusste, dass er sie nur im Notfall machen sollte.

Die Reaktionen blieben auch nicht aus und Maître konstatierte eine grosse Menge an Textnachrichten, Anrufen, E-Mails und Reisen, die suspekte Personen plötzlich unternahmen. Es war ihm klar, dass nicht alles im Zusammenhang mit den Attentätern stand, aber vielleicht gingen ihnen auf diese Weise als Nebeneffekt auch andere Kriminelle ins Netz, mit denen sie gar nicht gerechnet hatten.

Natürlich hätte er diese Informationen auch mit den Sicherheitsorganisationen anderer Staaten teilen können oder vielleicht sogar sollen, doch traute der Franzose nicht allen europäischen Geheimdiensten über den Weg. Hinzu kam, dass das Risiko, entdeckt zu werden mit jedem, der von der Sache wusste, stieg und der Erfolg der Aktion somit gefährdet würde. Deshalb schwieg Maître und partizipierte bloss an den Informationen, die er von anderen Ländern erhielt.

Mit seinem falschen Video hatte er in ein Wespennest gestochen und zahlreiche Reaktionen provoziert. Er musste sie nun nur noch ordnen und versuchen, aus der Vielzahl der Meldungen die richtigen herauszufiltern, um die Attentäter zu finden. Erste Erfolge zeichneten sich auf jeden Fall bereits ab. So entdeckten Maîtres Mitarbeiter einen Anruf an ein Pariser Altersheim, der aus einem Hotel gegenüber dem Hotel Aurore in Marseille stammte.

47

Monsignore Montagnola lief zu seiner Hochform auf. Selbstverständlich fand er die unschuldigen Opfer der verschiedenen Attentate schrecklich und er hatte Erbarmen mit ihnen. Nicht umsonst war er schliesslich Kardinal geworden, der schon per Definition ein Freund und Beschützer der Menschen war. Doch dies stand auf einem anderen Blatt.

Sein Interesse galt einer ganz anderen Geschichte. Mit den Anschlägen, so furchtbar und grausam sie auch waren, wurde letztlich die Kirche allgemein gestärkt. Die Menschen hatten Angst und suchten Schutz, wie dies immer in solchen Situationen geschah. Die Religion und die Kirche, die im westlichen Alltag längst in den Hintergrund gedrängt worden waren und von zahlreichen Leuten kaum mehr wahrgenommen wurden, rückten damit in den Fokus des Interesses. Plötzlich erinnerten sie sich an ihre Wurzeln und die christlichen Werte, die ihnen von ihrer Erziehung und ihrer Kulturgeschichte mit auf den Weg gegeben worden waren.

Und genau in jenem Moment wurde diese Institution angegriffen und von einer anonymen Macht bedroht, die weder rational einzuordnen war noch klare Ziele bekannt gab. Plötzlich war die Kirche, die stets den Armen und Bedürftigen Schutz gewährt hatte, selbst in Gefahr und benötigte Schutz. Kaum jemand konnte sich diesem Hilferuf entziehen, von Regierungen über Verbände und Unternehmen bis zu den einfachen Bürgerinnen und Bürger, auch wenn diese sich immer wieder kritisch zur Kirche geäussert oder eine Distanz aufgebaut hatten.

Mit diesem Hilferuf konnten sogar noch christliche Werte transportiert und vermittelt werden, wurde doch nicht nur diese Institution bedroht, sondern die gesamte westliche Lebensart. Natürlich wusste Montagnola, dass dieses Thema subtil angegangen werden musste, um niemanden zu erschrecken, aber eine wertkonservative Welle liess sich damit sicherlich anstossen. Nicht in seinem Blickfeld standen Utopisten wie dieser Johannes, der auf seiner seltsamen Mission umgebracht worden war, sondern Botschaften, welche für die meisten Menschen plausibel waren und gleichzeitig ein konservatives Weltbild festigten. Die vermeintliche Schwäche der Kirche entpuppte sich als eine Stärke, die ohne die Attentate wohl gar nie erreicht worden wäre.

Die Gedanken und Pläne des Kardinals gingen aber noch wesentlich weiter. Nicht umsonst hatte er auf der Einberufung des Symposiums aller christlichen Religionen bestanden und dieses im Vatikan durchgesetzt. Das Resultat jener Tage war überwältigend und das Attentat auf Johannes hatte der Abschlussfeier zusätzlichen Schub verliehen. Die Kirche war als Thema allgegenwärtig, aber anders als früher nicht mehr wegen irgendwelcher Skandale und Verfehlungen einzelner Würdenträger, sondern als Grundpfeiler der Gesellschaft. Gleichzeitig wusste er, dass solche Momente nicht ewig andauern und der günstige Zeitpunkt genutzt werden musste, sollten Veränderungen angestrebt werden.

Die wichtigste Aussage hatte der Papst selbst gemacht, ohne sich dessen wohl bewusst zu sein. Mit seiner vor Tausenden Menschen auf dem Petersplatz und Millionen vor den Bildschirmen verkündeten Äusserung «Und ich bin bereit dazu, diese Bewegung anzuführen» hatte er sich selbst zum Anführer aller christlichen Religionen gemacht, ein Primat, das die katholische Kirche spätestens während der Reformation verloren hatte. Montagnola hätte selbst keinen besseren Moment dafür finden können, gestand er sich neidlos ein, denn auf einem solchen Satz liess sich aufbauen.

Seit Langem hasste er die zahllosen Konkurrenten, die sich einbildeten, interpretieren zu können, was die religiösen Grundwerte der Gesellschaft ausmachte. Diese Anmassung verstand er nicht, war doch die katholische Kirche das Mass aller Dinge und daran gab es nichts zu rütteln. Und in der aktuellen Situation der Verunsicherung bot nur eine starke Führung neue Sicherheit für die westliche Welt. Dafür waren die Menschen zu Konzessionen bereit, etwa wenn es darum ging, dass ihnen die Kirche ein paar Leitlinien vorgab.

Sicherlich liess sich das Rad nicht komplett zurückdrehen, etwa in die Zeit vor der sexuellen Revolution der 1960er-Jahre und die Gesellschaft war Ehe oder Kindererziehung gegenüber viel offener als früher. Aber im Einzelnen liesse sich das Verhalten der Menschen steuern. Entsprechende Direktiven gab er an alle Bistümer und Pfarreien heraus, teils auf offiziellen Wegen, zum Teil aber auch verdeckt über kircheneigene Organisationen wie Opus Dei, die ein fantastisches Netzwerk hatten. In Kirchen, im Schulunterricht, bei Hochzeiten oder Beerdigungen sollte vermehrt auf den Willen und die Werte der Kirche hingewiesen werden und bei Problemlösungen die Religion wieder mehr Gewicht erhalten. Montagnola war klar, dass dies noch nicht die grossen Umwälzungen brachte, aber es war ein Teil seiner Strategie.

Die Bevölkerung in Europa wollte nach all den Anschlägen vor allem Sicherheit und die Möglichkeit, sich ohne Angst zu bewegen. Doch dies hatte seinen Preis und der Papst musste ihn nennen. Montagnola wusste aber nur zu gut, dass Vorsicht am Platz war und etwa mit Ausgrenzungen oder dem direkten Kampf gegen andere Religionen abgewartet werden musste. Der Papst sollte vorerst nur als Garant auftreten, damit die Anschläge aufhörten.

Dieser wandte sich am darauffolgenden Sonntag an alle Europäerinnen und Europäer, ganz egal, wie religiös sie waren. Dazu proklamierte er die «Koalition des Guten» und rief alle dazu auf, sich dieser Idee anzuschliessen. Er erklärte, dass es ihm nicht um eine Organisation ging, sondern um eine Geisteshaltung, um die Werte und Ziele der westlichen Zivilisation hochzuhalten und zu verteidigen. Geschickterweise liess er es aus zu präzisieren, gegen wen sich diese Verteidigung genau richtete.

Er forderte die Staaten zur Mitarbeit auf und erklärte, dass er darüber wachen würde, wie sich die Dinge veränderten. Es war ungewohnt, dass der Vatikan sich derart in die Politik einzelner Staaten einmischen wollte, konnte er ja keineswegs bestimmen, welche Massnahmen in einzelnen Ländern ergriffen wurden und was die dortige Politik vorhatte. Der Papst betonte mehrfach, dass er bloss verirrten Schafen auf den rechten Weg zurückhelfen wollte, ohne dies zu konkretisieren, aber den meisten Beobachtenden war klar, dass dies eine Kampfansage an den Radikalismus war. Gleichzeitig setzte er mit seiner Koalition einen Massstab, was ethisch richtig war – nämlich das, was er vorgab.

Wenn dies irgendein Regierungschef oder sonst eine Behörde verkündet hätte, wäre ihr ein Proteststurm sicher gewesen und andere Staaten hätten nur schon aus Prinzip nicht mitgemacht. In der aktuellen Situation mit den Attentaten und dem Schock, den sie ausgelöst hatten, war es diesmal anders. Zudem rechnete niemand damit, dass die Kirche erneut so viel Macht an sich reissen könnte, um wieder zu einem bestimmenden Faktor zu werden, wie dies im Mittelalter der Fall gewesen war.

Vielmehr wurde die Initiative des Papsts begrüsst und auch andere christliche Kirchen nahmen dankbar an, dass jemand die Führung übernommen hatte und sie sich nicht allein gegen eine Bedrohung, die sie nicht einschätzen konnten, wehren mussten. Es sollte sich schliesslich nur um eine begrenzte Zusammenarbeit handeln, die ihre Unabhängigkeit nicht bedrohte.

Monsignore Montagnola arbeitete hingegen bereits daran, dass die Kirche in möglichst allen Staaten zur Partnerin und Beraterin der entsprechenden Regierung wurde. Wenn dies erst einmal erreicht war, konnte die Einflussnahme weiter ausgebaut werden und müsste sich nicht mehr darauf beschränken, was vorzukehren sei, damit die Kirchen wieder sicherer würden. Vielmehr könnte die Kirche dann auch wieder bei Erziehungs-, Gesundheits- und sozialen Fragen ihren Einfluss geltend machen. Bis dahin war zwar noch ein weiter Weg, der aber nicht unmöglich erschien, wenn sie es geschickt einfädelte.

48

Die Ansprache des Papsts geriet Dagmar und Ax völlig in den falschen Hals. Für beide stellten die Sonntagspredigten immer mehr politische Agitation dar und sie fanden, dass der Papst sich eigentlich auf seine seelsorgerischen Aufgaben konzentrieren sollte.

Die von ihm ausgerufene «Koalition des Guten» mahnte sie in übler Weise an die «Koalition der Willigen», die von den Amerikanern 2003 im Golfkrieg gegründet wurde und die Truppen bezeichnete, die gemeinsam das Regime im Irak bekämpften. Natürlich wurde die neue Bewegung als Vereinigung für das Gute tituliert, doch wussten die beiden, dass sich oft auch das Gegenteil hinter solchen Schlagworten verbarg.

Dagmar und Ax hatten in den vergangenen Tagen unermüdlich Freunde, Aktivistinnen und die verschiedensten Gruppierungen kontaktiert, um eine grosse Protestaktion zu lancieren. Dabei mussten sie feststellen, dass dies wesentlich schwieriger war, als sie sich gedacht hatten. Der Papst und die Kirche genossen eine ungeahnte Beliebtheit, wohl weil sehr viele Leute Angst hatten und dort Halt suchten, aber auch, weil die Kirche sich gegen den Terror stellte und auf kluge Art versuchte, möglichst viele Kreise zu integrieren, ohne sie mit anderen Themen vor den Kopf zu stossen. Die beiden ärgerten sich, dass nicht mehr Leute aus ihrem Umfeld bemerkten, wie gleichzeitig eine konservative Agenda mittransportiert wurde, die bald ihr Leben stärker bestimmen würde.

Gruppierungen, die bisher ohnehin strikt gegen die Kirche waren, trauten sich nicht an die Öffentlichkeit aus

Angst, Anhänger zu verlieren. Andere Glaubensrichtungen wie etwa die Muslime hielten sich bedeckt, da sie nicht als Sündenböcke herhalten wollten für etwas, das sie nicht einmal kannten, geschweige denn unterstützten. Es zeigte sich, dass die Solidarität für die Kirche einsetzte, sobald diese bedroht war. Selbst Organisationen und Vereine, die mit ihren Aktivitäten bei der Kirche aneckten oder Forderungen hatten wie mehr Frauenrechte in der Kirche oder dass sich diese mehr für die Dritte Welt einsetzen sollte, blieben in Anbetracht der sicherheitspolitischen Lage und der Bedrohung in Europa stumm.

Der grösste Widerstand gegen den Papst, wenn er überhaupt geäussert wurde, stammte von anderen christlichen Religionen und Gemeinschaften. Dort war auch ersichtlich, dass sich jene nicht an hierarchische Strukturen halten mussten, auch wenn eine Landeskirche beschlossen hatte, die Pläne und Ideen des Vatikans zu unterstützen. Jede Organisation bildete ihre Meinung für sich und ein gemeinsames Auftreten unter der Leitung des Papsts schien den meisten als unmöglich oder unnötig.

Irgendwann spätnachts erkannten sie, dass sie hier ansetzen konnten. Gleichzeitig konstatierten Dagmar und Ax, dass sie und ihre befreundeten Aktivistengruppen ein Detail die ganze Zeit übersehen hatten. Es war unmöglich, eine internationale Protestorganisation mit einem deutschen Slogan aufzubauen. Sie hatten zahlreiche Diskussionen in Englisch geführt und #NeinzuRom stand irgendwie quer. Daher beschlossen sie, ihre Aktion in #NoToRome umzutaufen.

Im Kern war ihre Aussage, dass sie die Verteidigung der westlichen Welt nicht dem Papst und der katholischen Kirche überlassen wollten. Diese sollten sich nicht als Anführer verstehen, sondern dies den Regierungen und den Bürgerinnen und Bürgern der einzelnen Staaten überlassen.

Ax erklärte Dagmar, dass es vor allem darauf ankam, Fragen zu stellen. «Wir müssen möglichst viele Leute provozieren, damit sie selbst eigene Diskussionen in Gang bringen. Dies geschieht durch Fragen, ob sie das Verhalten des Papsts richtig finden», erläuterte er. Dagmar entgegnete: «Aber auf diese Weise können wir nicht präzis steuern, welche Aussagen wo platziert werden, und die ganze Bewegung könnte sich plötzlich in eine andere Richtung entwickeln. Ich möchte es aber mit sozialen Fragen und der Gleichberechtigung in der Kirche verbinden.» Ax benötigte lange, um sie davon zu überzeugen, dass sie nicht zu viele Argumente in ihren Protest packten, da er sonst an Schlagkraft verlieren würde, was sie mit der Zeit einsah.

Umgehend begannen sie bei den verschiedensten Gruppen Fragen zu posten, ob es richtig sei, den Papst allein machen zu lassen und sich blind vertrauend ihm anzuschliessen, immer verbunden mit ihrem Slogan #NoToRome. Innert kurzer Zeit meldeten sich vor allem Gruppen aus den Niederlanden und aus Grossbritannien, welche die Posts ergänzten und mithalfen, das Ganze zu verbreiten. So begann in jener Nacht die Anhängerschaft zu wachsen und die beiden freuten sich beim Frühstück in Dagmars Wohnung, dass ihre Idee Fahrt aufnahm.

49

François, der eigentlich Abdul hiess, langweilte sich. Er wusste gar nicht mehr genau, wie lange er nun schon in seinem Hotelzimmer sass und im Grunde genommen nichts zu tun hatte. Seinen Laptop durfte er ebenso wenig benutzen wie sein Mobiltelefon und das Zimmer verlassen war auch nicht erlaubt. Nur fernsehen durfte er, so viel er wollte, ausser Pay-TV.

An der Rezeption hatte er erklärt, er sei Schriftsteller, der sich für ein neues Buch sammeln und konzentrieren müsse und dies sei in einem Hotel ideal. Die einzigen Kontakte, die er scheinbar zur Aussenwelt hatte, waren das Zimmermädchen, das aber kaum Französisch sprach, sowie die Lieferdienste, die ihn mit Essen und Trinken versorgten.

Täglich tauchten abwechslungsweise ein Pizzakurier, ein Burgerauslieferer, ein Kebablieferant und zwei weitere Dienste auf. Er bestellte bei jeder Lieferung jeweils für den nächsten Service, was er aus der Menükarte wollte. Das Ganze lief wohl über ein Abonnement, da alles bereits bezahlt war. Von Zeit zu Zeit gab er ein paar Kleider in den hoteleigenen Wäscheservice. Zu Beginn gab er sich noch Mühe und zog sich jeden Tag an, wechselte seine Kleider und rasierte sich sorgfältig. Mit der zunehmenden Einsamkeit gingen all diese Aktivitäten zurück und das Zimmermädchen traf ihn immer öfter in Unterhose und T-Shirt an, wenn sie sich anschickte, sauber zu machen.

Er redete sich ein, dass dies wohl eine Prüfung für ihn darstelle, um zu testen, ob er sich als Terrorist eignen würde, auch wenn er keine Ahnung hatte, woran dies erkennbar wäre. Seine Aufgabe hatte sehr einfach geklungen und war es auch. Er sollte das gegenüberliegende Hotel observieren und seinen Vorgesetzten melden, falls sich etwas Ungewohntes ereignen sollte. Mit ungewohnt war gemeint, falls die Polizei oder sonstige Sicherheitskräfte das Haus durchsuchen oder falls sie jemanden aus dem Haus festnehmen sollten. Dies erforderte, dass er praktisch permanent am Fenster sass, wobei er gleichzeitig darauf achten musste, keinerlei Aufmerksamkeit zu erregen und selbst nicht gesehen zu werden.

Was ihm zu schaffen machte, war, dass er keine Ahnung hatte, wie lange er in seinem Zimmer ausharren musste und dass er kaum Kontakt zur Aussenwelt hatte. Wenn er etwas Verdächtiges sah, das ihm nicht dringend erschien, sollte er bei einem der Kuriere das dritte Menü bestellen, das sonst für ihn tabu war. Dann würde sich jemand bei ihm melden. Zudem hatte er ein Mobiltelefon, das ausgeschaltet war und nur im Notfall einmal benutzt werden durfte, falls er eine dringende Meldung hätte oder etwas im gegenüberliegenden Haus geschähe.

Zu Beginn hatte er sich noch gefragt, was wohl überhaupt als «verdächtig» gälte, liess sich mit der Zeit aber davon einlullen, dass im Hotel gegenüber überhaupt nichts geschah. So träumte er etwas vor sich hin und liess die ereignislosen Tage verstreichen. Dass er das Hotel nicht rund um die Uhr beobachtete, wusste er zwar, aber es musste auch seinen Vorgesetzten klar sein, dass dies allein gar nicht zu schaffen war. Immerhin befand er sich in einer ruhigen Gegend und die Gäste des Hotels kamen selten sehr spät nach Hause, was bedeutete, dass er in der Nacht kaum viel verpasste.

Die Situation änderte sich für ihn dramatisch, als er das Bekennervideo zu den Attentaten im Fernsehen sah, das über zahlreiche Sender ausgestrahlt wurde. Auch er hatte noch nie von dieser Terrororganisation gehört und wusste, dass in Wirklichkeit seine Leute dafür verantwortlich waren. Er fühlte sich allein gelassen und malte sich aus, was passieren könnte, wenn er entdeckt würde. Jede Hilfe würde dann wohl zu spät kommen.

Am nächsten Morgen fuhren mehrere Lieferwagen beim Hotel Aurore vor und die Polizei begann, die Strasse abzusperren. Irgendetwas war geschehen und François hatte keine Ahnung, was los war. Aus seinem Fenster konnte er nicht alles überblicken, da eines der Fahrzeuge einen Teil des Eingangs verdeckte. Panik beschlich ihn vor allem, da die Gendarmerie nationale dabei war, wusste er doch, dass sie dem Verteidigungsministerium unterstellt war. Nach seiner Einschätzung ging es um etwas Grösseres, sonst wäre diese Behörde kaum eingesetzt worden.

Sollte er sein Telefon aktivieren oder nicht? Bis er beim Kurier sein Menü drei angekreuzt hätte und dies an seine Vorgesetzten übermittelt worden wäre, würde viel zu viel Zeit vergehen. Etwa eine halbe Stunde ging er in seinem Zimmer auf und ab und suchte im Fernsehen nach irgendeiner speziellen Nachricht über Marseille, die über diese Aktion vor seinem Fenster berichtete. Seine Angst wurde immer grösser und das Abwägen, ob er Ruhe bewahren oder telefonieren sollte, immer schwieriger. Irgendwann hielt er die Situation nicht mehr aus und entschloss sich, sein Telefon einzuschalten und seinen Kontakt anzurufen.

Nach zweimaligem Klingeln wurde sein Anruf entgegengenommen und er konnte wie vereinbart mitteilen, dass er ein Problem mit seiner Website habe. Sein Gegenüber war sehr kurz angebunden und wollte nicht mit ihm sprechen. Er versprach aber, dass sich ein Supportmitarbeiter innerhalb der nächsten Stunde bei ihm melden würde. Danach schrieb François, was er gesehen hatte, im E-Mail-Account seines Mobiltelefons auf und speicherte es als Entwurf, ohne die E-Mail zu versenden.

Dass der Einsatz vor dem Hotel Aurore gar nicht gegen das Hotel gerichtet war, bemerkte François erst später, als er bereits nicht mehr in seinem Zimmer sass. Es war möglicherweise seiner mangelnden Erfahrung zuzuschreiben, dass er nicht erkannt hatte, dass das Zimmermädchen eigentlich gar kein Zimmermädchen war. Vielleicht aber auch dem Umstand, dass das Zimmermädchen sich alle Mühe gab, dass dies nicht bemerkt wurde.

Ebenso wenig fiel ihm auf, dass er selbst aus einem der Nachbarzimmer observiert wurde und dies bereits, seit er eingezogen war. Der französische Nachrichtendienst stellte zwar rasch fest, dass François nur ein unbedeutendes Rädchen war, das möglicherweise aber trotzdem zu den Hintermännern führen könnte.

Aus diesem Grund liess Frédéric Maître die Aktion inszenieren, die von François' Zimmer aus zuerst so aussah, als ginge etwas im Hotel Aurore vor sich. Und dies, kurz nachdem das falsche Bekennervideo in den Fernsehstationen ausgestrahlt worden war. Aufgrund des Profils, das er von François angefertigt hatte, rechnete der Geheimdienst fest mit einer Reaktion. Sobald François seine Verbindungsleute kontaktiert hatte, erfolgte der Zugriff auf ihn. Maître ging nicht davon aus, dass die Vorgesetzten den jungen Mann wirklich beschützen und abholen würden, liess aber sein Zimmer trotzdem weiter überwachen. Auf der anderen Seite war er sicher, dass er alles, was der andere wusste, in relativ kurzer Zeit erfahren würde.

François versuchte, das Geschehene in seinem Kopf einzuordnen. Er konnte sich eigentlich nur noch daran erinnern, dass das Zimmermädchen geklopft hatte, um sein Zimmer zu putzen und er ihr geöffnet hatte. Im selben Moment stürzten mehrere vermummte Personen auf ihn, fesselten ihn, stülpten ihm einen Sack über den Kopf und schleppten ihn mit. Er war wie in den letzten Tagen nur mit einem T-Shirt und einer Unterhose bekleidet und es bestand keine Gelegenheit, etwas anderes mitzunehmen. Die Kommandos der Vermummten waren kurz und knapp und sie schienen gut eingespielt zu sein. Er wurde über einen Notausgang nach unten gebracht und erinnerte sich nur vage, dass er eine Metalltreppe hinuntergeführt und in ein Fahrzeug gezerrt wurde, das umgehend losfuhr.

Der Verhörraum, in dem ihm der Sack vom Kopf genommen wurde, war schmucklos und am Tisch sass ihm ein Mann gegenüber. François hatte sich immer geschworen, in einem solchen Moment nicht aufzugeben und nichts zu verraten, aber je länger die Befragung dauerte, desto verzweifelter wurde er. Sein Gegenüber wusste zu viel über ihn, sogar, dass er eigentlich Abdul hiess, obwohl er diesen Namen in Frankreich nie verwendet hatte. Seinen Anruf ins Seniorenzentrum in Paris hatten sie verfolgt und auch seine Nachricht im Postausgang seines E-Mail-Servers gefunden. Sie drohten ihm, dass sie ihn verschwinden lassen könnten, da niemand wusste, wo er war und was mit ihm geschehen war.

François' grosses Problem war, dass er eigentlich gar nicht viel wusste, das er ihnen anbieten könnte, damit sie ihn freiliessen oder wenigstens anständig behandelten. Von seinen Vorgesetzten kannte er nur den Mann aus Marseille und einen anderen Kontaktmann. Zudem war er zweimal in einem Ausbildungscamp gewesen, wo aber der Kontakt zu den anderen sehr limitiert war und die Schüler keine Erlaubnis hatten, über Privates miteinander zu sprechen.

Nach einiger Zeit knickte er ein und erzählte das Einzige, das er ausser seinen Kontakten preisgeben konnte. So wurde er vor seinem Einsatz in Marseille nach Barcelona gesandt, um die Umgebung der Sagrada Família zu erkunden. Zwar verstand er seine Aufgabe nur rudimentär, so musste er lediglich die umliegenden Strassen genau erkunden, wo es Poller oder Betonelemente gab, die den Weg versperrten, sowie die Anzahl und Positionen der Sicherheitskräfte während eines Tages beobachten und notieren. All dies und einige weitere Punkte hatte er säuberlich aufgelistet und an den Mann aus Marseille weitergegeben.

Frédéric Maître war einerseits alarmiert über diese Erkenntnisse, auf der anderen Seite aber hocherfreut. Zum ersten Mal hatten sie Indizien und Informationen vor einem Anschlag erhalten und waren den Terroristen voraus, wenn sie es richtig anpackten. Zudem mussten sie das Seniorenheim in Paris nochmals unter die Lupe nehmen.

50

Mireille und Piet warteten etwa eine Stunde im Hotel Georges V auf Mike Evans. Während er sich Sorgen machte, wurde Mireille wütend. «Er hat uns sicherlich versetzt, weil er herausgefunden hat, wer wir sind», ärgerte sie sich. Piet wollte sie beruhigen: «Vielleicht ist etwas Ernstes dazwischengekommen. Ich hoffe nur, dass nichts Schlimmes passiert ist.» Noch während er diese Worte sprach, beschlich ihn eine ungute Vorahnung.

Sie hatten in der Zwischenzeit zwar die Mobilnummer des Amerikaners erhalten, landeten bei ihrem Anruf aber nur bei der automatischen Ansage mit der Bitte, eine Nachricht zu hinterlassen. In welchem Hotel Evans übernachtete, hatte er ihnen nicht mitgeteilt und ebenso wenig hatten sie einen Anhaltspunkt, wer über seinen Aufenthaltsort Bescheid wusste. Dies war der Nachteil davon, dass sie sich diskret hatten treffen wollen. Die Galerie von Arno Schmitz anzurufen, brachte ebenfalls wenig, da diese nur einer seiner zahlreichen Partner war und sich die beiden Journalisten dort nicht outen wollten.

Am Abend überwog der Ärger über den Amerikaner und die beiden überlegten sich, welches wohl seine Gründe waren und ob sie etwas übersehen hatten, das er verbergen wollte. Trotzdem genossen sie die Nacht in Paris und Mireille freute sich, endlich wieder einmal in ihre Wohnung zurückzukehren, die sie vor einiger Zeit so überstürzt verlassen hatte. So beschlossen sie, erst in ein paar Tagen wieder nach Cassis zu fahren.

Bereits vor dem geplanten Treffen mit Mike Evans hatten Piet und Mireille einige Recherchen angestellt und Piet hatte verschiedene seiner Freunde aus dem Kunstbereich kontaktiert, um herauszufinden, wonach er suchen sollte. Dank der Ausstellungskataloge der Messen kannten sie immerhin zwei der vier Kunstwerke aus der angeblichen Sammlung Frani. Zudem hatten sie entdeckt, dass Evans schon ein paar Monate vorher ein Geschäft mit Arno Schmitz abgeschlossen und im Auftrag eines Unbekannten zwei Modiglianis erworben hatte. Auch dort soll es sich bei der ursprünglichen Besitzerin um eine öffentlichkeitsscheue Adelsfamilie gehandelt haben, welche die Werke auf wundersame Art ans Tageslicht brachte, nachdem sie jahrelang verschollen waren.

Die Spur führte in die Wirren des Zweiten Weltkriegs mit der Besetzung Frankreichs. Unterlagen waren nur schwer zu finden und Fotos noch seltener. Immerhin gab es in einem Werkverzeichnis präzise Bildbeschreibungen, die aber nicht immer einfach zu lesen waren. Piet und Mireille nutzten ihren Aufenthalt in Paris, um zahlreiche Bibliotheken und Archive zu durchforsten, zu denen ihnen ihre Freundinnen und Freunde Zugang verschafft hatten.

Die Sammler waren nicht so zahlreich in jener Epoche oder sie versteckten sich aus Angst, dass ihnen die Sammlung plötzlich weggenommen werden oder sie in Schwierigkeiten bringen könnte, wenn sie den Machthabern nicht gefiel. Zudem kauften Sammler auch Werke von Familien, die vor dem Krieg flüchten mussten, wobei die Preise nicht immer dem Wert entsprachen, sondern der Notwendigkeit, ein Ticket für eine Schiffspassage zu erwerben.

Irgendwann stiessen sie auf eine interessante Geschichte von einer Industriellenfamilie, die offenbar ausserhalb von Paris auf einem stattlichen Landsitz gelebt und angeblich damals zeitgenössische Kunst gesammelt hatte. Die Rede war unter anderem von Werken von Modigliani, die in ihrem Besitz waren. Das Ehepaar flüchtete offenbar kurz vor der Besetzung Frankreichs aus unbekannten Gründen und hatte bis zu seiner Rückkehr seinen Landsitz und sein Eigentum, das es nicht mitnehmen konnte, dem örtlichen Bischof anvertraut. Ob die Familie den Krieg überlebt hatte und wieder zurückgekehrt war und was mit ihrem Besitz geschehen war, konnten die beiden Journalisten nicht herausfinden. Es handelte sich wohl um eine dieser zahllosen Geschichten und Schicksale aus jener Zeit.

Mireille war sofort wie elektrisiert. «Ich habe das Gefühl», sagte sie zu Piet, «dass wir hier auf eine interessante Spur stossen. Die Bilder wurden Arno Schmitz demnach gar nicht von einer öffentlichkeitsscheuen französischen Familie zum Verkauf anvertraut, sondern in Wirklichkeit von der Kirche. Das bedeutet, dass der Vatikan die Werke seit Jahren in seinem Besitz hielt und nur so tat, als hätten die Werke jener Familie gehört.» Piet verstand zuerst nicht genau, was sie meinte. «Aber wo ist denn der Unterschied? Es kommt ja hauptsächlich darauf an, wer die Werke kauft», entgegnete er. «Aber sieh doch, wenn die Kirche die Werke in den Dreissigerjahren des letzten Jahrhunderts an sich genommen hat und dann, als sie sicher war, dass sich niemand mehr meldete, auf den Kunstmarkt wirft, dann bereichert sie sich direkt. So etwas geht gar nicht!»

Die beiden überlegten, dass es bei der Contessa Frani ähnlich gewesen sein könnte. Auch hier hiess es, die Bilder stammten aus der Familie der Contessa, die aber gar keine Kunstsammlung besass. Sie diente nur als Feigenblatt, damit jemand als Verkäufer benannt wurde, während die Werke bei der Kirche gelagert waren und diese sie nun zu Geld machte, obwohl sie ihr eigentlich gar nicht gehörten. Dies war im Moment lediglich ein Verdacht und sie müssten Beweise finden, die ihre Geschichte untermauerten.

Direkte Beweise fanden sie in der Folge zwar nicht, aber es gab einige Ungereimtheiten und Zufälle, die verdächtig wirkten. So schienen die Frani-Werke ursprünglich ebenfalls einer französischen Familie zu gehören, die in Nordfrankreich lebte und nach dem Krieg verschollen war. Beide Familien hatten, wie es sich in jener Zeit gehörte, enge Beziehungen zur Kirche. Und beide, und damit begann der Zufall, wurden in den 1920er- und 1930er-Jahren vom selben Bischof betreut, einem Italiener namens Benedetto Russo. Russo wurde später Kardinal und hatte mit der kirchlichen Vermögensverwaltung zu tun, doch fanden die beiden Journalisten darüber keine weiteren Details.

Aufgrund der langen Zeitspanne seit jenen Ereignissen war Russo schon längst verstorben. Sie hofften deshalb, dass der jetzige Leiter der Vermögensverwaltung, ein Kardinal namens Benoît Lemaire, ihnen helfen könnte. Mireille war allerdings vom Kooperationswillen des Vatikans nicht allzu überzeugt, schliesslich könnte dies auch unangenehme Dinge ans Tageslicht bringen, an denen die Kirche kein Interesse hatte.

Piet war pragmatischer. «Wenn unser Kardinal die Veröffentlichung nicht will, wissen wir wenigstens, woran wir mit ihm sind, und das Honorar wird trotzdem fällig», erklärte er der verdutzten Mireille. Dies entsprach in keiner Weise ihrer Auffassung von Journalismus. «Du verrätst unsere Sache für ein paar lumpige Euros», fuhr sie ihn an, «wie kannst du dies nur denken?» Piet blieb sachlich und fragte sie, wie sie es denn anstellen wollte, gegen den Vatikan zu gewinnen. Sie einigten sich schliesslich darauf, dass sie etwas Gras über die Sache wachsen lassen würden und dann immer noch weiterrecherchieren und eine Geschichte veröffentlichen könnten. Mireille willigte vor allem deshalb ein, da sie meist auf diese Weise arbeitete, um etwelchem Druck ausweichen zu können. Trotzdem waren sie sich nicht sicher, ob sie den Kardinal schon über ihre Erkenntnisse informieren sollten.

Die Entscheidung wurde ihnen abgenommen, denn Montagnola rief die beiden an, als sie noch mitten in ihrer Diskussion steckten und wollte wissen, ob sie vorankommen würden. Da sie es ratsamer fanden, ihre Erkenntnisse nicht über das Telefon auszutauschen, vereinbarten sie ein Treffen in Paris, wo der Kardinal ohnehin zu tun hatte.

51

Selbst in ihren kühnsten Träumen hätte sich Dagmar nicht vorstellen können, welche Reaktionen ihre Aktion plötzlich auslöste. Natürlich hatte sie immer gehofft, mit ihren Aktivitäten einmal bekannt oder gar berühmt zu werden, ohne dass sie damit wirklich gerechnet hatte. Sie war zwar stolz auf ihre Besetzungen zusammen mit ihren Freundinnen, als sie sich bei Occupy gegen die Banken richteten und es bestärkte ihre linke Einstellung, dass das Thema damals sogar von verschiedenen Medien aufgenommen worden war. Doch dies war eine alte Geschichte – und hier bot sich eine neue Chance.

Sicherlich kam ihr entgegen, dass sie sich eines Themas angenommen hatte, das immer mehr Leute, Gesellschaftsgruppierungen und Medien beschäftigte. Die Stimmung in Europa und in den USA war durch die Attentate, den Tod dieses Deutschen in Rumänien, der schon als Märtyrer gefeiert wurde, und auf der anderen Seite durch den Papst, der sich mit seinen Äusserungen immer stärker exponierte, aufgeheizt.

Bald gab es keine Podiumsdiskussion oder Talkshow mehr, in der die Bedrohung des Westens und der Kirche nicht besprochen wurde, und die Auseinandersetzungen wurden immer aggressiver. Auffallend war, dass sich so viele Vertreter der katholischen Kirche an diesen Runden beteiligten wie selten in den letzten Jahrzehnten.

Zusätzlich Öl ins Feuer goss der amerikanische Kardinal Glenn Moriaty, der zum Stammgast von CNN avancierte und mit jedem seiner Auftritte nicht nur einen Shitstorm provozierte, sondern auch die Einschaltquoten des Senders kräftig in die Höhe trieb. Moriaty holte alles, was er fand, aus den Tiefen der Kirchengeschichte der vergangenen Jahrhunderte, von den frühchristlichen Märtyrern bis zu den Hexenverbrennungen, um zu belegen, wie stark der richtige Glaube zurzeit bedroht war.

Dagmar musste feststellen, dass es immer schwieriger wurde, ihre Aktion zu kontrollieren. Hatte sie zu Beginn noch möglichst viele Beiträge gelesen und darauf geantwortet, liess dies die Flut der Reaktionen bald nicht mehr zu. Hinzu kam, dass die Antworten auf ihre Bemerkungen immer wieder auch bösartig ausfielen. Einmal wurde sie von niederländischen Protestanten als papsthörig beschimpft, ein anderes Mal als linke Aktivistin, die keine Ahnung von Religion habe, und an anderer Stelle als Ungläubige, die sich nicht einmischen sollte. Die schlimmsten Äusserungen löschte sie, das heisst Ax löschte sie, wenn er sie vor Dagmar entdeckte, um ihr nicht noch mehr Sorgen zu bereiten.

Die Aktion #NoToRome wurde zu einem Tummelfeld frustrierter Menschen, religiöser Eiferer, Verschwörungstheoretiker, politischer Randgruppen und Personen, die sich ohnehin bei jeder Bewegung äusserten. Für Dagmar war dies eine neuartige, fremde Erfahrung. Sie wollte es allen recht machen, schlief schlecht und das Projekt verfolgte sie Tag und Nacht. Ax hatte sich längst bei ihr in Berlin einquartiert und richtete sie immer wieder auf, sprach ihr Mut zu und versuchte, die negativen Seiten zu relativieren. Er hatte das immense Potenzial vor Augen, Nutzerprofile sammeln zu können, die später für die unterschiedlichsten Zwecke verwendet werden könnten. Ein Vorteil war dabei, dass die ganze Kampagne international ausgerichtet war, was zu einer riesigen Reichweite führte.

Längst hatten andere Kräfte begonnen mitzumischen, eigene Foren einzurichten und die Nutzerinnen und Nutzer auf ihre Seite zu ziehen. Ax benötigte daher dringend eine neue Idee, um die Vorherrschaft zu behalten. Er wusste, wenn er innerhalb des Themas etwas Neues lancieren würde, könnte er die Anhängerinnen und Anhänger wieder hinter sich sammeln.

Er begann daher, Umfragen zu machen über einzelne Punkte und erstellte eine Rangliste, welche Probleme der Westen und die Kirche in welcher Reihenfolge angehen sollten, auch wenn ihm klar war, dass dies kaum zu verwertbaren Resultaten führte. Wichtig war, die Diskussion weiterlaufen zu lassen, damit sich ihre Community nicht anderen Problemen zuwandte. Mit dem Vatikan und verschiedenen Medien besass er zuverlässige Partner, die das Thema ebenfalls schürten, wenn auch ohne zu wissen, dass dies Dagmar und ihm entgegenkam.

52

Die Vorbereitungen für den bevorstehenden Papst-besuch in der Sagrada Família in Barcelona entwickelten sich gut. Es stellte eine logistische Meisterleistung dar, den Besuch mitten in der Stadt zu organisieren, vor allem, da der Papst mit seinem Papamobil durch die Strassen fahren und sich zujubeln lassen wollte. In der Kirche selbst hatten ausser den offiziellen Gästen kaum weitere Besucher Platz, was den Zutritt vereinfachte.

Natürlich gab es mehrere Varianten für die Zu- und Wegfahrt, doch schied der direkte Weg zum Flughafen wohl aus, da dadurch die ganze Stadt hätte gesperrt werden müssen. Einfacher war, den Papst vom Flughafen über das Meer zum Hafen zu fliegen und dort über die Avinguda Diagonal, die repräsentative Allee zur Sagrada Família zu fahren. Auf diese Weise konnte ihm das Publikum zujubeln, aber der Weg blieb überschau- und kontrollierbar. Natürlich wurden verschiedene Fluchtwege vorgesehen oder die Rettung aus der Luft, sollte dies notwendig werden.

In den Medien gab es zahlreiche Diskussionen, ob es richtig sei, in der angespannten Situation einen solchen Besuch überhaupt durchzuführen. Aber der Papst und seine Berater wiesen unentwegt darauf hin, dass die Kirche noch nie aus Angst gehandelt habe und der Besuch ein Zeichen setze gegen die Anschläge.

Eine weitere Erschwernis bildete der Umstand, dass die Sagrada Família seit Jahrzehnten eine Baustelle war mit entsprechend vielen Firmen und Externen, die zu kontrollieren sehr aufwendig war.

Minutiös wurden die verschiedensten Varianten durch-gespielt, aufgezeichnet, wieder verworfen und wieder auf-genommen. Klar war, dass das Gebäude bereits vorher ge-sperrt wurde, was zahlreiche Touristinnen und Touristen verärgerte, die ihren Besuch in Barcelona schon geplant hatten. Die Organisatoren bemühten sich, diese Zeitspan-ne so kurz wie möglich zu halten.

Irgendwann waren sie der Meinung, nun alle Eventuali-täten bedacht zu haben und jede noch so kleine Möglich-keit eines Angriffs oder Attentats im Blick zu haben. Zu-frieden lehnte sich der Mann aus Marseille über die Karte, die gespickt war mit Post-it-Zetteln, auf denen sensible Punkte oder Abläufe standen. Er hatte alle seine Attentate stets präzise vorbereitet und dieses Mal das Gefühl, beson-ders gut für alle Fälle gewappnet zu sein. Nachdem in den vergangenen Monaten mehrere Versuche schiefgegangen waren, war es für ihn auch nötig, das Vertrauen seiner Vor-gesetzten wieder zurückzugewinnen.

Nun ging es darum, die besten Varianten für einen An-schlag zu wählen. Ein Attentat auf dem Weg, den der Papst zurücklegen würde, kam kaum infrage, da die Routenwahl bis zuletzt nicht öffentlich kommuniziert wurde und eben-so wenig eine genaue Zeit, was die Koordination erschwer-te. Auch würden die Gebiete um die Sagrada Família gross-räumig abgeriegelt und ein Durchkommen war schwierig.

Daher blieb vor allem ein Anschlag im Innern der Kirche übrig, was diesem noch zusätzlichen Symbolcharakter ver-lieh. Glücklicherweise war die Sagrada Família als Bau-stelle unübersichtlich. Die meisten Bauteile wurden aus Platzmangel ausserhalb der Stadt gefertigt. Insbesondere wurden die Turmelemente aus Beton oder Spritzbeton ge-gossen und immer acht, die zu einem Kranz vor Ort zu-sammengesetzt wurden, gleichzeitig angeliefert. Diese Einzelteile mussten auf dem Turm millimetergenau zusam-mengesetzt werden, was grosse Konzentration erforderte.

Der Baubetrieb konzentrierte sich auf oben und alles schaute dann gebannt auf die grossen Kräne und deren Arbeit, womit am Boden fast unbemerkt Material aus den Lastwagen versteckt werden konnte.

Hinzu kamen ein paar gut eingesetzte Euros auf der Baustelle und bei den Transportfirmen, welche die vorgefertigten Teile in die Stadt lieferten. Auf diese Weise war es möglich, Sprengstoff, Waffen und Munition vorgängig vor Ort zu bringen, ohne dass dies auffiel. Dem Mann aus Marseille war es auch gelungen, zwei Schläfer zu aktivieren, die seit Längerem als Personal arbeiteten, das die Touristenströme kontrollierte und an den verschiedensten Posten in der Kirche arbeitete.

Der Anschlag selbst liess mehrere Varianten offen. Einerseits würde eine Bombe gezündet, wenn der Papst in der Kirche wäre. Dazu kämen Selbstmordattentäter, die dafür sorgten, dass die Explosion nicht verhindert werden konnte oder auf die Teilnehmer schossen. Falls der Papst überlebte, wäre der Schaden trotzdem ausreichend gross und vermutlich wären einige andere hochrangige Opfer zu beklagen, sodass der Effekt beinahe gleichblieb. Und schliesslich wurde mit der Sagrada Família nicht nur ein Symbol der Kirche getroffen, sondern auch des katalanischen Nationalstolzes, was auch den innerspanischen Konflikt beflügeln würde.

Trotz der Konzentration bei den Vorbereitungen für den Anschlag fühlte sich der Mann aus Marseille zum ersten Mal seit Langem beinahe entspannt und dachte, dass nur wenig schiefgehen könnte. Das Einzige, das ihm die Laune verdarb, war der Moment, als er an François dachte, der nun sicherlich in irgendeinem Gefängnis ausgequetscht wurde. Zum Glück jedoch wusste der junge Mann nicht viel und wurde eigentlich nur als Lockvogel eingesetzt, um zu testen, inwieweit die Sicherheitsdienste ihnen auf den Fersen waren. Dies hatte sich nun erledigt.

Sonst konnte er sich nicht erinnern, dass François etwas aufgeschnappt haben könnte, ausser dass er zuvor in verschiedene Metropolen in Europa geschickt worden war, um sichere Unterkünfte und Orte anzuschauen, so auch in Barcelona. Es müsste ja ein grosser Zufall sein, wenn er die Ermittler besonders auf die Sagrada Família aufmerksam gemacht hätte. Der Mann aus Marseille wischte seine Zweifel rasch weg und nahm seine Arbeit wieder auf.

53

P iet nutzte den Vormittag, um seinen «Verleger» zu treffen, also eigentlich, um zu seinem Anwaltsbüro zu gehen, wo er wichtige Dokumente zu seiner Sicherheit deponiert hatte. Mireille begleitete ihn ein Stück weit in Richtung Boulevard de Sébastopol und sollte in einem Café auf ihn warten, aber nicht ins Büro mitkommen.

Dabei kam ihm das Altersheim in den Sinn, mit dem alles angefangen hatte und das ihn letztlich in die aktuelle Situation gebracht hatte. Es lag direkt am Weg und so beschlossen die beiden, einen Blick auf das Gebäude zu werfen. Daraus wurde allerdings nichts, denn die Strasse wurde von einem grossen Polizeiaufgebot mit Spezialkräften abgesperrt. Zahlreiche Polizisten in Kampfmontur und mit schusssicheren Westen hatten den Zugang abgeriegelt und es fand dort wohl eine Razzia statt.

Mireille wollte sich als Journalistin sofort einmischen und nach Informationen suchen, was die Polizei wohl dort verloren hatte, aber Piet hielt sie zurück. «Ich will nicht, dass sie mich am Ende noch erkennen», gab er zu bedenken, «ich habe mich nach der Explosion in meiner Wohnung nie zurückgemeldet und die Polizei weiss nicht, dass ich noch lebe.» Mireille winkte ab. «Wenn du so wichtig wärst, hätten sie dich zur Fahndung ausgeschrieben und wir hätten uns kaum mehr bewegen können, ohne dass sie uns auf Fersen gewesen wären.» Trotzdem hielt sie sich am Ende auch zurück.

Personal und Management waren ja ausgewechselt worden, seit sie letztes Mal dort gewesen waren, und sie konnten sich nicht vorstellen, dass diese Razzia mit ihren damaligen Recherchen im Zusammenhang stehen könnte. Vielleicht liesse sich im Nachgang etwas herausfinden. Trotzdem machten sie sich so nah es ging an das Altersheim heran, fielen sie doch dank einiger Schaulustiger kaum auf.

Plötzlich glaubte Piet mitten unter den Uniformierten Frédéric Maître zu erkennen, den Polizisten, den er bei seinen Recherchen im Arbeitsamt kennengelernt hatte und den er eigentlich vor Längerem kontaktieren wollte, was er aber nie getan hatte. Nun war es ebenfalls ein schlechter Zeitpunkt, den Polizisten anzugehen und gleichzeitig wusste er gar nicht genau, was er fragen sollte.

Eine Ahnung beschlich ihn, dass der Einsatz im Zusammenhang mit den Attentaten in Paris stehen könnte. Nach seiner Flucht aus Paris hatte er sich gar nie richtig überlegt, weshalb jemand in seine Wohnung eingedrungen war und ihm nach dem Leben getrachtet hatte. Wie gerne hätte er seine ausgebrannte Wohnung besucht, da er den Schock noch nicht verarbeitet hatte, nur wusste er nicht, wie er dies anstellen sollte. Zudem war in der Zwischenzeit viel geschehen und er war mit Mireille derart beschäftigt gewesen, dass er den Anschlag auf ihn erfolgreich verdrängt hatte. Umso heftiger traf es ihn jetzt, als er wieder an die damaligen Geschehnisse erinnert wurde.

Auch Maître wusste nicht genau, wonach er suchte. Zwar hatte François, der in Marseille verhaftet worden war, zuvor eine Nummer in diesem Altersheim angerufen, aber es liess sich über die Hauszentrale nicht eruieren, wen er kontaktiert hatte. Im Verhör nach seiner Verhaftung hatte er einige Namen genannt, nur waren die Informationen meist unbrauchbar, da er weder seine Verbindungsleute kannte noch sonst sehr viel über die Organisation wusste. Er war lediglich in verschiedene Städte geschickt worden, um dort Hotels und Wohnungen auszukundschaften. Immerhin war dies eine kleine Spur, denn Maître ging davon aus, dass dies auf diese altmodische Weise geschehen war, um im Internet keine Recherchespuren zu hinterlassen.

Im Grunde genommen und das wusste auch Maître, war die ganze Aktion ein Flop, ausser sie würden im Altersheim überraschend doch noch fündig. Er war kein Freund davon, erfolglose Aktionen dadurch zu legitimieren, dass sie durch grössere ergänzt wurden, um den Anschein zu erwecken, es gäbe eine heisse Spur. Instinktiv war er sich jedoch sicher, im vorliegenden Fall etwas zu übersehen. Mit der geheimen Tür im Garten des Seniorenheims war dies der Fall.

Nachdem sie genug gesehen hatten, ging Piet zu seinem «Verleger» und holte Mireille später im Café wieder ab. Beide beschlossen, nicht zu dem Ort zu gehen, wo früher seine Wohnung gestanden hatte, der Schock vom Seniorenheim war schon gross genug. Vielmehr fuhren sie ins Zentrum, um den Kardinal zu treffen, der sie im Hotel de Crillon erwarten würde.

Die beiden trafen als Erste ein. Um sich auf das Gespräch vorzubereiten, gingen sie nochmals ihre Notizen und Unterlagen auf dem Laptop durch. Noch immer war ihnen ein Rätsel, weshalb Mike Evans sie versetzt hatte und sie gaben nochmals seinen Namen ein. Wie vom Blitz getroffen erstarrte Mireille plötzlich. In einer kleinen Notiz einer amerikanischen Kunstzeitung stand, dass der aufstrebende Kunsthändler bei einem Autounfall in Paris ums Leben gekommen sei.

Als sie sich von der Nachricht etwas erholt hatten, suchten die beiden im Internet umgehend nach Unfällen in Paris, die zwischen dem letzten Telefonat, das sie mit ihm geführt hatten, und ihrem geplanten Treffen stattgefunden hatten. Bei einem kleinen Pariser Lokalfernsehen entdeckten sie eine Reportage über einen Unfall auf den Champs-Élysées mit Fahrerflucht. Der Sendetermin stimmte dabei mit ihren Daten überein. Mireille witterte sofort einen Anschlag, während Piet sie beruhigte. Allerdings kam auch in ihm eine gewisse Unruhe auf, nachdem er sich vor knapp zwei Stunden gefragt hatte, wer eigentlich ihm nach dem Leben getrachtet hatte.

Mitten in dieser hektischen Suche nach Informationen traf Monsignore Montagnola ein und sie mussten sich darauf konzentrieren, ihre gesamten Recherchen zu schildern und dieses schreckliche Ereignis darin einzuordnen.

Die beiden Journalisten hatten in der Zwischenzeit noch drei andere Fälle gefunden, in denen Familien ihre Kunstsammlungen der Kirche anvertraut hatten und die in der Folge verschwunden waren. Zwei der betroffenen Werke waren im Lauf der Zeit wieder aufgetaucht, ohne dass die Besitzverhältnisse geklärt werden konnten. Die Gemeinsamkeit dieser Fälle bestand allerdings darin, dass Benedetto Russo enge Verbindungen zu allen Familien hatte.

Lange hatte Montagnola zugehört, bevor er sich erstmals äusserte. «Monsignore Russo», begann er, «war ein äusserst verdienstvoller Kardinal, der während des Zweiten Weltkriegs viel geholfen hat, das Schicksal gläubiger Familien zu erleichtern und sie zu unterstützen. Was im Einzelfall allerdings geschehen ist, können wir natürlich nicht beurteilen. Zudem lebt Russo schon lange nicht mehr und wir möchten den Ruf von jemandem nicht schädigen, ohne dass konkret etwas vorliegt.»

«Für weitere Recherchen», antwortete Piet, «bräuchten wir Ihre Unterstützung und die Unterstützung des Vatikans. Am ehesten könnten wir in Ihren Archiven fündig werden, da es schwierig sein dürfte, Zeitzeugen zu finden und die Dinge zu rekonstruieren.»

Der Kardinal winkte ab. «Die vatikanischen Archive werden für Aussenstehende grundsätzlich nie geöffnet und dies dürfte auch jetzt nicht anders sein. Zudem ist weder klar, was Sie genau suchen, noch ob dazu überhaupt Unterlagen existieren. Und alles über Russo und die betroffenen Jahre zu durchstöbern würde sehr lange dauern.»

Trotzdem wollte er den beiden bei ihrer Arbeit helfen, die er ja selbst in Auftrag gegeben hatte. Und deshalb schlug er vor, dass sie ihre Fragen formulieren und ihm zukommen lassen sollten, er würde sich um den Rest kümmern. Er erwähnte in diesem Zusammenhang, dass Kardinal Benoît Lemaire für diesen Bereich zuständig sei und er gerne mit seinem Kollegen darüber sprechen würde. Insgeheim hatte Montagnola noch nicht beschlossen, ob er wirklich mit Lemaire sprechen würde. Trotzdem war es praktisch, dass er den beiden Journalisten bereits den Namen eines Sündenbocks suggeriert hatte, sollten die Untersuchungen in eine falsche Richtung gehen.

Natürlich sollten auch diese Abklärungen sehr diskret erfolgen und im Moment nichts an die Öffentlichkeit gelangen. Was die Kunstsammlung beträfe, gäbe es ein Inventar, das aber wegen der grossen Fülle an Kirchenschätzen sicherlich ein paar Lücken aufwiese.

Als Piet und Mireille vom Unfalltod von Mike Evans sprachen, schien dies den Kardinal zuerst nicht sonderlich zu berühren. Dieser konnte sich nicht vorstellen, dass dessen Tod in Zusammenhang mit den Recherchen stände, wovon auch die beiden Journalisten nicht ausgingen. Auch für Montagnola war der Verlust eines Menschenlebens tragisch und bestürzend, doch konnte man sich aus seiner Sicht gegen sein Schicksal ohnehin nie wehren und er versprach, Evans in sein Abendgebet einzubeziehen.

Gleichzeitig beschlossen die drei, nicht nur historische Quellen zu begutachten, sondern auch zu forschen, wie und weshalb die Bilder ausgerechnet in den letzten Monaten in den Kunsthandel gelangt waren. Beim Abschied dankte Montagnola den beiden für ihre ausgezeichnete Arbeit und entschuldigte sich gleichzeitig, dass er sich manchmal nur verzögert zurückmelden könne, da die politische Situation in Europa ebenfalls seine Aufmerksamkeit erfordere.

54

Dagmar hatte mittlerweile Schlafstörungen und grosse Mühe, sich zu konzentrieren. Auch ihre kleine Boutique mit hochwertiger Alternativmode am Prenzlauer Berg bekam das zu spüren. Immerhin hatte sie eine Angestellte, die den Laden am Laufen hielt, aber bei Neubestellungen und dem Ergänzen der Kollektionen war sie arg in Rückstand geraten.

Noch immer war sie überzeugt davon, dass sie alle Diskussionsrunden, Chats, Blogs und die unterschiedlichsten Meldungen überschauen und notfalls auch eingreifen konnte, sollte etwas schieflaufen. Und dies tat es bei einem solch breiten Thema mit einem solch unterschiedlichen Publikum unweigerlich, je länger die Geschichte dauerte.

Die Debatte im Internet entwickelte sich immer mehr zu einer gesellschaftlichen Diskussion, die zuerst vor allem Extremisten anzog, danach aber auch anerkannte Politikerinnen und Politiker, die entweder Wahlkampf betrieben oder die Meldungen in eine andere Richtung dirigieren wollten. Während die einen Angst vor islamistischem Terrorismus beschworen und bereits den Untergang kommen sahen, lehnten die anderen die Rückbesinnung auf Nationalismus ab und befürchteten, die tolerante Gesellschaft würde unter die Räder kommen. Die Haltung des Papsts, dass unter seinem Schutz der Westen seine christlichen Werte bewahren und erhalten könne, war ebenso Ziel der Kritik.

Noch vor einem halben Jahr wäre Dagmar stolz gewesen, dass so viele Persönlichkeiten sich an einer von ihr lancierten Diskussion beteiligten, aber nun wurde sie vom Strudel der Ereignisse mitgerissen.

Den einzigen Halt bot Ax, der versuchte, alles zu relativieren und zu erklären, dass es ein weiter Weg sei zwischen Nachrichten posten und sich effektiv für eine Sache einzusetzen. Allerdings glaubte er selbst nicht so recht daran, waren doch mittlerweile Kräfte zugegen, die auch Menschen auf der Strasse mobilisieren konnten. Zudem bemerkte er, dass sich die katholische Kirche immer stärker in die Diskussion einbrachte, flankiert von zahllosen Auftritten in den verschiedensten Medien und wirksamen Aktionen wie dem angekündeten Papstbesuch in Barcelona, der mit Spannung erwartet wurde.

Zu den aktiven Persönlichkeiten zählte der amerikanische Kardinal Glenn Moriaty, der sich mit seiner Medienpräsenz bei CNN einen Namen gemacht hatte und keine Gelegenheit ausliess, einen Skandal zu provozieren. Er hätte die Welt am liebsten in die 1950er-Jahre zurückversetzt, als die Jugendlichen noch Röcke, lange Hosen, Hemden und Krawatten trugen, die Frau für die Familie sorgte und Ausländer noch im jeweiligen Ausland lebten. Er forderte, dass die Kirche bei den Staatsregierungen wieder mitreden sollte und diese Trennung aufgehoben würde. Ohne moralische Instanz sei der Westen verloren. Dagmar hatte sich in ihrer Aktivistenzeit schon manches anhören müssen, war nun aber über ihre Schmerzgrenze hinaus gefordert.

Ax sammelte derweil unentwegt Daten der Benutzer in den verschiedensten Diskussionsrunden und legte Profile an, die er auch in Zukunft nutzen konnte. Immerhin würde sich dies für Dagmar und ihn lohnen, auch wenn er ihr wohl nicht erzählen dürfte, woher ihre zukünftigen Einnahmen stammen würden.

Immerhin war es ihm gelungen, die verschiedenen Hauptströmungen der Diskussionen etwas aufzutrennen und so zu organisieren, dass sich Gruppen mit Gleichgesinnten zusammenfanden, die sich gegenseitig in ihren Meinungen bestärkten und nicht sofort alle anderen Teilnehmer beschimpften. Dies gelang, ausser wenn Personen wie Kardinal Moriaty alles durcheinanderbrachten, etwa mit Forderungen, dass alle Kinder in Europa christlich, das heisst katholisch ergezogen werden müssten und die Reformierten und die Anglikaner in den Schoss der richtigen Religion zurückkehren sollten. Es herrschte beinahe Krieg unter den verschiedenen Foren, was der Amerikaner gezielt provozierte.

Doch dann tauchte Cassandra auf. Cassandra war ein amerikanisches Unternehmen, das sich auf Wahlkampf und die entsprechenden Meinungsumfragen spezialisiert hatte. Die Firma war umstritten, da sie im Ruf stand, verschiedene Wahlen beeinflusst zu haben und es gab zahlreiche Gerüchte über sie und ihre intransparenten Besitzer. Kritiker warfen dem Unternehmen vor, dass es nicht Umfragen publizierte, sondern manipulierte. Allerdings lagen die vorausgesagten Werte immer relativ genau bei den echten Resultaten am Ende einer Wahl.

Offenbar hatte Cassandra das Geschehen über längere Zeit beobachtet und wesentlich effizienter als Ax in eigener Regie Nutzerdaten gesammelt. Die Firma hatte die Daten gespeichert und verglich sie mit den Profilen der Benutzer, ihren sonstigen Beiträgen bei anderen Themen und weiteren soziodemografischen Werten und konnte auf diese Weise ein Gesamtbild der Diskussion erstellen.

In mehreren Interventionen und auf seiner eigenen Website begann das Unternehmen, die Diskussionen zusammenzufassen und versuchte gleichzeitig, diese auf seinen Servern weiterzuführen. Ohne Rücksicht auf die Befindlichkeiten der einzelnen Foren, Blogs und Diskussionen zu nehmen begann Cassandra, vorherrschende Meinungen zu publizieren und der Welt zu erklären, was die Mehrheit bei diesen Diskussionen bewegte.

Ax sah diese Entwicklung zuerst mit Entsetzen und versuchte dann, Gegensteuer zu geben. Dies war insofern relativ einfach, da Cassandra nur in Englisch publizierte, während seine Gruppen zum grossen Teil noch auf Deutsch kommunizierten. Zudem gab es sehr viele Teilnehmende, die mit den Pauschalaussagen Mühe bekundeten und im Netz lieber dort blieben, wo sie begonnen hatten.

Cassandra dokumentierte anhand der Diskussionen, dass sich eine Mehrheit Sicherheit wünschte, was wohl jedes Schulkind ähnlich hätte prognostizieren können, und stellte eine wachsende Polarisierung fest, die in einer Zunahme konservativer Positionen mündete. Im Netz wurde begrüsst, dass der Westen gemeinsam seine Werte verteidigen müsse und auch die Kirchen und Religionen verzeichneten eine stärkere Beachtung als noch ein Jahr zuvor. Uneinig waren sich die Nutzerinnen und Nutzer im Netz, ob der Papst eine solche Bewegung anführen und die Religionen zu diesem Zweck unter sich vereinigen sollte oder nicht.

Kaum hatte sich das Unternehmen einigermassen etabliert und war daran, die Diskussionen im Netz an sich zu reissen, nahm es genau diese Thematik auf. Vielleicht zuerst als Versuchsballon gedacht, vielleicht aber auch aus Unkenntnis, vermutlich aber schlicht aus Ignoranz stellte es die Frage, ob ein Anführer einer solchen Bewegung auf irgendeine Weise legitimiert werden müsste.

Der Proteststurm war unbeschreiblich, war doch eine Papstwahl nicht etwas, das Laien oder jedermann überlassen werden konnte. Sowohl strikt konservative als auch liberale Katholiken schlossen so etwas kategorisch aus und beschwerten sich über die Frechheit von Cassandra, so etwas überhaupt zu denken.

Auch die anglikanische Kirche und die Protestanten reagierten mit Unverständnis und beklagten, dass sich jemand ohne geringste Kenntnisse dazu geäussert hatte. Die

Proteste fielen aber erwartungsgemäss weniger heftig aus. Cassandra liess verlauten, dass sie nur die Resultate der zahlreichen Foren zusammengefasst hätten und keineswegs je daran gedacht hätten, die Kirche zu beleidigen. Doch der Same war gesät.

55

A lle waren vorbereitet und freuten sich am Vorabend auf ihre Weise auf den bevorstehenden Papstbesuch in Barcelona.

Die spanische Regierung war stolz, dass der Papst wieder einmal ihr Land beehrte und damit unterstrich, welche Bedeutung es hatte, gerade auch in diesen schweren Zeiten der Bedrohung, war es doch die erste Auslandreise seit Beginn der zahlreichen Terroranschläge. Einziger Wermutstropfen war, dass der Papst ausgerechnet Barcelona für seine Messe auserkoren hatte und nicht etwa Madrid, da grosse Spannungen zwischen dem spanischen Staat und der Provinzregierung Kataloniens bestanden.

Genau dies freute die katalonische Regierung und den Bürgermeister von Barcelona. Die Zentralregierung war durch den Vatikan faktisch gezwungen, einen Anlass gemeinsam mit ihnen durchzuführen und Einigkeit zu demonstrieren, auch wenn dem nicht so war. Dies stellte einen grossen Prestigegewinn für Barcelona dar, der dank geschicktem Lobbyieren in Rom für den Papstbesuch nun Wirklichkeit wurde.

Für die Medien bedeutete der Tag hohe Einschaltquoten und sie konnten wieder einmal unter Beweis stellen, wie sie ein solches Ereignis begleiten und kommentieren konnten in der Meinung, dass es ohne Medien eigentlich gar nichts wert war.

Das Publikum war in der Sagrada Família nicht zugelassen und der Event wurde über zahlreiche in der Stadt verteilte Grossbildschirme übertragen. Entlang der Route wollten Tausende wenigstens einen Blick auf den Papst erhaschen.

Zufrieden waren auch der Mann aus Marseille und seine Terroristen, die sich minutiös auf den Tag vorbereitet hatten. Über ihre Verbindungen hatten sie sowohl Sprengstoff als auch Waffen in die Kathedrale geschmuggelt und dafür gesorgt, dass drei von ihnen als Mitarbeiter der Sagrada Família den notwendigen Zutritt erhielten. Ihr Plan war, zuerst den Sprengstoff, der in einem der hohlen Spritzbetonpfeiler versteckt war, zur Detonation zu bringen. Zwar rechneten sie nicht mit einem Einsturz, aber mit Panik und Menschen, die zum Ausgang rannten. Dort allerdings wartete ein Attentäter mit einer Sprengstoffweste. Die anderen beiden sollten flankierend in die Menge feuern. Selbst wenn der Papst nicht getroffen würde, wäre der weltweite Schock immens.

Der französische Geheimdienstchef Frédéric Maître war ebenfalls gut vorbereitet, er hatte seine spanischen Kollegen und Europol informiert, dass sie belastendes Material bei einem Verdächtigen gefunden hatten, der Barcelona ausgekundschaftet hatte. Die spanische Polizei verstärkte darauf ihre Kontrollen, führte im Vorfeld des Papstbesuchs zahlreiche Razzien durch und verfolgte bereits zwei heisse Spuren.

Monsignore Montagnola war im Prinzip auch positiv gestimmt und freute sich, dass mit dem Papstbesuch ein Zeichen gesetzt werden konnte. Entsprechend hatte er beim Verfassen der Predigt mitgeholfen, damit die Botschaften klar formuliert wurden. Natürlich waren der Papst und er von verschiedenen Geheimdiensten vor einem Anschlag gewarnt worden. Trotzdem hatten sie entschieden, den Anlass deswegen nicht abzusagen, was von den Terroristen sicherlich als Schwäche ausgelegt worden wäre.

Was den Papstbesuch für den Kardinal jedoch trübte, war Cassandra. Bisher hatte die Social-Media-Abteilung des Vatikans und ihre zahlreichen Helfenden in Diözesen und Kirchen auf der ganzen Welt die Diskussionen über

Religionen im Internet relativ gut im Griff gehabt, konnten eigene Ideen einbringen und die Debatten in Richtungen lenken, die ihnen nützten. Die Aktivistinnen und Aktivisten in Berlin waren zwar recht gut aufgestellt, doch fehlte ihnen die Erfahrung und ihr Netz war noch nicht so flächendeckend, dass sie damit im grossen Stil agieren konnten.

Daher stellte dies für die Kirche keine Gefahr dar. Mit Cassandra war es aber anders. Zum einen hatte die katholische Kirche in den USA einen weitaus schwereren Stand als in Europa, zum anderen handelte es sich um ein mächtiges Unternehmen, dessen Hintergründe und Zielsetzungen nicht ganz klar waren. Die Ideen und Forderungen nach demokratischer Legitimierung des Papsts waren schlicht absurd und der Kardinal war entschlossen, dies zu kontern. Da bot der Anlass in Barcelona eine ideale Gelegenheit, ein paar Pflöcke einzuschlagen.

Natürlich konnte er Cassandra nicht direkt attackieren, sondern wollte, dass sich Gläubige und andere Gruppierungen dafür einsetzten, solche Ideen abzuschmettern. Am liebsten wäre ihm gewesen, das Unternehmen aus der Diskussion hinauszudrängen, was ihm kaum gelingen würde. Zwar wollte er weitere Optionen prüfen, versuchte aber vorerst, die Internetforen in andere Bahnen zu lenken.

Der Einzige, der nicht gut vorbereitet war, war der Papst selbst. Das heisst, eigentlich war er vorbereitet und freute sich ebenfalls, wieder einmal eine pastorale Reise anzutreten. Am frühen Morgen sollte er als Erstes von Rom direkt nach Barcelona fliegen, um dort in der Sagrada Família seinen Besuch abzustatten.

Es war wohl gegen einundzwanzig Uhr, als es anfing. Zwar war der Papst den ganzen Tag schon etwas müde, was er auf die Aufregungen mit den Internetgeschichten zurückführte. Als er sich jedoch zum Schlafen in seine Gemächer zurückziehen wollte, begann er immer stärkere

Schmerzen im Unterleib zu verspüren. Am späten Abend wurde sein Leibarzt hinzugezogen. Rasch konnte er feststellen, dass der Papst an Gallensteinen litt, die sofort entfernt werden mussten. Kurz darauf wurde er in die Gemelli-Klinik gebracht, wo der Eingriff erfolgreich durchgeführt werden konnte.

An den Besuch in Barcelona war allerdings nicht mehr zu denken. Jedoch wollte der Vatikan zuerst klären, was los war und den Erfolg der Operation abwarten, bevor er die Welt über die Absage informierte. So kam es, dass die Behörden, die lokale Kirchenorganisation und die Medien erst spät in der Nacht erfuhren, dass die Reise nicht stattfände. Immerhin lieferte Montagnola gleich den Grund mit, da alles andere zu unnötigen Spekulationen geführt hätte.

56

In Piet begann Panik zu keimen, die beinahe stündlich wuchs, und Mireille machte sich immer grössere Sorgen. Begonnen hatte es mit dem Vorbeigehen am Seniorenheim in Paris und der Razzia, welche die beiden da gesehen hatten. Plötzlich war die Erinnerung an Piets Wohnung wieder da und damit verbunden die Frage, wer und weshalb ihm jemand nach dem Leben trachtete.

Bisher war er als Journalist kaum aufgefallen und hatte keine brisanten Artikel geschrieben oder heikle Recherchen durchgeführt. Auf die Seniorenresidenz in Paris war er per Zufall gestossen und es war mehr private Neugier, die ihn getrieben hatte. Dass er damit in ein Wespennest gestochen hatte, war ihm nach wie vor nicht richtig bewusst. Und nun kam noch der Unfall von Mike Evans dazu, bei dem er sicher war, dass dies eigentlich kein Unfall sein konnte.

Mireille hatte die grösste Mühe, ihn zu beruhigen und erklärte ihm etwa hundert Mal, dass Mike Evans mit den Anschlägen ja überhaupt nichts zu tun hatte, wären sie doch über die Kunstverkäufe auf ihn aufmerksam geworden und dies war eine andere Geschichte, die sie hier recherchierten. Piet sammelte alles, was er über den Amerikaner und seinen Unfalltod in Erfahrung bringen konnte. Darüber gab es nur spärliche Meldungen und ein paar aufgeregte Augenzeugen, die berichteten, der Lieferwagen sei mit grosser Geschwindigkeit auf ihn zugerast und habe sogar noch beschleunigt. Unerklärlich blieb auch, wie der Fahrer plötzlich verschwinden konnte und dass er nicht wieder aufgefunden wurde.

Irgendetwas musste geschehen, damit sich Piets Gemüt wieder beruhigte und Mireille hatte plötzlich eine Idee. «Wie wäre es», begann sie, «wenn du den Polizisten besuchst, von dem du damals im Arbeitsamt eine Visitenkarte erhalten und von dem du geglaubt hast, ihn vor ein paar Tagen wiedererkannt zu haben?» «Aber dann muss ich erklären, weshalb ich mich nicht gemeldet und die Polizei somit an der Nase herumgeführt habe», entgegnete er. «Nun», meinte sie, «du kannst erzählen, dass du Angst gehabt und dich versteckt hast, was ja sogar stimmt.»

Im Grunde genommen fand er diese Idee grossartig, so könnte ein Treffen vielleicht einige Vorgänge erhellen oder zumindest seine Panik dämpfen. Deshalb rief er Frédéric Maître an und zu seiner grossen Überraschung nahm dieser nicht nur sofort den Anruf entgegen, sondern vereinbarte ein Treffen mit ihm in einem kleinen Restaurant, von dem Piet noch nie gehört hatte.

Maître war vor Kurzem aus Barcelona zurückgekehrt. Der kurzfristig abgesagte Papstbesuch hatte alle überrascht und alle mussten umplanen, angefangen von der Sagrada Família, die wieder öffnen durfte, dem öffentlichen Verkehr, der nicht umgeleitet werden musste, bis zu den Polizeieinheiten, die wieder in ihre Kasernen zurückkehren konnten. Und auch die Terroristen, die auf ihren Einsatz warteten, benötigten neue Befehle.

Einige Spezialkräfte, darunter auch Frédéric Maître, hatten mit dem eigentlichen Papstbesuch nichts zu tun. Ihre Aufgabe war es, die heissen Spuren zu verfolgen und durch ihre Beobachtungen möglicherweise den Terroristen auf die Schliche zu kommen, wenn sie versuchten, ein Attentat auszuführen. Das Ziel dieser Leute war nicht primär, ein Attentat direkt zu verhindern, sondern das gesamte Umfeld der Attentäter aufzuspüren.

Der junge François, der eigentlich Abdul hiess, war ihnen dabei eine grosse Hilfe. Seit seiner Verhaftung in Marseille war er mehrfach verhört worden und da ihn niemand vermisste, musste er auch nicht freigelassen werden. Der Mann war eine ausgezeichnete Quelle, weil er grosse Angst hatte und gleichzeitig wusste, dass er auf keine Hilfe zählen und nur dank seiner Kooperation seine Situation verbessern konnte. Hinzu kam, dass er sich sehr viele Notizen gemacht hatte, da er noch reichlich unerfahren war und auf keinen Fall eine wichtige Information vergessen oder verpassen wollte.

Alles in allem ergab sich ein spannendes Bild zum Anschlag in Barcelona. Was sich genau in der Kathedrale abspielen sollte, wusste er nicht. Immerhin ging aus seinen Informationen jedoch klar hervor, dass der Anschlag dort geplant war. Ebenso wenig war über die Anreise der Terroristen bekannt, aber Maître und seine spanischen Kollegen konnten auch dank anderer geheimdienstlicher Informationen in etwa eruieren, wo sich die Attentäter aufhielten und wie sie sich Zutritt zur Sagrada Família verschaffen würden.

Sie hatten das Puzzle beinahe zusammen, als frühmorgens die Absage des Papstbesuchs erfolgte. Diese paar Stunden, bevor die Öffentlichkeit davon erfuhr, nutzten sie für ihre Zwecke. Die Terroristen konnten am Morgen nicht zuschlagen und mussten in ihren Verstecken abwarten, bis sie neue Anweisungen bekamen. Somit waren sie immobil und wussten nicht, was tun, wenn sie selbst angegriffen wurden. Eine gewalttätige Auseinandersetzung war nicht auszuschliessen, doch waren sie schlechter bewaffnet, als sie es nachher beim Anschlag sein würden.

Gemeinsam wogen die Geheimdienstleute untereinander ab, welche der verdächtigen und überwachten Wohnungen sie stürmen sollten und entschieden sich für drei. So kam es, dass im Morgengrauen drei Wohnungen von der Polizei ausgehoben und ihre Bewohner verhaftet wurden, ohne dass ein einziger Schuss fiel und ohne dass jene jemanden hätten benachrichtigen können.

Eine der Erstürmungen war ein Flop, aber bei den anderen beiden konnten sie zwei der Attentäter verhaften, wie sich später herausstellte. Zudem fanden sie einiges an Material und eine Harddisk, die es nun auszuwerten galt. Die Aktion war ein voller Erfolg, nur hatten sie vermutlich nicht alle Terroristen gefunden und die anderen waren nun gewarnt, dass ihnen jemand auf den Fersen war.

Das Treffen mit Piet kam Maître gelegen, hatte er doch durch den Journalisten überhaupt erst Hinweise auf die vor ein paar Tagen wiederum durchsuchte Seniorenresidenz erhalten, auch wenn dieser keine Ahnung hatte, worauf er sich dabei eingelassen hatte.

Piet war gleichzeitig ängstlich und erleichtert, Frédéric Maître wiederzusehen. Er fing gleich an, zu erklären, weshalb er aus Paris verschwunden sei und begann mit dem Brand in seiner Wohnung. Zu seinem Erstaunen war Maître sehr gut informiert und wusste, was dort geschehen war. «Natürlich hätte es uns mehr genützt, wenn Sie zu uns gekommen wären, statt unterzutauchen», führte er aus, «Sie haben unsere Untersuchungen nicht gerade erleichtert.»

Der Journalist schilderte seine Panik und gleichzeitig alles, was er mit dem Altersheim erlebt hatte. Der Polizist war nicht sonderlich überrascht und interessiert, bis zu dem Moment, als Piet die geheime Tür in der Gartenmauer erwähnte, die von den Sicherheitskräften bisher wohl übersehen worden war. Von da an wurde das Gespräch wesentlich lebendiger, denn der Geheimdienstchef erkannte, dass dies wohl sein fehlendes Puzzleteil war. Maître erzählte im Gegenzug von Piets Wohnung und dass dort jemand an der Gasleitung manipuliert hätte, damit der Journalist bei einer Explosion umkäme.

Maître vermutete, dass jener Mann etwas mit dem Anschlag in Paris zu tun hatte, da er dem Arbeitsamt als Mitarbeiter in der Seniorenresidenz gemeldet war, obwohl er nie dort gearbeitet hatte. Vermutlich hatte er Piet bei seinen Besuchen dort gesehen und war in Panik geraten. Maître beruhigte daher Piet mit der Aussage, dass der Mann, der ihn möglicherweise im Altersheim erkannt hatte, nun tot war und er sich daher keine Sorgen mehr machen müsse.

Dass er dem Journalisten nach der Gasexplosion nach Cassis gefolgt war und ihn als Lockvogel benutzt hatte, erwähnte er wohlweislich nicht. Ebenso, dass er damit richtig gelegen hatte und Piet auch in Südfrankreich nochmals hätte eliminiert werden sollen, liess er weg.

Piet schien sich danach nicht mehr gross um die ganze Geschichte gekümmert zu haben und war für die weiteren Ermittlungen uninteressant, bis er den Unfall von Mike Evans erwähnte. Das Ganze machte im Zusammenhang mit den Anschlägen keinen Sinn und Frédéric Maître glaubte in der Regel nicht an vage Vermutungen. Trotzdem schien ihm der Zusammenhang zwischen dubiosen Kunstgeschäften und dem Unfalltod immerhin so interessant, dass er versprach, einen Kollegen zu bitten, sich die Sache genauer anzuschauen. Dieser würde sich mit Piet in Verbindung setzen.

Kurz darauf verabschiedeten sich die beiden und Maître machte sich auf den Weg, die verborgene Tür im Garten der Seniorenresidenz zu suchen.

57

Im Vatikan waren alle ausser sich über den Aufruf von Cassandra, dass der Papst vom Volk gewählt werden sollte. Wo bliebe da die göttliche Eingebung, das Erhabene und der Anspruch, dass nur Kardinäle dazu ausersehen seien, den Papst zu wählen, die selbst auch als Papst wählbar waren. Alle auf eine lange Kirchenkarriere zurückblickend, in der sie in die verschiedenen Ämter berufen worden waren und sich so langsam für das höchste Amt qualifizierten.

Eine solche Anmassung kam für das gesamte Kardinalskollegium keineswegs infrage und verschiedene Kardinäle sahen darin eine Gotteslästerung, die nicht unbeantwortet und unbestraft bleiben konnte. Zu ihrem Pech konnte sich der Papst selbst gar nicht dazu äussern, da er nach seiner Gallensteinoperation noch immer rekonvaleszent war und sich schonen musste.

Eilig wurde die Kurie zur Förderung der Einheit der Christen einberufen, die in solchen Momenten tagte und weitreichende Befugnisse hatte. Zu Beginn waren sich alle einig, dass dies so rasch als möglich unterbunden werden musste. Doch bald zeigten sich Risse. Während eine Fraktion die klare Haltung befürwortete, mit der die Kirche auf die Attentate reagiert hatte, befanden verschiedene Kardinäle, dass durch die forsche Herangehensweise der Kirche und die klaren Worte des Papsts solche Reaktionen überhaupt erst provoziert wurden.

Benoît Lemaire war der Wortführer dieser Gruppe, die eine Rückkehr und Rückbesinnung forderte und dass sich die Kirche weniger in weltliche Dinge einmischen sollte.

«Wir müssen nicht zur Schau stellen, was wir können und denken und uns schon gar nicht auf eine gesellschaftliche Diskussion einlassen», erklärte er den Versammelten. «Sonst bieten wir willkommene Angriffsflächen und stehen am Ende in der Defensive.»

Zwar ärgerte sich Montagnola über diese Wortmeldungen, liess sich jedoch nichts anmerken. Immerhin war er bisher ein guter Freund von Lemaire und sah nun mit Sorge, wie sich jener einlullen liess und zum Softie wurde, der nicht mehr für eine gute Sache einstehen wollte. Der Kardinal nahm sich vor, dass er dies ein anderes Mal mit Lemaire in einem persönlichen Gespräch klären musste.

Freundlich im Ton, aber hart in der Sache stellte sich Montagnola den Kritikern entgegen und tat so, als würde er den abwesenden Papst und dessen Haltung mitvertreten. Er holte relativ weit aus, um die aktuelle Situation zu schildern und als unvermeidlich darzustellen, wie die Kirche darauf reagiert hatte. Bei den Anschlägen sprach er von einer Bedrohung des Westens, der Christen und der Kirche allgemein, wobei er es vermied, Grenzen zwischen den einzelnen Kirchen zu ziehen. Es waren alles bedachtsame Worte, gegen die niemand im Raum sein konnte und denen jedermann zustimmte.

Auch die führende Rolle der katholischen Kirche war unverrückbar und die einzige Frage, die sich stellte, war, wie weit sich die Kirche in Politik, Sicherheit und gesellschaftliche Entwicklungen einmischen sollte oder sogar musste. Dort wurde Montagnola glasklar. «Wenn wir keine Stärke zeigen, werden wir untergraben und am Ende müssen wir uns gesellschaftlichen Entwicklungen unterwerfen, die wir zum Wohl des Menschen niemals akzeptieren dürfen», sprach er zu den Sitzungsteilnehmern. Er nannte zahllose Beispiele aus der Geschichte, von den Märtyrern bis in die Neuzeit, von Priestern, die Leib und Leben für ihre Überzeugung geopfert hatten. Bisweilen kamen sich die Kardinäle wie in einem Lehrfilm vor, obwohl sie von nichts überzeugt werden mussten.

Langsam aber lenkte Montagnola die Diskussion in eine etwas andere Bahn. Er wusste nur allzu genau, dass solche Diskussionsforen und Bewegungen im Internet nur schwer zu stoppen waren und deshalb die einzige Chance darin bestand, sie mit Inhalten zu dominieren. Dazu brauchte er aber die Unterstützung des Gremiums, denn ohne Vatikan im Rücken wäre auch er machtlos.

Schliesslich beschrieb er seine Strategie, die im ersten Moment heftige Diskussionen auslöste. Im Gegensatz zu allen Anwesenden wollte er sich nicht gegen die Frage von Cassandra nach der Legitimität des Papsts stellen. «Aber», so erklärte er den erstaunten Kardinälen, «die Frage stellt sich ohnehin anders. Es geht in keiner Weise darum, den Papst vom Volk wählen zu lassen, sondern nur darum, ob er die Christen als Gesamtes in dieser schwierigen Lage anführen soll. Das heisst, wir befürworten die Abstimmung, nehmen uns aber ausdrücklich aus dem Spiel. So können die Menschen nur darüber befinden, ob der Papst generell die Führung übernehmen soll. Damit können wir unseren Führungsanspruch ausbauen und mit der Zeit gewöhnen sich die Leute daran, dass der Papst überall die Themen und Denkweisen mitbestimmt.»

Den meisten Anwesenden schien dies suspekt und sie fürchteten, dass eine solche Abstimmung im Netz falsch herauskommen könnte. Montagnola beschwichtigte sie aber, indem er geduldig seine Idee mehrfach erklärte. Er wies darauf hin, dass Organisationen wie Cassandra kaum zu kontrollieren seien und sich Meinungen im Internet in rasendem Tempo bilden könnten. Dabei sei es klüger, bei den Agierenden zu sein, als sich überrollen zu lassen. Er ahnte aber noch nicht, dass er seine und die Fähigkeiten der Kirche bei den neuen Medien und in Bereichen, die ihm bisher fremd waren, masslos überschätzte.

Nachdem sie eine Pause gemacht hatten, ging die Diskussion weiter. Eine von Montagnolas Stärken war, dass er eigentlich immer bekam, was er wollte, doch stellten sich hier fundamentale Fragen. Zudem war der Papst nicht anwesend, womit kein Beschluss gefasst werden konnte. Hingegen gestanden sie Montagnola zu, dass er verschiedenste Versuchsballone im Internet steigen lassen durfte, um so die Stimmung zu testen, ohne dass sich die Kirche zu erkennen geben sollte.

58

Plötzlich hatten Dagmar und Ax nicht mehr viel zu tun. Der Geschwindigkeit und der 24-Stunden-Präsenz von Cassandra konnten sie wenig entgegensetzen. Der Konzern verfügte über riesige Kapazitäten, war in praktisch allen Social-Media-Kanälen aktiv, reagierte sofort auf jeden Post, fügte Diskussionen zusammen oder trennte sie wieder und vernetzte die einzelnen Benutzer je nach ihren Profilen und Interessen. Er liess die Diskussion immer mehr eskalieren in die Richtung, wie sich der Westen am besten gegen die Bedrohung seines Lebensstils wehren sollte, gepaart mit einer konservativen Werthaltung und Nationalismus, die beide zum Werkzeug für diese Entwicklung wurden.

Darin eingebettet war die Kirche als Garant und es wurde gefragt, wer diese Bewegung anführen sollte. Bei einer tiefergehenden Analyse zeigte sich dabei, dass es Cassandra eigentlich ziemlich egal war, ob der katholischen Kirche eine Vormachtstellung zukommen sollte oder nicht. Hauptsache war, dass die Richtung stimmte.

Giuseppe Montagnola sah diese Lücke und begriff sie als Chance. Zwar hatte er von den Kardinälen in seiner Kurie nach seiner Auslegung höchstens gelbes und nicht grünes Licht erhalten und konnte nicht agieren, wie er es wünschte, doch wollte er der Entwicklung folgen, ohne etwas zu verpassen.

Sein Vorteil war, dass die meisten Leute nicht davon ausgingen, dass die Kirche medial hervorragend aufgestellt war, sondern diese noch immer als etwas verstaubte Institution betrachteten, die wohl noch mit päpstlichen Kurieren und Brieftauben arbeitete. Dank der hierarchischen

Struktur und dem Netz in beinahe alle Nationen konnten jedoch Handlungsanweisungen und Befehle rasch transportiert werden und kurzfristig zum Einsatz kommen.

Lateinamerika und die Länder, die sich dafür einsetzten, dass die Kirche vor allem als soziale Institution tätig war, liess er bei seinen Aktionen weg, er wollte keineswegs eine zusätzliche Diskussion starten. In zahlreichen anderen Ländern und deren Diözesen gab er Anweisungen, sich verdeckt ins Gespräch einzubringen, die generelle Richtung zum Konservativismus hin zu unterstützen, aber gleichzeitig immer wieder darauf hinzuweisen, dass die Einzige, die so etwas leiten könnte, die katholische Kirche und damit direkt der Papst sei.

Geschickt mischte er diese Botschaft in die Foren, Chats und Gruppen ein und allmählich begann dies zu greifen. Natürlich gab es Proteste gegen diese Haltung und zahlreiche Diskussionen wurden hitzig, beleidigend und ehrverletzend geführt, doch störte sich Montagnola nicht daran. Natürlich müsste er im Vatikan Rechenschaft darüber ablegen, aber da die meisten Kardinäle Social Media nur vom Hörensagen kannten und keine Vorstellungskraft von den Möglichkeiten der modernen Medien hatten, konnte ihm nicht viel passieren. Zudem benutzte er für seine Anweisungen oft verdeckte Wege und wusste genau, wo Freunde von ihm sassen und wo er vorsichtiger agieren musste.

Ax und Dagmar staunten bisweilen nur noch, welche Formen ihre Grundidee und ihre Initiative angenommen hatten. Noch ein paar Tage zuvor waren sie stolz über die grosse Zahl an Followern, Diskussionsteilnehmern und Freunden gewesen, die sie mit ihren Fragen erreicht hatten. Gleichzeitig hatte Ax eine Datenbank aufgebaut, mit deren Hilfe er in Zukunft im Netz Geschäfte machen wollte durch personalisierte Werbung, Informationen oder auch Aktionen, mit denen er seine Benutzer zu einer bestimmten Handlungsweise bringen wollte. Doch nun wurde dies alles durch Cassandra weggefegt und die ganze Arbeit war vergebens.

Natürlich waren er und seine Firma an den Rand ihrer Möglichkeiten gebracht worden und es war klar, dass weder er noch Dagmar dies noch lange durchgestanden hätten. Immer wieder hatte er sich gefragt, ob es dies wert sei und ob er mit der neuen Beziehung zu Dagmar nicht etwas viel Wertvolleres gefunden hatte als durch alle Aktivitäten im Internet. Trotzdem waren die beiden frustriert und Dagmar fühlte sich an die Occupybewegung erinnert, die sich plötzlich aufgelöst hatte und verschwunden war, bevor sie damals bei den Banken irgendetwas erreichen konnten.

Wenigstens konnte sie sich wieder etwas mehr um ihre Boutique kümmern, die es nötig hatte, sie wirkte in letzter Zeit etwas lieblos, was dem Umsatz abträglich war. Auch Ax fühlte sich dort sehr wohl, obwohl es eigentlich nicht seine Umgebung war. Er empfand es beinahe als Wellness, an einem Ort und in einem Wirtschaftsbereich auszuspannen, von dem er keine Ahnung hatte.

Er hatte es sich gerade in einem der für wartende Freunde oder Ehemänner bereitstehenden Sessel gemütlich gemacht, als ein Kunde hereinkam. Dies war zwar häufig der Fall, aber es traf sich selten, dass ein Mann allein die Boutique betrat. Dagmar fragte ihn, ob sie ihm etwas zeigen dürfe, doch der Mann antwortete nur auf Englisch, er wolle mit Ax sprechen.

Die beiden kannten sich nicht und Ax hatte keine Ahnung, was der Mann von ihm wollte. Er stellte sich als einer der Partner von Cassandra vor, der das Unternehmen seinerzeit mitgegründet hatte und nun in dessen Board sass. Ohne Umschweife erklärte er, dass er Ax' Firma kaufen wollte. Gleichzeitig bot er ihm eine kleine Beteiligung an und dass er den Sitz und die Aktivitäten in Deutschland aufbauen und übernehmen könne. Cassandra hätte die

Aktivitäten der beiden beobachtet und fände einige ihrer Ansätze recht überzeugend.

Ax hätte einiges erwartet, ein solches Angebot hingegen wohl kaum. Auch hatte er keine Ahnung, wie Cassandra seine Aktivitäten überwachen und bewerten konnte, er war immer davon ausgegangen, alles unter Kontrolle zu haben. Bereits der Umstand, dass dieser Amerikaner Dagmars Boutique und damit auch ihn gefunden hatte, zeigte, wie gläsern Informationen im Internet offenbar waren.

Natürlich wollte Ax das Ganze mit Dagmar besprechen und ebenso mit seinem Team, das in den letzten Wochen massgeblich geholfen hatte, alles aufzubauen. Der Mann von Cassandra gab allerdings eine Zusicherung ab, dass sie am gesamten Unternehmen interessiert seien und somit auch an seinem Personal. Ax wollte etwas Bedenkzeit und der Amerikaner schlug vor, dass sie sich später zu dritt zum Abendessen treffen könnten.

Dagmar zeigte sich am Abend weit skeptischer als Ax und sah ihre Ideale in Gefahr. Der Mann von Cassandra beruhigte sie aber und belegte, dass sein Konzern weit weg war von einer Ideologie. Es war vielmehr ein Mischkonzern, der je nach Themen das bearbeitete, was am interessantesten schien und mit disruptiven Techniken versuchte, ein neues Medienimperium zu schaffen. Dabei sollte es auch Bereiche geben, die anderen diametral entgegenstanden, und er präsentierte ein paar Beispiele.

Der Abend verlief sehr harmonisch und die drei verstanden sich ausgezeichnet. Der Druck der Amerikaner war gross, weshalb sie sich bald handelseinig wurden und begannen, ihre gemeinsame Zukunft aufzubauen. Ax blieb bei Dagmar in Berlin und baute dort einen Sitz von Cassandra auf, während seine Firma als Filiale weiterhin von Frankfurt aus agierte.

59

Als Mireille ihre Post öffnete, erschrak sie heftig. Ein Kurierdienst hatte ein an sie adressiertes Paket abgegeben, das einen Laptop enthielt. Als sie ihn öffnete, fand sie auf die Tastatur geklebt eine Visitenkarte von Mike Evans mit einer handschriftlichen Notiz: «Falls mir etwas zustossen sollte. Gruss, Mike Evans.»

Der Schreck sass ihr noch immer in den Gliedern, als Piet eintraf, den sie sofort angerufen hatte. Piets Verdacht schien sich zu bewahrheiten, auch wenn ihm eigentlich niemand geglaubt hatte. Die Untersuchung der Verpackung hatte ergeben, dass offenbar jemand im Namen von Evans das Paket gesandt hatte, mit der Absenderadresse eines Hotels. Der Anruf dorthin führte allerdings ins Leere, da das Hotel weder einen Gast unter diesem Namen führte noch zuvor jemand namens Evans dort logiert hatte.

Irritiert waren Piet und Mireille auch deswegen, da er sich mit seiner südafrikanischen Identität bei Evans gemeldet hatte und Mireille bisher nie in Erscheinung getreten war. Der Kunsthändler musste somit gewusst haben, wer sich hinter der Tarnung versteckte und er hatte ebenso herausgefunden, dass Mireille Piets Partnerin war und wo sie wohnte. Auch dies war äusserst beunruhigend, gerade, wenn sie an den Anschlag auf Piets Wohnung zurückdachten.

Bei aller Panik aber überwog die Neugier und die beiden beschlossen, den Laptop in Ruhe anzuschauen und zu analysieren. Immerhin hatten sie ein passendes Ladekabel und konnten ihn starten. Doch bereits beim Passwort hatten sie ein Problem, da sie es nicht kannten und befürchteten, dass der Computer nach ein paar Versuchen gesperrt wäre. Plötzlich entdeckte Piet einen winzig kleinen Papierfetzen an der Unterseite, wo das Gehäuse zusammengefügt war, als wäre jemand mit einem Blatt Papier hängen geblieben.

Vorsichtig öffneten sie das Gerät und fanden wieder einen Zettel mit dem Hinweis «Passwort: erster Kontakt». Die Kunstmesse Frieze in London konnte es nicht sein, da sie erst dort den Hinweis erhalten hatten, Evans zu suchen und in Wirklichkeit hatten sie ihn ohnehin nie wirklich getroffen. Irgendwann kamen sie auf die Idee, dass sie ihn beim ersten Mal in seinem Hotel in London gefunden und angerufen hatten. Sie gaben den Hotelnamen ein und das Gerät akzeptierte die Eingabe.

Die eigentliche Arbeit begann damit aber erst. Offenbar hatten sie von Evans all seine geschäftlichen Aktivitäten erhalten mit zahlreichen Projekten, Ordnern und dem E-Mail-Verkehr und es galt nun herauszufiltern, was für sie überhaupt relevant war. Gleichzeitig wollten sie eine Sicherheitskopie auf einer externen Festplatte erstellen, falls sich ein Virus auf dem Laptop befand, der ihre eigenen Computer angreifen könnte. Diese wollten sie gleich am nächsten Vormittag besorgen.

Sie verbrachten Stunden damit, Dokumente zu durchsuchen und zu lesen, die oft komplizierten und verschachtelten Geschäfte und Projekte von Evans überhaupt zu verstehen und damit weiterführende Spuren zu finden und versuchten, sich aufs Wesentliche zu konzentrieren.

Neben Kunstkäufen und -verkäufen fanden sie Belege, Echtheitszertifikate, Ergebnisse der Provenienzforschung, Kontakte, Kalkulationen und Notizen. Irgendwann stiessen sie auf die beiden Projekte, die sie am meisten interessierten, dasjenige der Contessa Frani und der Fall der Modiglianis und Picassos der französischen Adelsfamilie, die an zwei Kunstmessen verkauft worden waren.

Es war sehr kompliziert, diese beiden Verkäufe zu rekonstruieren, war doch alles versucht worden, sowohl Verkäufer als auch Käufer und Geldflüsse zu kaschieren. Gemäss Unterlagen schienen die Kunstwerke beinahe um die ganze Welt gereist zu sein, was aber physisch wohl kaum der Fall war. Ein ähnliches Bild bot sich bei den Rechnungen, wobei sie keinerlei Bankbelege finden konnten, was darauf schliessen liess, dass vermutlich alles in bar abgewickelt worden war. Wie das Geld in die Messen gelangte, wer es in Empfang nahm oder abholte, liess sich zumindest kurzfristig nicht feststellen.

Immerhin, so glaubten Mireille und Piet, ging der Erlös weder an den Bischof von Alba noch sonst an die Kirche, sondern wurde in andere Kanäle geleitet. Immer wieder tauchten arabische Stiftungen auf, die möglicherweise das Geld erhielten, entweder für sich oder als Mittler für Dritte. Beide Journalisten hatten sich vom Laptop mehr versprochen, auch wenn ihnen bewusst war, dass sie erst am Anfang ihrer Recherchen standen.

Sie hatten beinahe die ganze Nacht durchgearbeitet und mit der Zeit ergab sich ein etwas erhellenderes Bild. Die Kunstwerke stammten zwar aus einer vatikanischen Sammlung, wo sie jahrzehntelang gelagert hatten, waren aber weder katalogisiert noch irgendwo sonst verzeichnet. Das bedeutete, dass ein Verkauf in keiner Buchhaltung auftauchen würde. Für den Verkäufer war es somit ein Leichtes, die Bilder zu verkaufen und den Erlös selbst zu behalten.

Möglicherweise hatten der verstorbene Kardinal Benedetto Russo oder der Bischof von Alba ein System errichtet, um sich entweder zu bereichern oder irgendwelche Projekte zu finanzieren, von denen niemand etwas erfahren sollte.

Den Nutzniesser der Transaktion zu finden, der den Kaufpreis erhalten hatte, war nochmals schwieriger. Dazu mussten sie die Korrespondenz mit den Speditionen durchgehen und herausfinden, wo das Geld nach dem Kauf hingekommen war. Es war ja nicht einfach, mit einem Koffer voller Geld aus einer Kunstmesse hinauszuspazieren und deshalb hatte es sicherlich einen anderen Weg genommen.

Ein toter Briefkasten, den man öffnen konnte, sobald die Messehallen wieder leer waren, schien riskant. Bliebe nur jemand der zahlreichen Personen, die hinter den Messekulissen Zutritt hatten und über Kapazitäten verfügten, unbemerkt grosse Gegenstände aus der Messe zu nehmen, wie dies beim Auf- und Abbau der Fall war.

Verwundert stellten die beiden fest, dass die Kirche weder irgendwo in den Unterlagen als Verkäuferin zu finden war noch dass ihr irgendetwas überwiesen worden war. Hingegen fanden sie verschiedene Briefe, die gemäss Speicherdatum jeweils unmittelbar nach beiden Messeverkäufen verfasst worden waren. Sie gingen an eine Holding in Zypern, an ein Hilfswerk in Schardscha sowie an eine Wohltätigkeitsstiftung in Libanon. Evans freute sich jeweils auf die kommende Zusammenarbeit, ohne sie genauer zu erklären.

Auffallend waren die Zahlenreihen im Betreff, die beide nicht erklären konnten. Immerhin tauchten ähnliche Nummern bei den Spediteuren auf, was den Schluss nahelegte, dass irgendetwas, vielleicht Bargeld, in den Kunsttransportkisten mittransportiert worden war. Die Briefe waren nicht nur auf der Festplatte gespeichert, sondern gehörten zu den wenigen Dokumenten in der Cloud von Evans, als ob sie dort zur Ansicht für jemand anderen bereitgestellt worden wären.

Beide Journalisten waren der Meinung, dass sie nun auf jeden Fall Montagnola brauchten, um ihnen weiterzuhelfen, bestand doch die Gefahr, dass sonst von den Tätern Spuren beseitigt würden oder sie selbst plötzlich in Gefahr schwebten. Noch in der Nacht sandten sie dem Kardinal eine E-Mail und dieser rief sie zurück, sobald er wach war. Sie informierten ihn in kurzen Zügen, soweit dies telefonisch möglich war. Montagnola beschloss, ins nächste Flugzeug nach Paris zu steigen, um sie umgehend zu treffen.

Piet und Mireille waren erschöpft von der letzten Nacht und schliefen in den Vormittag hinein, um sich dann aufzumachen, den Kardinal zu treffen. Bevor sie gingen, schauten sie nochmals ihre Ergebnisse an und entdeckten in den Files von Evans eine Liste mit einigen Telefonnummern. Da sie aus Furcht vor einem Virus den Laptop nicht in ihr Heimnetz eingeloggt hatten, konnten sie die Nummern aber nicht ausdrucken und fotografierten deshalb den Bildschirm.

Das Treffen verlief etwas angespannt. Der Kardinal glaubte ihnen zuerst kein Wort, als sie von einem bandenmässigen Vorgehen sprachen. Nachdem sie aber detaillierte Informationen über Russo und den Bischof von Alba preisgaben, änderte sich dies. Trotzdem wurden sie gleich nochmals enttäuscht, denn der Kardinal wollte nur etwas unternehmen, falls sie stichfeste Beweise hätten, was sie als Drohung empfanden. Jener relativierte aber, denn das Aufsehen, das solche Entdeckungen erregte, war gross und eine Blamage konnten sich weder er noch die beiden erlauben.

Die beiden Journalisten sollten zuerst alles dokumentieren und die Zusammenhänge aufzeichnen, dann würden sie gemeinsam entscheiden, wie sie vorgehen wollten. Montagnola verabschiedete sich und riet ihnen, eine Kopie der Daten anzufertigen, was sie sofort machen wollten. Zudem riet er ihnen, in den nächsten Tagen aufmerksam zu bleiben, nicht dass es nochmals einen Anschlag auf Piet gäbe.

60

Die Ankündigung von Cassandra traf die Welt wie ein Schock. Das Unternehmen liess verlauten, dass sie eine Onlinewahl des Papsts durchführen würden. Die Idee dahinter war, dass der Papst sich als Anführer aller Christen gegen die aktuelle Gefahr durch den Terrorismus und gegen den Islam angeboten hatte und Cassandra der Meinung war, dass so etwas nur durch eine demokratische Wahl bestätigt werden konnte.

Vorausgegangen waren zahlreiche interne Meetings des Konzerns, bei denen die Ausrichtung festgelegt wurde. Ax war seit Kurzem nun auch Teil von Cassandra und hätte sich nie vorstellen können, mit welcher Geschwindigkeit und mit welchem Selbstbewusstsein sie vorgehen würden.

Seit einiger Zeit hatte er sich für disruptive Märkte und Techniken interessiert, war aber immer davon ausgegangen, dass neue Firmen und Branchen nicht derart zielgerichtet und brutal vorgehen würden. So verdrängte Cassandra nicht nur alle, die zum Thema ein Forum, einen Blog oder einen Chat betrieben, indem sie durch eine Flut rascher und zielgerichteter Informationen an die Wand gedrückt wurden. Vielmehr analysierte die Firma gleichzeitig das Verhalten der einzelnen Akteure und fasste sie in klare Zielgruppen zusammen, damit die Daten verkauft werden konnten.

Dagmar zog sich immer mehr aus diesen Aktivitäten zurück, da sie ihr nicht entsprachen und sie ihre anfängliche Initiative kaum mehr darin erkennen konnte. Trotzdem war sie irgendwie stolz, mit ihrer Idee eine Lawine losgetreten zu haben, deren Richtung sie allerdings nicht mehr steuern konnte.

Cassandra entwickelte sich in rasantem Tempo zu einem Konzern, der die wichtigsten Diskussionsthemen und die entsprechende Mehrheitsmeinung diktieren wollte, da die Besitzer der Firma glaubten, sie wüssten, was gut für die Menschen sei.

Ein Konflikt zwischen dem Westen und dem Islam kam da wie gerufen, vor allem auch, wenn die eine Seite vertreten durch den Papst sich derart pointiert äusserte. Cassandra fühlte sich provoziert durch jemanden, der als Meinungsführer alle Christen hinter sich scharen und diese anschliessend anführen wollte, schliesslich sah das Unternehmen dies als seine Rolle an. Im Grunde genommen war dabei egal, welche Werte vertreten wurden.

Die Frage, inwieweit der Papst akzeptiert wurde und wie weit seine Anerkennung über die Katholiken hinausreichte, wurde als Test in verschiedenen Foren ausprobiert und die Rückmeldungen sowie die Heftigkeit der Diskussionen analysiert.

Irgendwann kam die Frage auf, ob der Papst gewählt werden müsste, wenn er den Anspruch hatte, für alle Christen zu sprechen und nicht wie bisher nur für die Katholiken. Ax wies darauf hin, dass ein solches Unterfangen vom Vatikan kaum je gebilligt würde und auch nicht dem europäischen Denken entsprach. Er erklärte, welche Rolle der Papst eigentlich hatte, dass er aus einem Kreis Erleuchteter erkoren würde und dem eine göttliche Eingebung zugrunde läge.

Seine Einwände stiessen kaum auf Gehör. Vielmehr wurde argumentiert, dass das Internet allen Interessierten offenstände. Trotzdem räumte Bernie Wilson, einer der Firmengründer, ein: «Selbstverständlich macht es wenig Sinn, dass Leute aus dem asiatischen oder dem islamischen Raum abstimmen, weshalb wir diese herausfiltern und nicht berücksichtigen lassen. Wir werden einfach die Stimmen aus anderen Ländern darüberlegen, damit das Resultat nicht verfälscht wird. Dies wird niemandem auffallen.»

Auch die Frage nach der Akzeptanz einer solchen Abstimmung wurde als unwichtig taxiert. «Natürlich wehrt sich die katholische Kirche gegen eine solche Einmischung», meinte Wilson, «aber was will sie unternehmen? Wir verletzen kein Gesetz, wenn wir eine Umfrage machen und Staaten, die uns deswegen sperren würden, hätten Mühe, dies juristisch zu begründen.»

Dagmar war zuerst schockiert, als Ax ihr am Abend den Verlauf der Diskussion schilderte, besann sich aber eines Besseren. Sie selbst hatte ursprünglich gefordert «Der Papst muss weg» und war nun überrascht, dass ein solches Postulat Wirklichkeit werden könnte. Sie fragte sich, ob es ihr damals ernst gewesen war mit ihrer Aussage oder ob sie ohnehin gewusst hatte, dass dies nur eine Utopie war, die nun unerwartet von der Wirklichkeit überholt worden war.

Kurz darauf startete Cassandra eine beispiellose Aktion und kündigte eine weltweite Internetabstimmung an mit der Frage: «Soll der Papst Oberhaupt der Kirche sein?» Die Reaktionen waren gewaltig. In Italien, den meisten osteuropäischen Staaten, in Argentinien und Brasilien brach das Netz komplett zusammen und auch in anderen Ländern kam es zu massiven Internetausfällen.

Dem Vatikan verschlug es sprichwörtlich den Atem. Der amerikanische Kardinal Glenn Moriaty reagierte als Erster mit einem seiner legendären Auftritte bei CNN, wo er eine Breitseite gegen alle Social Media abfeuerte. Gottlos und blasphemisch nannte er diese Konzerne und plädierte, sie entweder stark zu kontrollieren oder besser gleich abzuschaffen. Seine Empörung beflügelte zahlreiche Kirchen und religiöse Gemeinschaften zu Proteststürmen im Internet, je nach Standpunkt auf die eine oder andere Seite.

Die katholische Kirche sah sich genötigt, eine Medienmitteilung zu versenden, in der sie ihr Befremden äusserte, etwas so Heiliges wie den Papst und seine Wahl anzuzweifeln. In den grossen Kirchen und Kathedralen wurden Abertausende von Kerzen angezündet und Gläubige versammelten sich zum stillen Protest. Eilig wurde dafür gesorgt, dass die Meinung der Kirche möglichst breit in den Medien gestreut wurde, in Talkshows, aber auch Nachrichten, die den Wert der Kirche demonstrierten.

So gross die Empörung auf der einen Seite war, so gross war auch die Zustimmung und der Jubel über diese Idee auf der anderen. Linke Parteien in ganz Europa sahen sich bestätigt, dass es keine Legitimation mehr für die Kirche gab. Verschiedene Vertreter überlegten bereits laut, was sie aus den frei werdenden Gotteshäusern machen könnten, obwohl dies mit dem aktuellen Geschehen gar nichts zu tun hatte.

Die blosse Ankündigung der Frage brachte die Menschen auf die Strasse. Cassandra hatte ein Tabu gebrochen. Bisher hatte sich die katholische Kirche während Jahrhunderten erfolgreich dagegen gewehrt, ihr System aufzugeben und hatte ihre Angelegenheiten intern selbst geregelt, während sich die Staaten vom Feudalsystem mit Königen und Fürsten zu Demokratien gewandelt hatten, bei denen die jeweilige Bevölkerung unterschiedlich stark mitbestimmen konnte.

Noch hatte sich Cassandra nicht dazu geäussert, wann und wie sie eine Abstimmung durchführen oder ob sie sich von diesem Vorhaben abbringen lassen würden. Dies war wohl auch der Grund, weshalb sich die Auseinandersetzungen vorwiegend im Internet und anderen Medien abspielten und nicht auf der Strasse. Ax hatte alle Hände voll zu tun, die Reaktionen auszuwerten und Zehntausende neuer Kontakte zu kanalisieren. Glücklicherweise war Cassandra gut strukturiert und vorbereitet und es schien ihm, als ob eine solche Aktion von langer Hand geplant worden war. Erst viel später erfuhr er, dass das Unternehmen dies durchaus geplant hatte, aber auf die zündende Idee oder ein Ereignis gewartet hatte, bei dem es seine Kapazitäten erstmals testen konnte.

61

Frédéric Maître war ziemlich überrascht, als er die Gebäude- und Grundrisspläne des Quartiers rund um die Seniorenresidenz studierte. Der Garten grenzte an einen weiteren Garten eines Sozialheims sowie zwei Nachbargebäude. Für eine geheime Gartentür kamen drei Möglichkeiten infrage, wobei er nach der Beschreibung von Piet zwei ausschliessen konnte.

Weitaus schwieriger schien ihm, dass unter dem gegenüberliegenden Gebäude ein grosser Kanalisationsschacht lag, der womöglich einen direkten Zugang zum darüberliegenden Keller hatte. Auch liess es sich nicht ausschliessen, dass die dünnen Kellermauern Durchbrüche zu den Nachbarhäusern hatten. Wollte er das Gebäude stürmen lassen, müsste er diese Ausgänge vorgängig sperren.

Das Eindringen in ein Haus mit Sozialwohnungen barg politische Probleme, würden linke Medien sich doch sofort beschweren und eine Erklärung der Stadtregierung oder eine Aufhebung der Festnahmen verlangen. Deshalb informierte Maître vorgängig die französische Präsidentin über sein Vorhaben und seinen Verdacht, der eine derartige Aktion rechtfertigte.

Bereits seit ein paar Tagen stand das Viertel unter Beobachtung, zum Teil mit Personal, zum Teil mit bereits existierenden oder zusätzlich neu angebrachten Kameras. Auffällige Bewegungen waren dabei nicht zu verzeichnen. Was sie genau antreffen würden, wussten die Sicherheitskräfte nicht, erwarteten aber, dass sie neben Verbindungsleuten zum Terror auch Material sicherstellen könnten.

Der Einsatz begann in den frühen Morgenstunden, wie dies bei derartigen Manövern üblich war. Einerseits hatten die Sicherheitskräfte das Überraschungsmoment auf ihrer Seite, andererseits gab es in der Nacht am wenigsten Bewegungen, was den Einsatz besser planen liess.

Vorgängig waren die Dächer gesichert und die verschiedenen unterirdischen Zugänge blockiert worden. Ebenso sollten zwei Sicherheitsleute im Garten in der Seniorenresidenz postiert werden, sobald der Einsatz begann. Kritisch war in solchen Aktionen der Moment, in dem die Bewohner die Gefahr erkannten und Panik ausbrach, was ein sehr schnelles Handeln notwendig machte.

Die Polizei rückte zügig vor und überraschte fast alle Anwesenden im Schlaf. Die meisten Türen waren ohnehin nicht verschlossen, da sehr viele Leute in diesem Haus ein- und ausgingen. Auffällig war, dass sich praktisch nur Männer im Gebäude befanden. Sämtliche Bewohner wurden abgeführt und zur Klärung ihrer Personalien zum Polizeiposten gebracht.

Weit mehr Probleme bot das oberste Stockwerk mit einer schwer gesicherten Tür, die blitzartig aufgesprengt werden musste. Zwar waren die Bewohner wohl vom Lärm geweckt worden, doch hatte dies nicht gereicht, um zu ihren bereitstehenden Waffen zu greifen, weshalb zwei von ihnen die Polizisten mit einem Messer bedrohten. Sie wurden allerdings sofort entwaffnet und die Sicherheitskräfte durchquerten den ersten und zweiten Vorraum.

Im dritten Zimmer befanden sich drei Personen, die offenbar gearbeitet hatten. Im Raum standen auf zwei Tischen mehrere Bildschirme und es lagen Laptops, Handys und zahllose Kabel umher, wie in einem improvisierten Computerraum eines kleinen Unternehmens.

Einer der Männer ergriff beim Anblick der heranstürmenden Polizisten in Kampfmontur seinen Laptop und warf ihn gegen das Fenster, das zerbrach und den Computer in die Dunkelheit entschwinden liess. Der zweite leerte eine Flüssigkeit in seinen Computer, wohl in der Hoffnung, ihn damit unbrauchbar zu machen, während der dritte versuchte, irgendwelche Daten zu speichern oder zu löschen. Bevor ihm dies gelang, wurde er von einem Beamten auf den Boden geworfen und seine Hände mit Kabelbinder gefesselt.

Einer der drei Männer flüchtete via Küche auf den Balkon und wollte wohl über das Dach fliehen. Dann sah er die Polizei auf dem Nachbarhaus und musste einen anderen Weg finden. Er hangelte sich an der Aussenseite des Balkongeländers vorwärts. Plötzlich verlor er das Gleichgewicht und stürzte in die Tiefe. Die Verfolger hielten einen Moment inne, bevor sie realisierten, was geschehen war, bis ein weiterer Anwohner, der sich in der Küche aufgehalten hatte, laut zu schreien begann.

Nachdem alle Bewohner des obersten Stockwerks überwältigt und abgeführt worden waren, begannen neu eintreffende Beamte, die Laptops und das restliche Material zu sichten und zu sichern. Das Haus war inzwischen leer und Frédéric Maître war eigentlich mit dem Einsatz zufrieden, wäre da nicht die Tür zum Altersheim gewesen, die er bei seinen vorherigen Besuchen übersehen hatte. Irgendwie hatte er das Gefühl, dass in der Zwischenzeit belastendes Material weggebracht worden war und auch die Überprüfung der Anwohnerinnen und Anwohner nicht viel ergeben würde, da die wichtigen Leute den Ort vermutlich längst verlassen hatten.

Die grosse Aufgabe bestand nun darin, in mühsamer Kleinarbeit die Festplatten zu durchsuchen, übersetzen zu lassen und Spuren zu finden, die sie weiterbrachten. Er hatte sich selbst auch den Computerraum im dritten Stock angesehen, konnte aber nicht viel erkennen. Allerdings irritierte ihn, dass auf dem Bildschirm des dritten Verdächtigen, der offenbar noch Daten sichern wollte, Kunstwerke zu sehen waren. Zwar kannte sich Maître nicht speziell aus, erkannte aber einen Picasso und dachte sich, dass der Mann offenbar irgendein Bild aufgerufen hatte, um seine darunterliegenden Daten zu kaschieren.

62

Der Tenor der G7-Staaten mit Ausnahme Japans, das kaum betroffen war, war einhellig. Die Staatschefs waren geschockt von Cassandra. Noch nie hatte sich ein Social-Media-Unternehmen in staatliche oder religiöse Belange so eingemischt. Am heftigsten reagierten die französische Präsidentin und der italienische Ministerpräsident, deren Länder den grössten Anteil an Katholiken hatten, aber auch der deutsche Bundeskanzler, der englische und der kanadische Premierminister waren empört. Den amerikanischen Präsidenten traf diese Aktion in einem Moment, in dem das Parlament diskutierte, ob für Grosskonzerne im Social-Media-Bereich strengere Regeln eingeführt werden sollten.

Monsignore Montagnola wurde als kirchlicher Vertreter an das aktuell stattfindende G7-Treffen eingeladen, um das weitere Vorgehen zu besprechen. Auch der Vatikan konnte eine solche Abstimmung unter keinen Umständen dulden und wehrte sich mit aller Kraft.

Einstimmig sprachen sich die Staatschefs für eine Resolution aus, welche die Einmischung aufs Schärfste verurteilte. Weniger Einigkeit herrschte und eine gewisse Ratlosigkeit breitete sich aus, als es um konkrete Massnahmen ging. Den Konzern zerschlagen konnten sie nicht innert kurzer Zeit, da ihnen sonst Zensur und totalitäres Verhalten vorgeworfen werden konnte. Eigentlich hatte Cassandra nichts Illegales gemacht, da eine solche Abstimmung keinerlei bindende Kraft hatte und das Ganze ohnehin als Umfrage deklariert wurde.

Trotzdem blieb die Furcht, dass dieses Vorbild Schule machen könnte und irgendwelche Nutzerinnen und Nutzer dereinst im Internet den Gang der Geschichte mit ihren Abstimmungen beeinflussen und den Regierungen gefährlich werden könnten.

Der Kardinal hatte einen anderen Vorschlag. Natürlich war er auch von den Ereignissen überrascht worden und musste eine aktive Rolle übernehmen, da der Papst von seiner Operation noch immer etwas geschwächt war. Doch innerlich war er gar nicht so abgeneigt über die Entwicklung, da sie auch Chancen bot.

So stärkte die Diskussion die Rolle der Kirche unabhängig davon, wie die Abstimmung herauskäme. Zudem interpretierte er die Frage solchermassen, dass es nur darum ging, ob der Papst seine Befugnisse ausbauen könnte oder nicht. Er war überzeugt, dass sich diese Lesart der Abstimmung durchsetzen liesse, vor allem auch mit den Staatschefs in seinem Rücken. Eigentlich sollte der Vatikan dieses Votum unterstützen und in seinem Sinn nutzen.

Den Staatschefs erschien diese Strategie als zu riskant und sie wunderten sich über die Experimentierfreudigkeit der katholischen Kirche in einem solch heiklen Moment. Sie verständigten sich darauf, in einer gemeinsamen Medienmitteilung das Voting als absurd zu taxieren und ihm so möglichst wenig Gewicht zu verleihen. Darüber hinaus sei es jedem Land selbst überlassen, mehr zu tun. Dass ihre Strategie nicht aufgehen konnte, wurde ihnen erst später bewusst.

Nicht sonderlich überrascht kehrte Montagnola nach Rom zurück. Er hatte immerhin erreicht, dass sich die Staatschefs hinter die Kirche stellen würden, was ihm vorerst reichte. Denn im Grunde genommen war er sich sicher, dass sich diese Abstimmung gewinnen liesse. Natürlich konnten sie Geld einsetzen, was aber enorme Summen erforderte, ohne zu garantieren, dass sich das Investment lohnen würde.

Montagnola ging zweispurig vor. Vordergründig zeigte er sich schockiert und verbat sich klar jede Einmischung in innerkirchliche Abläufe. Die katholische Kirche betonte denn auch überall, dass der Papst nur durch die göttliche Eingebung der Kardinäle gekürt werden konnte. Daher sei jede Abstimmung nutzlos, blasphemisch und eine Beleidigung der westlichen Kultur und Geschichte.

Gleichzeitig mobilisierte er aber über die Diözesen, Priester und sogar Laien möglichst viele Gläubige, sich für den Papst einzusetzen. Sein Kalkül war dabei sehr einfach. Sollte die Abstimmung positiv enden, war dies eine Bestätigung für die Rolle der Kirche, mehr Macht an sich zu binden und die anderen christlichen Religionen unter ihre Fittiche zu nehmen. Im anderen Fall konnte er auf die offizielle Lesart zurückgreifen, die der Abstimmung jede Legitimität absprach und somit für niemanden bindend war. Auf diese Weise fühlte er sich gewappnet für alles, was kommen mochte.

Dass der italienische Ministerpräsident kurz nach dem G7-Gipfel Cassandra und seine Abstimmung öffentlich kritisierte und an den Pranger stellte, überraschte den Kardinal nicht, in Italien standen wie so oft Wahlen bevor. Diese Aktion beflügelte Unruhen in Genua und Bologna, bei denen es zu grossen Protestaktionen für die Kirche kam, die von Autonomen und anderen Aktivistinnen und Aktivisten jeweils angegriffen wurden.

Der Funke sprang rasch nach Polen über, wo der Ministerpräsident im Geschehen eine gute Gelegenheit sah, seine konservativen Wähler hinter sich zu scharen. Wie damals unter dem kommunistischen Regime versammelten sich Tausende, um für die Kirche zu protestieren. Der Marsch durch die Warschauer Innenstadt verlief friedlich, was auch auf die immense Polizeipräsenz zurückzuführen war.

Fast gleichzeitig begannen Solidaritätsdemonstrationen in den Städten, in denen Anschläge stattgefunden hatten wie Mailand, Dresden oder Paris, denn längst waren Informationen durchgesickert über das Attentat, das während des Papstbesuchs in Barcelona hätte durchgeführt werden sollen. In Melk fand keine Demonstration statt, da der Ort viel zu klein war und das Geschehen verlegte sich in die österreichische Hauptstadt Wien.

Provoziert durch die Kundgebungen mischten sich links- und rechtsautonome Gruppen ein und nutzten diese, um zu randalieren. Zahlreiche Geschäfte an den Champs-Élysées wurden geplündert. Die Polizei verbot weitere Demonstrationen und sperrte an den folgenden Tagen das Quartier grossräumig ab. Nicht besser erging es den Innenstädten von Köln und Barcelona, die einen solchen Gewaltausbruch seit Langem nicht mehr gesehen hatten. Auch dort musste die Polizei eingesetzt werden, um die verschiedenen Kundgebungen zu trennen und die Geschäfte zu schützen.

Längst führten die Kundgebungen ein Eigenleben und deren Hintergründe waren nicht mehr allen Teilnehmern ersichtlich. Während sich einige für oder gegen den Papst engagierten, nutzte andere den Moment, um auf eigene Probleme aufmerksam zu machen. So erstaunte es nicht, dass oft auch Fahnen von Gewerkschaften, Umweltaktivisten, Tierfreunden, Esoterikern oder anderen Gruppen mitgeführt wurden.

Die Medien und die Politik in den einzelnen Ländern waren über die Heftigkeit dieser Demonstrationen überrascht. Unentwegt riefen die unterschiedlichsten Gruppen unter dem Hashtag #VoteForPope zu Aktionen auf, sammelten Menschen der verschiedensten christlichen Glaubensrichtungen und dies mit einer Geschwindigkeit, als ob alles organisiert worden wäre. Der Einzige, der dies hätte beurteilen können, war Monsignore Montagnola, aber er wurde nicht gefragt und hätte ohnehin nicht geantwortet.

Er hatte für sich auch nicht entschieden, ob Cassandra eigentlich ein Fluch oder letztlich ein Segen war, beschleunigte doch das Unternehmen sein Vorhaben, die Religion zu stärken und die Welt wieder konservativer zu machen. Nun musste nur noch die Ernte eingefahren werden.

63

Die beiden Journalisten waren unterschiedlicher Meinung, als sie ihr Zusammentreffen mit dem Kardinal bewerteten. Während Piet als positiv herausstrich, dass er so rasch zu einem Treffen bereit war, vermisste Mireille seine Zusage für eine Unterstützung. Mehr als ein paar wenn auch wertvolle Tipps hatten sie nicht bekommen und ihr schien, sie wären nicht vorangekommen.

Piet hingegen verstand, dass alles hieb- und stichfest sein musste, da sich der Vatikan sicherlich keinen Flop erlauben konnte, ging er doch davon aus, dass die Informationen, über die sie verfügten, das Zeug für einen Skandal hatten. Dass sie den Laptop von Mike Evans besassen, war ein riesiger Vorteil, so könnten sich andere Journalistinnen und Journalisten nicht auf diese Quelle berufen und hätten wesentlich mehr Mühe, Fakten zusammenzutragen. Deshalb blieb ihnen etwas Zeit, den Dingen nachzugehen.

Nachdem sie vom Treffen mit Montagnola zurückgekehrt waren, machten sie sich abwechslungsweise daran, den Laptop weiter auszuwerten. Immer mehr spannende Dokumente tauchten auf, Dutzende Bilder wurden offenbar über Kardinal Russo und später über den Bischof von Alba gehandelt, aber nirgendwo tauchten irgendwelche Erlöse für die Kirche auf.

Offensichtlich hatten sie ein gut geöltes Räderwerk entdeckt, das dazu diente, Geld zu beschaffen, das über irgendwelche Wege dazu genutzt wurde, verdeckte Aktionen zu finanzieren. Interessant war die Tatsache, dass der Name von Kardinal Benoît Lemaire mehrfach erwähnt wurde, obwohl dieser doch nur für die vatikanischen Archive zuständig war. Sie beschlossen daher, ihr Augenmerk vermehrt auch auf ihn zu richten.

An zahlreichen Stellen tauchte die Adresse eines Zollfreilagers in Genf auf, das offenbar riesige Kunstschätze beherbergte, zu dem der Zutritt aber praktisch unmöglich war. Es gehörte vielmehr zum Wesen eines Zollfreilagers, dass es kaum kontrolliert wurde, da es ursprünglich dazu konzipiert war, Waren wie Kunstwerke vorübergehend aufzunehmen, bevor diese an einen neuen Besitzer ausgeliefert wurden. Erst dann wurden die Werke in ein Land eingeführt und unterstanden erst ab jenem Moment den lokalen Behörden.

Es hatte sich aber in den vergangenen Jahren eingebürgert, dass zahlreiche Kunstwerke nach einer Auktion wieder in dasselbe Freilager zurückgeschickt wurden, aus dem sie entnommen worden waren, nur der Besitzer hatte in der Zwischenzeit gewechselt. Somit war es unmöglich, sich einen Überblick zu verschaffen, wo welche Werke nun lagerten und wer der aktuelle Besitzer war.

Diesen Umstand machte sich der Bischof von Alba zunutze und konnte somit Kunstwerke in den Kunstmarkt schleusen, deren Verbleib seit Jahrzehnten unbekannt war. Vermutlich konnten die Werke als Diplomatenpost unbehelligt reisen, ohne dass jemand sie kontrollieren konnte.

Mike Evans hatte nicht nur davon gewusst, sondern er hatte sich aktiv an diesem Handel beteiligt, wenn er nicht sogar einer der Köpfe dieser Aktionen gewesen war. Weshalb dies aber plötzlich nicht mehr ging und jemand ihn beseitigen wollte, war unklar. Es fanden sich keine Unregelmässigkeiten oder Auffälligkeiten in seinen Dateien, die darauf hingewiesen hätten, dass er Angst gehabt hatte oder dass ihm jemand gedroht hätte. Es sei denn, einer der ursprünglichen Besitzer hätte sich gemeldet und eine Aufklärung verlangt, was mit seiner Sammlung geschehen war.

Im Lauf des Abends beschlossen Piet und Mireille, sich auf Spuren zu konzentrieren, wohin das Geld geflossen war, was sich als schwierig gestaltete. Zwar tauchte der Name von Benoît Lemaire mehrfach auf, doch ergab das Ganze keinen Sinn. Dass keine Anzeichen oder Spuren für die grossen Überweisungen zu finden waren, deutete darauf hin, dass das Geld womöglich bar geflossen war. Eventuell fanden die Transaktionen an Messen oder Ausstellungen statt oder das Geld und die Werke wurden gar nicht getrennt und die Geldflüsse und Zahlungen wurden direkt in den Zollfreilagern getätigt. Wer aber davon profitierte und letztlich die Einnahmen bekam, erschloss sich aus den Daten von Mike Evans Computer nicht.

Vielleicht wollte Evans Licht in diese Geschichte bringen und hatte sich deswegen mit Piet und Mireille treffen wollen, überlegten sie sich. Weshalb hätte er ihnen sonst seinen Laptop anvertraut? Je länger, desto mehr kamen sie zur Überzeugung, dass dem Gerät noch mehr Informationen zu entlocken waren und Dinge, die sie bisher nicht bedacht hatten. So begannen sie, in den persönlichen und privaten Files zu suchen, da die geschäftlichen Unterlagen keine weiteren Details hergaben. Die anfängliche Freude, mit den Daten etwas Spektakuläres gefunden zu haben, machte immer mehr Ernüchterung Platz und dem Gefühl, nicht zu wissen, welche Spur sie verfolgten.

In der Zwischenzeit war es tiefste Nacht geworden und ihre Konzentration liess langsam nach. Aber immer, wenn sie eine Pause einlegen und schlafen gehen wollten, entdeckte einer von ihnen doch noch etwas Neues auf dem Laptop und sie hängten nochmals eine halbe Stunde an ihre Arbeit.

Kurz nach drei Uhr waren die beiden dermassen erschöpft, dass sie beschlossen, ins Bett zu gehen und am folgenden Morgen weiterzumachen. Damit verpassten sie den Moment, als der Laptop urplötzlich wie von Geisterhand aktiv zu werden begann. Von aussen gesteuert wurden nacheinander die verschiedenen Laufwerke und ihre Folder sowie die einzelnen Dateien gelöscht, bis nur noch das Betriebssystem übrig blieb. Die Löschung erfolgte systematisch, um sicherzustellen, dass die Daten nicht rekonstruiert werden konnten. Die beiden würden am Morgen nicht nur einen leeren Laptop vorfinden, sondern konnten keinerlei Spuren entdecken, wer die Löschung durchgeführt hatte und woher er stammte. Sie ahnten nicht, dass sich der Hacker ebenfalls in Paris befand.

Mireille war fassungslos und weinte vor Wut, als sie noch vor dem Frühstück entdeckte, dass alle Daten vom Laptop verschwunden waren. Sie konnte sich nicht vorstellen, wie dies geschehen war. Einen Einbruch konnte sie ausschliessen. Sie war immer davon ausgegangen, dass der Zugriff zu einem Computer nur möglich war, wenn dieser an ein Netz oder ein WLAN angeschlossen wurde, wurde nun aber eines Besseren belehrt.

Sofort weckte sie Piet, der nicht weniger schockiert war. Ihre einzige einigermassen sichere Spur hatten sie verloren und standen vor dem Nichts. Er ärgerte sich, dass sie die Dokumente nicht ausgedruckt hatten, sondern zuerst eine Bestandsaufnahme machen wollten.

Das Einzige, was übrig blieb, war die Telefonliste, die sie vor dem Treffen mit Monsignore Montagnola fotografiert hatten. Da er keine bessere Idee hatte, beschloss er, die ersten paar Nummern durchzutelefonieren. Die ersten zwei waren nicht mehr in Betrieb und bei der dritten kam ein automatischer Beantworter ohne persönlichen Begrüssungstext.

Bei der nächsten Nummer hatte er mehr Glück und eine Rezeptionistin meldete sich mit: «Hotel Aurore, guten Morgen. Was kann ich für Sie tun?» Der Name des Hotels in Marseille sagte ihm nichts und die Dame am anderen Ende hatte noch nie etwas von einem Mike Evans gehört. Danach legte er eine Pause ein, denn er musste in die Küche eilen, in der Mireille schrie. Allerdings war die Sache weniger dramatisch, als er befürchtet hatte, ihr war nur der Porzellanteekrug auf den Boden gefallen und in tausend Scherben zersprungen. Dabei hatte sie sich die Finger verbrannt. Sie war noch derart emotional aufgeladen und unkonzentriert, dass er die Zubereitung des Frühstücks übernahm.

Beim Essen starrten beide ins Leere und hingen ihren Gedanken nach. Irgendwann begann sie zu sprechen. «Ich hatte dir noch gesagt, wir sollten gestern eine externe Festplatte kaufen, um alles zu sichern, aber du wolltest sofort nach dem Treffen nach Hause gehen. Zum Glück haben wir wenigstens alles aus der Dropbox kopiert und zu uns transferiert und damit einen Bruchteil der Unterlagen gerettet. Sogar der Kardinal hatte uns gesagt, wir sollten eine Festplatte ...» Mitten im Satz brach sie ab und starrte Piet lange an. Zuerst war sie gar nicht ansprechbar und erst mit der Zeit reagierte sie auf ihn.

Dann sagte sie mit Angst in der Stimme: «Der Kardinal hatte aber auch davon gesprochen, wir sollten uns in den nächsten Tagen in Acht nehmen, nicht dass nochmals ein Anschlag auf uns verübt würde. Das konnte er aber gar nicht wissen, da niemand bei der Explosion je von einem Anschlag gesprochen hatte. Die Einzigen, die davon wussten, waren sie beide und die Polizei. Und natürlich diejenigen, die den Anschlag durchgeführt oder geplant hatten, und jene, die sonst involviert waren.» Piet erschauderte: «Das bedeutet, dass der Kardinal uns vermutlich nicht gewarnt, sondern vielmehr gedroht hatte. Und mit den fehlenden Unterlagen wurde uns die Möglichkeit genommen, alles zu beweisen. Was sollen wir nun tun?»

64

Bisher hatte sich die Diskussion, ob der Papst zum Oberhaupt aller Christen werden sollte, auf Europa konzentriert, da alle Terroranschläge dort verübt worden waren, die letztlich Auslöser der ganzen Bewegung waren. In den USA wurde das Ganze etwas durch die Medien hochgehalten, hatte aber ausserhalb davon wenig Wellen geschlagen.

Dabei geriet fast in Vergessenheit, dass fast die Hälfte der rund 1,3 Milliarden Katholiken auf der Welt auf dem amerikanischen Kontinent und davon zwei Drittel in Lateinamerika lebten. Diese Klientel war häufig konservativer als die Europäer und Politik und Kirche wirkten oft Hand in Hand. Die Grundwerte der Kirche waren weniger umstritten und der Katholizismus derart beherrschend, dass andere Religionen kaum existierten oder in der öffentlichen Wahrnehmung fehlten. Deshalb blieben Auseinandersetzungen wie in Europa zum grossen Teil aus.

Cassandra hatte trotzdem sein Augenmerk auch auf diese Regionen gerichtet. Grundsätzlich war dem Konzern die politische Ausrichtung eines Landes egal. Er sammelte mit seinen Umfragen Daten, die er weiterverwenden konnte. Deshalb hatte er früh begonnen, seine Aktivitäten in Spanisch und Portugiesisch aufzubauen.

Selbstverständlich wusste Cassandra, dass der Papst es in diesem Erdteil einfacher hatte, wobei es zu bedenken galt, ob sich auch genügend Leute mobilisieren liessen. Seit Jahren veranstaltete die Kirche in lateinamerikanischen Ländern bereits Onlinebefragungen zur Zufriedenheit ihrer Gläubigen.

Auch wollte Cassandra kaum Einfluss auf das Abstimmungsresultat nehmen, da die Aussicht genügte, möglichst viele Leute an die Firma zu binden und deren Persönlichkeiten zu erfassen. Natürlich war es verlockend, über dieses Medium die Politik zu steuern oder zu beeinflussen, jedoch gab sich Cassandra hier pragmatisch. Je nach Kundschaft würden sie in Zukunft ihre Daten aufbereiten und verkaufen und damit ihr Geschäft machen. Dass dies auch von ihren Besitzern und Aktionären abhing, verschwieg der Konzern geflissentlich. Deren Herkunft machte allerdings deutlich, dass eine konservative Grundeinstellung zugrunde lag.

Monsignore Montagnola hatte seine südamerikanischen Schäfchen bereits seit dem Moment im Blickfeld, als Cassandra die Idee einer Abstimmung über den Papst lancierte. Er wusste nur allzu gut, dass er mit der geballten Macht von mehr als vierhundert Millionen Katholiken eine Abstimmung wesentlich beeinflussen konnte. Das Problem bestand nur darin, dass ein Grossteil dieser Gläubigen kaum Zugang zu neuen Medien hatte oder ihr Wissen sich darauf beschränkte, auf ihren Mobiltelefonen Videos oder Chats mit Freunden zu konsumieren. Er verstärkte daher umgehend die Kommunikation, sodass alle Priester und Gemeinden von der Bedeutung dieser Abstimmung berichteten, um möglichst viele Teilnehmer zu generieren.

Die Rückmeldungen aus Südamerika desillusionierten ihn allerdings, schien das Interesse an dieser Diskussion doch eher gering. Die meisten verstanden ohnehin nicht, weshalb ein Papst, der seit Jahrhunderten nur vom Konklave gewählt wurde, nun plötzlich wählbar sei. Dies aber wollte Montagnola um jeden Preis verhindern, doch merkte er, dass die einfachen Leute die Frage nicht richtig verstanden und die Unterscheidung, dass es nicht um die Wahl des Papsts ging, sondern um die Ausdehnung seiner Befugnisse auf Nichtkatholiken, kaum vermittelbar war. Seine

Befürchtung war ohnehin, dass dies auch in Europa zu Konfusionen führen würde.

Ebenso war die Unterscheidung, dass es in Europa Christen gab, die aber mit dem Papst nichts zu tun hatten, in Südamerika nicht geläufig und konnte nicht erklärt werden. Dass die Abstimmung nicht über eine Plattform der Kirche lief, zu der die Bevölkerung wohl Vertrauen hätte, erschwerte seine Bemühungen zusätzlich.

Nicht viel besser sah es in Afrika und Asien aus. Zwar besass die katholische Kirche auf den Philippinen über neunzig Millionen Mitglieder, die sich allerdings kaum darum kümmerten, was in Europa lief. Irgendwann realisierte der Kardinal, dass es mit seiner Unterstützung auf diesen Kontinenten nicht weit her war und er sich lieber auf Europa und zum Teil auf die USA fokussieren sollte.

Die Nordamerikaner bereiteten ihm nicht weniger Kopfzerbrechen, da sie zwar Umfragen gewohnt waren, aber die Meinungsbildung oft schwankte und im letzten Moment kippen konnte. Über ein Drittel der US-Amerikanerinnen und -Amerikaner bezeichneten sich als Wechselwähler, die sich spontan für oder gegen eine Sache einsetzten. Hinzu kamen anders gewachsene Strukturen und Montagnola war sich nicht sicher, ob die Amerikaner einer Wahl des Papsts grundsätzlich zu- oder abgeneigt waren. Eine solche Diskussion musste unter allen Umständen verhindert werden, war die aktuelle Lage doch schlimm genug und der Kardinal überlegte seit Tagen, wie der Vatikan nach der ganzen Geschichte seine Autorität wieder zurückgewinnen könnte.

Zu allem Unglück hatte er das Abstimmungsdatum auch nicht im Griff. Cassandra kündigte immer wieder Fristen an, ohne aber ein konkretes Datum festzulegen. Vielmehr forderten sie die Nutzerinnen und Nutzer weltweit auf, sich auf ihrer Plattform zu registrieren, um an der Abstimmung teilzunehmen, was Millionen von Menschen auf der ganzen Welt taten.

Einzelne Regierungen versuchten nach wie vor, das ganze Prozedere zu verbieten und zu unterbinden, konnten aber gegen einen international aufgestellten Konzern wenig ausrichten, vor allem auch deshalb, da sie über das Vorgehen uneinig waren.

Derweil gab es ständig Demonstrationen und Kundgebungen für oder gegen das Votum in zahlreichen europäischen Metropolen. Die Polizei mit ihren Spezialkräften sowie die Nachrichtendienste wünschten sich mittlerweile, dass die Abstimmung endlich stattfinden möge. Ihre Leute standen im Dauereinsatz, Innenstädte glichen Schlachtfeldern und das lokale Gewerbe klagte immer lauter, dass die Wirtschaft unter den fehlenden Kunden und Einkaufstouristen litt.

Cassandra registrierte alle diese Ereignisse mit grosser Sorgfalt und half mit, Reaktionen anzuheizen, zu glätten und damit die Unruhen zu steuern. Irgendwann stellte das Unternehmen fest, dass sich der Strom an Neuanmeldungen auf ihre Plattform verlangsamte und der Markt wohl gesättigt war.

In diesem Moment legte es los und lancierte die Abstimmung mit der einfachen Frage: «Soll der Papst das Oberhaupt aller Christen sein und sie anführen?» und gab einen Zeitraum von zwei Tagen vor, an denen sich alle beteiligen konnten.

65

Der Mann aus Marseille war ausser sich vor Wut. Die gesamte Terrorkampagne schien ein grosser Misserfolg zu werden. Zwar war er bei der ursprünglichen Planung noch nicht dabei gewesen und die erste Phase in Paris hatte er verpasst, weshalb er nicht dafür verantwortlich gemacht werden konnte. Aber spätestens seit er in Marseille angekommen war, war dies anders und der Erfolg hing zum grossen Teil von ihm ab.

Zu seinem Ärger fehlten ihm nicht nur Leute, sondern von einem Teil seiner Attentäter wusste er nicht, ob sie getötet oder gefangen genommen worden waren oder ob sie sich sonst wie aus dem Staub gemacht hatten. Und dies war in einer Branche, die von blindem Gehorsam und Vertrauen lebte, verheerend.

Die Anschläge in Canterbury und in der Türkei waren vollkommen aus dem Ruder gelaufen und vom Attentäter aus Cassis fehlte jede Spur. Leider kannte er nicht einmal dessen Ziel, da dies vor seiner Zeit geplant worden war und der Scheich ihm bei seinem einzigen Treffen keinerlei Antworten auf seine Fragen gegeben hatte. Überhaupt ärgerte ihn, dass ihm seine Vorgesetzten nicht mehr zugetraut hatten, wäre doch manches anders gelaufen, wenn man ihn nur gelassen hätte.

Danach kam das geplante Attentat in Barcelona, das wegen des Spitalaufenthalts des Papsts abgesagt werden musste. Er wunderte sich, dass ihnen die Polizei und die Geheimdienste so nahe auf den Fersen waren, dass ein Teil der Attentäter verhaftet worden war, als sie in ihren sicheren Wohnungen auf neue Instruktionen gewartet hatten.

Eigentlich konnte niemand von den Wohnungen wissen, so war er sich sicher, bis ihm sein junger Agent aus Marseille wieder in den Sinn kam, den er einst in verschiedene Städte losgeschickt hatte, um Wohnungen auszukundschaften. Vermutlich hatte dieser im Verhör sein spärliches Wissen preisgegeben.

Dass die Seniorenresidenz und das angrenzende Obdachlosenheim schon zum zweiten Mal im Visier der Polizei stand und durchsucht worden war, musste wohl auch auf diesen Jungen, den sie François nannten, zurückzuführen sein. Immerhin hatten sie das meiste dort entfernt, nachdem das Seniorenzentrum durchsucht worden war, und lediglich ein paar Computerfreaks und Hacker dort gelassen mit Material, das im Ernstfall rasch vernichtet werden konnte.

Hauptgrund für seine Wut waren aber nicht all diese Fehler und Versagen, sondern der Umstand, wie wenig sie mit ihren Aktionen bewirkt hatten. Aktuell war die Bevölkerung in ganz Europa dermassen aufgeheizt und die Stimmung derart geladen, dass ein neues Attentat wohl beinahe untergegangen wäre.

Diese aus seiner Sicht unsinnige Abstimmung über den Papst dominierte alles. Kaum Zeitungsartikel, Nachrichten im Fernsehen, im Radio oder online waren zu finden, die nicht mindestens einen Bezug dazu machten. Ständig gab es Demonstrationen, bei denen Molotowcocktails flogen. Es wurden ganze Stadtteile abgeriegelt, der Verkehr umgeleitet und Touristenattraktionen waren geschlossen. Nichts war übrig geblieben von der Angst, die sie gesät hatten, kein Hinweis auf eine Bedrohung durch Terroristen war in den Medien zu finden. Die gesamte Dramaturgie war durch dieses neue Thema weggefegt worden.

An ein schönes, gut geplantes Attentat, das Angst und Schrecken verbreitete, war unter diesen Umständen kaum zu denken. Ihr ganzer Aufbau, die Auswahl der Städte und

Orte, der zeitliche Ablauf, um bei einer vermeintlichen Ruhephase erst recht zuzuschlagen, waren obsolet. Zudem waren die Polizeikontrollen verstärkt worden und es machte keine Freude mehr, Attentäter zu sein.

Der Mann aus Marseille war ohnehin nur in die Planung einbezogen worden und kannte die Hintergründe und die Idee hinter ihren Anschlägen nicht. Seinen Untergebenen gegenüber musste er das Vorgehen verteidigen und gegen oben war alles versperrt und er konnte nicht einmal direkt mit dem Scheich in Verbindung treten. Vielmehr musste er hoffen, dass sein Vorgesetzter sein Anliegen überhaupt vorbrachte und er vielleicht einmal Gelegenheit erhielt, seine Meinung kundzutun.

Es nervte ihn, dass er kein Konzept erkennen konnte und weder wusste, wer alles anordnete, noch weshalb. Wenigstens hätten er und seine Leute in der Nähe für zusätzliche Unruhe in den Metropolen sorgen können, wenn seine Organisation dies gewollt hätte. Dabei bestand die Gefahr, dass sie durch ihre Immobilität besser aufgespürt und selbst zum Ziel werden konnten, ohne dass die Möglichkeit zur Gegenwehr bestanden hätte.

Mit diesen düsteren Gedanken befasst, erhielt er nun noch die Mitteilung, dass die Computerabteilung in Paris aufgeflogen war. Einer der Männer war offenbar tot, von den anderen wusste er noch nicht, was mit ihnen geschehen war. Er hoffte inständig, dass sie wenigstens die sensiblen Daten auf ihren Laptops vorgängig löschen oder die Geräte unbrauchbar machen konnten, wie sie es auch immer wieder geübt hatten. Solange dies nicht klar war, hatte der Mann aus Marseille einige zusätzliche Sorgen.

Erschwerend kam auch hier hinzu, dass er nicht genau wusste, wofür diese Leute in Paris zuständig waren. Er musste nur ihre Anreise nach Paris sicherstellen, nachdem sie über Südfrankreich eingesickert waren, ohne irgendwelche Grenzkontrollen zu passieren. Offenbar wurde von seinen Vorgesetzten viel Wert auf diese Gruppe gesetzt und sie mussten eine wichtige Aufgabe erledigen.

66

Bereits vor dem Beginn der Abstimmung über den Papst hatten die von den Unruhen meistbetroffenen europäischen Staaten und die USA beschlossen, dass sich ihre Innen- oder Sicherheitsminister treffen, wenn das Prozedere starten würde. Diese sollten die Reaktionen koordinieren und vor allem gemeinsam dafür sorgen, dass sich die Lage in den verschiedenen Städten und Ländern möglichst rasch wieder beruhigte. Dazu sollten sie vorgängig die Haltung ihrer jeweiligen Regierungen abholen.

Die Sitzung fand in Frankfurt statt und wurde nicht angekündigt, da keine Medienpräsenz erwünscht war und ohnehin keinerlei Resultate veröffentlicht werden sollten. Monsignore Montagnola war als Vertreter des Vatikans auch eingeladen, obwohl er von den Kundgebungen und Unruhen nicht betroffen war, sofern die zahllosen Gläubigen, die in den vergangenen Wochen in den Vatikan geströmt waren, um den Papst zu unterstützen, nicht zu den Demonstrierenden gezählt wurden.

Sämtliche betroffenen Staaten hatten bereits zu Beginn der Kampagne, als Cassandra die Wahl ins Spiel gebracht hatte, einhellig mitgeteilt, dass ein solches Votum niemals bindend sein könne und mit rechtsstaatlichen Prinzipien unvereinbar sei. An ihrem letzten Treffen waren die Regierungschefs sogar noch davon ausgegangen, dass diese Abstimmung keine derart prominente Stellung erhalten würde und hatten gehofft, dass sie sich von selbst erledigte.

Damit lagen sie gleich falsch wie mit der Einschätzung, dass es nicht um die Wahl des Papsts ging, sondern lediglich darum, ob er im Kampf gegen den Terrorismus als

Sprachrohr aller Christinnen und Christen sprechen dürfe. Konsterniert mussten sie aber feststellen, dass solche Präzisierungen bei der breiten Bevölkerung kaum vermittelbar waren und die Abstimmung längst zum Plebiszit über den Papst geworden war. Trotzdem wollten sie, wie auch immer die Abstimmung enden würde in keiner Weise darauf reagieren oder zu irgendeiner Handlung gezwungen sein.

Natürlich gab es in Osteuropa und Lateinamerika durchaus Länder und Regierungsparteien, denen die Stärkung der Kirche willkommen wäre. Doch dominierten Westeuropa und die USA die Diskussion und in erster Linie ging es darum, die Unruhen einzudämmen.

Die meisten Staaten gingen davon aus, dass sich eine Mehrheit für den Papst aussprach. Einerseits war die katholische Kirche gut organisiert und konnte ihre Gläubigen sicherlich mobilisieren. Auf der anderen Seite ging es vor allem darum, sich gemeinsam dem Terrorismus entgegenzustellen, was mit einer Autoritätsperson sicherlich besser gelang als mit Einzelaktionen. Skeptisch war einzig Grossbritannien, das von einem grundsätzlichen Misstrauen der Bevölkerung allen übergeordneten Autoritäten gegenüber ausging.

Beschlossen wurde, politisch nicht zu reagieren, ganz egal, wie die Abstimmung enden würde. Andernfalls wäre dies einer Anerkennung eines Votums gleichgekommen, das es gar nicht geben durfte. Einer der Gründe für diesen Entscheid war, dass alle Staaten befürchteten, dass diese Art von Befragungen einreissen und am Ende jemand auf die Idee kommen könnte, eine missliebige Regierung auf dieselbe Art abzuwählen. Damit wäre der Willkür Tür und Tor geöffnet.

Montagnola sprach: «Auch für den Vatikan ist klar, dass er nicht auf die Abstimmung von Cassandra reagiert. Vielmehr wird der Papst am Sonntag nach dem Votum wie üblich seine Messe zelebrieren. Interviews mit dem Papst gibt es ohnehin nie, was die Sache vereinfacht. Der Papst wird nur als Mann des Friedens sprechen und nicht auf die aktuelle Situation und die Unruhen eingehen. Ein Vorteil der Kirche ist auch, dass sie über zweitausend Jahre alt ist und nicht sofort auf alles eingehen muss, sondern langfristig denkt und agiert.» Er hatte dies entsprechend mit dem Papst vorbesprochen, damit sich alle Seiten darauf vorbereiten konnten.

«Selbstverständlich», fuhr er fort, «wird die Kirche nicht beanspruchen, von nun an für alle Christen zu sprechen, sondern das Thema gar nicht erwähnen. Auf diese Weise wird weiteren Diskussionen der Boden entzogen.» Er liess dabei unerwähnt, dass er den Papst ohnehin als Oberhaupt der Christen betrachtete, ganz egal, ob es einige Abtrünnige gab, wie er für sich die Protestanten, Christkatholiken, Anglikaner und Griechisch-Orthodoxen verstand.

Die Minister und ihre Regierungen gingen mehrheitlich davon aus, dass die Unruhen abebbten, wenn die Abstimmung einmal durch war. Sollte sie für den Papst negativ ausgehen, würde dies nur bedeuten, dass seine Anerkennung durch andere christliche Religionen ausblieb, wie dies bereits jetzt der Fall war und für einen Status quo bräuchte es kaum weitere Unterstützung.

Etwas anders sah es aus, wenn die Abstimmung positiv endete. Wohl gäbe es dann vor allem in katholisch dominierten Staaten Forderungen, dass die Kirche eine stärkere Rolle spielen und die anderen Religionen ihre Ansprüche verlieren sollten. Die Runde war deshalb über das klare Statement von Montagnola froh, dass sie den Vatikan auf ihrer Seite hatte und gemeinsam vorgehen konnte.

Alle setzten daher nur auf Polizeipräsenz oder Repression und beschlossen, sich nicht einzumischen, wenn politische Forderungen durch Demonstrierende gestellt würden. Entsprechende Vorstösse in nationalen Parlamenten oder in der EU sollten möglichst unterbunden oder wenigstens verzögert behandelt werden, was den Behörden Zeit liess, die Situation zu beruhigen.

Hilfreich wäre, wenn sie gleichzeitig einen Erfolg bei der Terrorbekämpfung vorweisen könnten, um die Diskussion wieder in eine andere Bahn zu lenken. Entgegen kam ihnen dabei, dass sie bei den Anschlagsversuchen in Canterbury und Madrid sowie bei der Razzia in Paris verschiedene Verhaftungen hatten vornehmen können. Mittlerweile gingen die Spezialeinheiten davon aus, dass sie alles erfahren und ausgewertet hatten, was jene Täter wussten und somit keine Notwendigkeit mehr bestand, dies geheim zu halten. Zudem hätte das Terrornetzwerk in der Zwischenzeit sein Dispositiv geändert, da die Verbliebenen davon ausgehen mussten, dass Informationen durchgesickert waren. In Paris hatten sie dies sicherlich bemerkt, ohne einen Tipp wäre die Zentrale kaum aufgespürt worden.

Die Minister beschlossen, ihre Fahndungserfolge gemeinsam publik zu machen und die Öffentlichkeit darüber zu informieren, wobei sie zuerst festlegen wollten, wie viel Information preisgegeben werden sollte. Ebenso sollte der Zeitpunkt erst später bestimmt werden.

67

A x war noch nie in seinem Leben derart gefordert
worden wie in den letzten Wochen, in denen er für
Cassandra arbeitete. Nie hätte er sich träumen lassen, mit
einer Aktion so stark im Rampenlicht zu stehen, wie dies
nun der Fall war, wobei Rampenlicht eigentlich nicht der
richtige Ausdruck war.

Das Unternehmen hatte zwar seine Mitarbeiterinnen
und Mitarbeiter frühzeitig gewarnt, war aber auch nicht
vollkommen darauf vorbereitet gewesen, was danach pas-
sierte. Vor allem die Wut und die Unruhen, die in zahlreichen Städten ausgebrochen waren, machten Cassandra zu
schaffen. Ihre Sitze in London und in Rom wurden angegriffen, die Eingänge verschmiert und einmal wurde sogar ein
Molotowcocktail gegen das Gebäude geworfen. Das Personal musste evakuiert werden und von zu Hause aus arbeiten
in der Hoffnung, dass sie privat in Ruhe gelassen würden.

Glücklicherweise hatte Ax zwar seine Firma bereits an
Cassandra verkauft, aber sie lief noch unter dem alten Namen, wodurch sein Geschäft in Frankfurt und er selbst in
Berlin nicht direkt gefährdet oder bedroht wurden. Aber
drei seiner zehn Mitarbeiter wollten entweder das Risiko
nicht tragen oder waren mit der Neuausrichtung und der
Haltung von Cassandra nicht einverstanden und hatten
gekündigt. Diese in dieser Phase zu ersetzen, gestaltete
sich als schwierig, auch wenn er in seiner Branche gut ver-
netzt war.

Das private Umfeld war ebenso grossen Spannungen
ausgesetzt. Die Freundinnen und Aktivistinnen von Dagmar hatten die Entwicklung von Anfang an begleitet und

unterstützt, waren jedoch skeptisch, als Ax mit seinen Umfragen begann, da sie befürchteten, dass daraus irgendwie eine Datenbank zur Überwachung entstehen könnte, womit sie nicht unrecht hatten. Allerdings hatte sich Dagmar immer mehr von Ax' Aktivitäten distanziert und konnte nun mit Recht behaupten, nicht genau zu wissen, inwieweit ihr Freund noch in dieses Voting involviert war.

Die beiden selbst hatten sich arrangiert. Ax sollte in einer Anfangsphase aktiv bei Cassandra mitarbeiten, wie dies auch im Kaufvertrag stand, und danach würden sich die beiden überlegen, wie es weitergehen sollte. Im Stillen hoffte Dagmar, dass sie genügend Geld zusammen hätten, um auszusteigen. Ax wusste allerdings noch nichts davon und sie müsste ihm neben ihrer Überzeugungskraft eine neue Beschäftigung organisieren, die ihn ausfüllte. Da sie sah, wie stark das Votum Ax an seine Grenzen brachte, ging sie davon aus, dass es auch ihm gelegen käme, eine längere oder sogar ewige Pause einzulegen.

Das Voting war sehr komplex, war doch die Anzahl der Teilnehmer um ein Vielfaches grösser als bei herkömmlichen Umfragen, etwa zu Wahlen in einzelnen Ländern. Nicht nur, dass alles in die unterschiedlichsten Sprachen mit verschiedenen Schriften und Alphabeten übersetzt werden musste, sondern dies musste auch länderspezifischen Anforderungen und Plattformen genügen. Die Resultate konnten dementsprechend nicht auf einem Server zusammenlaufen, sondern es musste ein ganzes System aufgebaut werden, um alles zu bewältigen.

Hinzu kam die Anforderung von Cassandra, dass das Resultat gewichtet werden musste und Länder mit geringer christlicher Tradition entsprechend kleineres Gewicht haben sollten, ohne dadurch das Gesamtresultat zu beeinflussen. Diese Überlegungen und Logarithmen wurden allerdings nur in einem kleinen Kreis besprochen und sollten nicht an die breite Öffentlichkeit gelangen.

Das Endresultat konnte aus diesen Gründen nicht in Echtzeit verkündet werden, da es nicht überall gleichzeitig feststand und vom Konzern zuerst noch validiert werden musste. Cassandra beschloss daher, die Verkündung als Onlineveranstaltung zu inszenieren. Dass damit gleichzeitig eine werbetechnisch attraktive Situation geschaffen wurde, nahm das Unternehmen gerne in Kauf.

Die beiden Wahltage gerieten beinahe zur Katastrophe. Niemand hatte im Vorfeld erwartet, dass alles glatt über die Bühne gehen, sondern dass es zahlreiche Pannen geben würde. Cassandra hatte vorgängig jedes erdenkliche Szenario durchgespielt und war der Ansicht, auf alle Eventualitäten vorbereitet zu sein. Personen, die abstimmen wollten, waren aufgefordert worden, sich vorgängig zu registrieren. Alle Adressen und IP-Nummern wurden erfasst, sodass niemand mehrfach stimmen konnte.

Trotzdem gab es zahlreiche Server und Internetzentralen, die zusammenbrachen. Kenner gingen allerdings auch davon aus, dass Regierungen den Zugang zur Abstimmung in ihren Ländern regeln oder begrenzen wollten. Dazu kamen zahllose Hackerangriffe, die zum Teil koordiniert durchgeführt wurden. Offensichtlich waren Gruppen darauf angesetzt worden, eine hohe Stimmbeteiligung zu verhindern, einzelne Regionen auszuschalten oder das Resultat zu manipulieren. Erschwerend kam hinzu, dass nicht ersichtlich war, in welche Richtung das Resultat bei den Angriffen manipuliert werden sollte, was die Bekämpfung beinahe verunmöglichte.

Auf irgendwelche Erfahrungswerte konnte nicht zurückgegriffen werden, da eine derartige weltweite Abstimmung noch nie stattgefunden hatte. Die internationalen Wettbüros, die normalerweise hervorragende Indikatoren waren etwa für Präsidentenwahlen oder Fussballresultate, versagten hier vollends. Entsprechend der eigenen Erwartung hatten die Kunden ins Blaue hinaus gewettet, sich nur auf ihr Bauchgefühl verlassen und auf ein Resultat gesetzt, das ihrem Wunsch entsprach. Das ermöglichte hohe Gewinne, barg aber auch das Risiko, viel zu verlieren.

Ein anderer Kampf spielte sich auf den verschiedenen Social-Media-Plattformen ab. Befürworter und Gegner beschimpften sich auf übelste Weise und gingen verbal aufeinander los. Die entsprechenden Betreiberfirmen hatten die grösste Mühe, Hasskommentare zu sichten, zu löschen und dafür zu sorgen, dass die allerschlimmsten Auswüchse eingedämmt werden konnten. Auch sie stiessen an ihre Kapazitätsgrenzen. Teilweise funktionierten ihre Programme überhaupt nicht mehr oder Teile davon mussten zeitweise ausgesetzt werden.

Im Lauf der beiden Tage entschied sich Cassandra, die Resultate zwar nicht in Echtzeit zu kommunizieren, aber während des Tages, der auf die Wahl folgte, immer wieder Teilresultate zu veröffentlichen. Dies in der Hoffnung, dass sich das Publikum durch die Langsamkeit in seinen Reaktionen etwas besänftigen liesse, wenn mit jedem Resultat nach und nach die Gewissheit über Sieg oder Niederlage wuchs. Was danach geschah und wie die Reaktionen in den einzelnen Ländern aufgefasst würden, betrachtete Cassandra nicht als ihr Problem. Das Unternehmen sah sich nicht in der Verantwortung, da es nur die Resultate lieferte und keinerlei Möglichkeiten oder politische Macht hatte, diese auch durchzusetzen. Und genau diese Haltung war es, die den Regierungen am meisten Sorge bereitete, weil dadurch eine Erwartungshaltung geschürt und vom Publikum Taten verlangt wurden, die weder demokratisch legitimiert noch ausgewogen waren.

68

Piet und Mireille hatten sich auf einen längeren Tag vor dem Fernseher eingerichtet und es sich auf dem Sofa in ihrer Pariser Wohnung gemütlich gemacht. Die beiden wollten auf keinen Fall den Ausgang des Votings verpassen.

Vorangegangen waren ein paar aufreibende und unvergessliche Tage, die in der Geschichte wohl einmalig waren. Mit der Abstimmung über den Papst hatten die Proteste und Unruhen ihren Kulminationspunkt erreicht. Es war kaum mehr möglich, in einem Medium etwas anderes zu lesen, zu hören und zu sehen und auch die Diskussionen im Freundes- und Bekanntenkreis landeten praktisch jedes Mal bei der Frage nach der Papstwahl. Kaum jemanden liess das Thema kalt und es drang ins Bewusstsein praktisch aller Staaten in der westlichen Hemisphäre.

Ihre Recherchen über Mike Evans hatten sie eingestellt, da sie verunsichert waren, ob Montagnola ihr Freund war oder ihr Feind und ihnen nicht klar war, wie viel er von ihrer Geschichte wusste und wo er stand. Zudem hatte der Kardinal mit der Abstimmung wohl alle Hände voll zu tun und konnte gar nicht erreicht werden. Sobald sich die Situation normalisiert hatte, wollten sie entscheiden, wie sie weiterfahren sollten.

Die Abstimmung selbst verlief hoch spannend und emotional. Beide Journalisten hatten sich ebenfalls beteiligt, nachdem sie tagelang diskutiert und gestritten hatten. Piet war mit seinem niederländischen Hintergrund protestantisch und, auch wenn er nicht sehr gläubig war, sehr stolz auf seine Familiengeschichte samt der Reformation. Zudem interessierte er sich für Kunst, womit sich Kirchenbesuche nicht vermeiden liessen. Mireille war streng katholisch erzogen worden, hatte aber, seit ihre Eltern nicht mehr bestimmen konnten, nie mehr eine Kirche besucht. Trotzdem erkannte sie im Papst nach wie vor eine Autorität, die es zu stützen galt, während er sich nicht vorstellen konnte, seine Geschicke je in die Hand eines katholischen Kirchenoberhaupts zu legen. Dementsprechend stimmten sie ab.

Die einzelnen Abstimmungsresultate wurden von den meisten grossen Fernsehsendern in stundenlangen Übertragungen zelebriert und in Endlosschlaufen wiederholt. Wie üblich gab es zuerst Schätzungen über die Stimmbeteiligung, gefolgt von Hochrechnungen. CNN verkündete zu Beginn, dass sich etwa ein Drittel der Weltbevölkerung an der Abstimmung beteiligt habe, was gegen drei Milliarden Menschen entspricht. Nach und nach musste die Zahl aber nach unten korrigiert werden und sie pendelte sich am Ende bei über siebenhundert Millionen ein. Dies war immer noch eine stattliche Zahl, auch wenn die Schwelle für die Teilnahme relativ niedrig war und auch jedermann mitwirken konnte, der weder christlich war noch mit Religion irgendetwas zu tun hatte.

Danach trafen Hochrechnungen ein, deren Bandbreite aber derart gross war, dass sie sowohl eine Annahme als auch eine Ablehnung nicht ausschliessen konnten. Mehrfach wechselte das Pendel und sowohl den Befürwortern als auch den Gegnern blieb nichts anderes übrig, als vor einem Bildschirm abzuwarten. Verschiedene Gruppierungen hatten sich bereits in den Metropolen Europas zusammengefunden, um das Resultat zu feiern oder dagegen zu protestieren. Aufgrund der schleppenden Auswertung lösten sich diese Menschenmengen wieder auf und die Leute gingen nach Hause. Den Polizeikorps und den Sicherheitsleuten in den grossen Städten war diese unerwartete Unterstützung durch Cassandra durchaus willkommen.

Die Resultate wurden nach Ländern geordnet sortiert und bekannt gegeben. Verschiedene Fernsehmoderatoren forderten, dass die Grösse und das Gewicht eines Landes bei den Stimmen ebenfalls berücksichtigt werden müssten. Wie dies bewerkstelligt werden könnte, wusste aber auch niemand. Nach und nach verdichtete sich das Bild. Erwartungsgemäss stimmten katholisch geprägte, konservative Staaten aus Osteuropa und Lateinamerika sowie die Philippinen für den Papst, wenngleich die Stimmbeteiligung geringer ausfiel als von den meisten Expertinnen und Experten angenommen. Es wurde spekuliert, dass die Terrordiskussion vorwiegend in Westeuropa und den USA lief, während die Aktualität des Themas auf den anderen Kontinenten weniger dominierte.

Eher gemischt waren die Resultate in den katholischen west- und südeuropäischen Staaten wie Italien, Spanien, Frankreich, Portugal und Österreich. Es war klar erkennbar, dass die katholische Kirche dort längst ihre Vormachtstellung als Autorität eingebüsst hatte und es zahlreiche Bevölkerungsgruppen gab, die sich von ihr losgesagt hatten oder nur noch auf dem Papier katholisch waren.

Eindeutig in die andere Richtung lief es in den Beneluxländern, in Skandinavien und Deutschland. Der Gedanke, sich in Sicherheitsfragen und bei anderen zentralen Problemen einem katholischen Oberhaupt wie dem Papst unterzuordnen, stiess auf grosse Ablehnung. In Deutschland half auch der grosse Teil an Eingewanderten aus Süd- und Osteuropa nichts, da diese Kreise nur schlecht mobilisiert werden konnten.

Als letzter Block folgten die englischsprachigen Staaten wie Grossbritannien, die USA und Kanada. In allen drei Ländern schienen Autoritäten und zentralgesteuerte internationale Organisationen, wie die Kirche eine bildete, auf Skepsis zu stossen. Nicht umsonst hatte sich die anglikanische Kirche schon vor Jahrhunderten selbstständig gemacht.

Piet und Mireille hatten grosse Teile des Programms über sich ergehen lassen, obwohl sie sich zwischendurch auch anderen Aktivitäten gewidmet hatten, um von Zeit zu Zeit das Geschehen auf den Bildschirmen wieder zu verfolgen. Immerhin war das Drehbuch von Cassandra so verfasst worden, dass das Endresultat sowohl in den USA als auch in Europa zu sendestarken Zeiten verkündet wurde.

Das Resultat fiel überraschend und relativ klar aus. Nur 42 Prozent der Abstimmenden waren für den Papst, also dafür, dass der Papst alle Christinnen und Christen vertreten sollte. 58 Prozent waren dagegen. Sobald sich das Resultat abzeichnete, begannen die Kommentatorinnen und Kommentatoren mit Erklärungen, Rechtfertigungen und Hinweisen, weshalb sie dies schon immer gewusst hatten. Prominente wurden befragt und analysierten, was dieses Resultat nun wohl für Auswirkungen hätte. Auffällig dabei war allerdings, dass sich weder die katholische Kirche noch irgendwelche Regierungen zu Wort meldeten oder sich interviewen liessen.

Dass die meisten Regierungen mit ihrer Einschätzung wieder einmal falschgelegen hatten, wie schon, als es darum ging, ob die Abstimmung überhaupt stattfinden würde, war wohl der eine Grund dafür. Wichtiger war aber, dass niemand von offizieller Seite ein Resultat einer Onlinebefragung kommentieren wollte, das in Zukunft für ihn selbst gefährlich werden konnte. Immerhin blieb mit dem Resultat alles beim Alten und die Medien riefen dazu auf, diesen Entscheid zu akzeptieren und den Konflikt nicht weiter zu schüren. Schliesslich sei der Kontinent noch immer durch terroristische Anschläge bedroht.

69

Im Vatikan wusste zuerst niemand, ob die Erleichterung oder die Enttäuschung überwog. Selbstverständlich wäre es sehr motivierend gewesen, wenn der Papst in einem Votum eine riesige Unterstützung erhalten hätte. Auf der anderen Seite hätte der Sieg bei der Abstimmung keineswegs direkt dazu geführt, dass der Papst mehr Macht erhalten und die Regierungen einzelner Staaten ihn als Partner betrachtet hätten. Es wäre zu einem sehr langwierigen Prozess geworden, dessen Ausgang keineswegs klar war.

Trotzdem betrachtete Monsignore Montagnola das Votum als eine verpasste Chance, auch wenn der Weg in Richtung Konservativismus durch die Diskussionen der letzten Zeit geebnet und verbreitert worden war. Nun galt es, die Wertediskussion in Europa am Leben zu erhalten und den Ruf nach starken Institutionen wie der Kirche nicht verhallen zu lassen. Immerhin konnte er in den vergangenen Monaten enge Beziehungen zu zahlreichen Staatschefs und Ministern aufbauen, die ihm in Zukunft nützlich sein konnten. Und schliesslich war die Fähigkeit der Kirche, Botschaften über ihr Netzwerk zu verbreiten, gestärkt worden.

Der Petersplatz war am Sonntag nach dem Votum voll wie noch nie und es hatten sich zahlreiche Fernsehstationen angemeldet, um die Messe und die Worte des Papsts möglichst live zu übertragen. Der Kardinal freute sich, dass die Kirche derart im Rampenlicht stand, auch wenn er wusste, dass die Predigt wohl die meisten enttäuschen würde. Er hatte den Papst wie immer beim Verfassen unterstützt und sie hatten einen Text voller gut tönender Allgemeinplätze geschrieben, der die Bevölkerung einerseits dazu aufrief, sich friedlich für die Verteidigung der westlichen Werte einzusetzen und andererseits, sich nicht von weltlichen Mächten vereinnahmen zu lassen. Das Votum wurde mit keinem Wort erwähnt.

Die ursprüngliche Idee, den italienischen Staatspräsidenten und ausländische Minister als Gäste einzuladen, wurde wieder verworfen, da es nach offizieller Lesart keinerlei Grund für einen speziellen Anlass gab, sondern es sich um einen normalen Sonntag mit Messe auf dem Petersplatz handelte. Somit standen die Erwartungen der Gläubigen und der Medien im klaren Widerspruch zu den Absichten des Vatikans, der zur Normalität zurückkehren wollte.

In der Vorbereitung hatte der Papst mehrfach mit Montagnola diskutiert, ob er doch etwas zum Voting sagen sollte, auch wenn es bloss war, dass jenes für ihn keineswegs relevant war. Die beiden und einige hinzugezogene Experten einigten sich aber, dies wegzulassen, da sonst weitere Diskussionen in der Öffentlichkeit provoziert worden wären.

Der Vatikan war bereits in den Tagen zuvor von den Medien bestürmt worden, eine Ausnahme zu machen und wenigstens einen Journalisten zuzulassen, der dem Papst ein paar Fragen stellen dürfe. Montagnola lehnte dieses Ansinnen mit Bestimmtheit ab, da sonst ein gefährlicher Präzedenzfall geschaffen worden wäre. Um vollkommen sicher zu gehen, regte er an, dass der Papst nach der Predigt darauf verzichten sollte, sich an die Abschrankung zum Publikum zu begeben, wie es eigentlich Brauch war.

Auf diese Weise konnte der Sonntag minutiös durchorchestriert werden, ohne dass eine Störung von aussen zu befürchten war. Rigorose Sicherheitskontrollen am Eingang zum Petersplatz durch die Schweizergarde und nachrichtendienstliche Informationen über mögliche Angriffe rundeten das Sicherheitsdispositiv ab. Mit diesen Vorbereitungen konnte das Spektakel beginnen.

Das Wetter an jenem Sonntag war prächtig und bot perfekte Bilder für die Medien. Dies passte zum Bild von Normalität, das der Vatikan vermitteln wollte. Jede Bewegung, jeder Handgriff sass, waren sie doch hundertfach bereits exerziert worden und entsprachen dem Protokoll, das praktisch nie geändert wurde.

Der Papst hatte sich nach seiner Gallensteinoperation wieder erholt und war für den Tag gewappnet. Sein Habit wirkte wie immer prächtig, als er vor die Menge trat. Wie von Montagnola vorausgesagt, stand seine Predigt ganz im Gegensatz zu diesem Pomp und war ziemlich langweilig anzuhören. Da sie nicht vorgängig an die Medien verteilt worden war, mussten diese sie – ausser die italienischen Sender – simultan für die Zuschauenden übersetzen, was mühsam war, da sie aus einer Aneinanderreihung ähnlicher Sätze über Nächstenliebe, Gemeinschaft und Zusammenstehen bestand.

Die Enttäuschung der Medien und der Zuschauer war gross und die Einschaltquoten begannen zu bröckeln. Vielleicht lag es daran, dass die Erwartungen zu hoch angesetzt worden waren, vielleicht lag es aber auch daran, dass nach den aufreibenden Wochen erwartet wurde, dass jemand die Bevölkerung wieder zurückholte, um die Auseinandersetzungen zu beenden.

Gegen das Ende seiner Predigt legte der Papst plötzlich sein Manuskript zur Seite. Montagnola bemerkte dies zuerst, da er den Text genauestens kannte und wurde aschfahl. Noch nie hatte der Papst ohne Manuskript gesprochen und der Kardinal wusste, dass er kein begabter Rhetoriker war. Was um Himmels willen hatte ihn dazu bewogen? Montagnola hatte keine Chance, einzugreifen. Einerseits sass er ein paar Meter weit weg und andererseits konnte er unmöglich vor dem Altar durchrennen und den Papst daran hindern, zu sagen, was dieser wollte. So blieb ihm nur die Untätigkeit und er musste entgeistert zuhören, was jener verkündete.

«Das Amt des Papsts ist von Gott gegeben, der ihn erleuchtet hat», begann er. «Ohne dies könnte er es nicht ausfüllen. Heute Nacht habe ich gespürt, dass es Zeit wird, dass ich mich zurückziehe und diese Aufgabe einem Nachfolger überlasse. Das Amt braucht viel Kraft und ich habe mit meiner Operation einiges davon eingebüsst. Aus diesem Grund sollen die Kardinäle zum Konklave zusammengerufen werden, um einen neuen Papst zu bestimmen.»

Kaum hatte er diese Worte gesprochen, brach das Chaos aus. Die Kardinäle waren sprachlos und völlig vor den Kopf gestossen, Menschen im Publikum auf dem Petersplatz schrien, andere weinten und es kam zu Tumulten. Die Sicherheitskräfte, die Schweizergarde und die Polizei hatten die grösste Mühe, die Situation im Griff zu behalten, waren doch auch sie gleichzeitig ebenso schockiert oder betroffen.

Die anwesenden Medien versuchten, das Geschehen einzufangen. Die meisten Journalistinnen und Journalisten hatten zu jenem Zeitpunkt entweder ihren Platz bereits verlassen oder waren daran, einen Kommentar aufzunehmen, um dem Publikum zu erklären, wie enttäuschend der Auftritt des Papsts ihrer Meinung nach war, als jener unvermittelt seinen Rücktritt bekannt gab. Eilig wurden die Liveschaltungen in die verschiedensten Länder wieder aufgenommen, die mangels Publikum bereits abgebrochen worden waren.

Der Papst selbst beendete die Messe hastig und so rasch wie möglich und ging dann zurück in den Petersdom. Er wurde wie immer begleitet von seinen Kardinälen, die ihm folgten und ihn im Innern der Kathedrale zur Rede stellen wollten. Allerdings hielt der Papst dort nicht an, sondern begab sich sogleich in seine Gemächer, zu denen niemand Zutritt hatte.

Das Durcheinander war kaum zu überbieten. Die Kardinäle vergewisserten sich gegenseitig, ob sie alles richtig verstanden hätten und diejenigen, die kaum Italienisch sprachen, mussten zuerst ins Bild gesetzt werden. Verschiedene Würdenträger unterhielten sich, ob dieser Rücktritt nach Kirchenrecht überhaupt so möglich war, während andere sich bereits Gedanken machten, was nun als Nächstes geschehen sollte.

Monsignore Montagnola war wütend, schliesslich hatte er die Predigt mit dem Papst zusammen vorbereitet und dieser hatte mit keiner Silbe erwähnt, dass er ein anderes Ende vorgesehen hatte. Auch hätte er gewusst, wenn der Papst eine ernsthafte Krankheit gehabt hätte.

Noch schlimmer wog der Umstand, dass sich der Vatikan vorgängig mit zahlreichen Ländern abgesprochen hatte, damit nach dem Votum wieder Ruhe einkehren konnte. Dabei hatte Montagnola immer wieder beteuert, dass der Vatikan die Abstimmung weder kommentieren noch irgendwie darauf reagieren würde. Natürlich hatte der Papst das Votum nicht erwähnt und seine Reaktion konnte unterschiedlich gewertet werden. Dass er sich dem Entscheid des Volks beugen würde, ging aus seinem Rücktritt nicht hervor, da er gleichzeitig klarmachte, dass sein Nachfolger wie seit Jahrhunderten durch die Kardinäle im Konklave erkürt würde.

Die Fernsehkommentatorinnen und -kommentatoren waren ebenso ratlos und fassten vorerst nur das Geschehen zusammen. Sie konnten ohnehin nur Spekulationen anstellen, da der Vatikan für Anfragen im Moment nicht zur Verfügung stand.

Als sich Montagnola wieder etwas gefangen hatte, begann er sofort, sich eine Strategie zuzulegen und führte danach einige Telefongespräche. Zuerst telefonierte er mit dem italienischen Staatssender Rai, mit CNN, BBC und Radio Vatikan, um ihnen Hintergrundinformationen zu liefern. Er schilderte, dass der Papst schwerer erkrankt war, aber die aktuelle Situation und die zahlreichen Diskussionen nicht beeinflussen wollte. Das Voting erwähnte er nicht explizit, da allen klar war, was gemeint war. Nun habe sich der Zustand aber in den letzten Tagen rapid geändert, weshalb der Papst mit seinem Rücktritt nicht mehr länger zuwarten konnte.

Das stimmte zwar alles nicht, spielte aber keine Rolle mehr, da ohnehin bald ein Nachfolger das Sagen haben würde und Montagnola keine Rücksicht auf den Papst nehmen musste. Zudem handelte es sich nur um Hintergrundinformationen und der Kardinal wollte nicht zitiert werden.

Danach sprach er mit dem italienischen Staatspräsidenten, dem EU-Ratspräsidenten und verschiedenen Ministern aus einigen Staaten, die er mittlerweile gut kannte. Dort erklärte er, dass die Krankheit des Papsts als offizieller Grund für den Rücktritt bekannt gegeben würde, der Papst aber mit dem Voting über ihn überfordert war und deshalb beschlossen hatte, zurückzutreten. Das Ganze sei eine Kurzschlusshandlung, weshalb weder die Kurie noch er vorgängig Kenntnis davon hatten. Er hoffte, damit die Wogen wenigstens einigermassen zu glätten.

70

Während der letzten Monate hatten sich die Quartier-
bewohnerinnen und -bewohner rund um das Seniorenheim daran gewöhnt, dass immer wieder Polizeirazzien
stattfanden. Dementsprechend waren sie nicht sonderlich
überrascht über die zahlreichen Absperrungen, Polizei-
fahrzeuge, Männer mit kugelsicheren Westen, Helmen und
automatischen Waffen, die sie frühmorgens in den Strassen
sahen. Grösser wäre die Überraschung wohl gewesen, wenn
sie gesehen hätten, weshalb die ganze Aktion stattfand.

Am Vorabend hatte die französische Präsidentin einen
Anruf von Kardinal Benoît Lemaire erhalten. Dieser gab
ihr präzise Angaben, wie sie gegen die Terroristen vorgehen konnte, die Europa seit Monaten mit Attentaten in
Atem hielten. Angaben über Quellen konnte sie keine erwarten, doch wusste sie, dass der Vatikan über zahlreiche
Informationskanäle verfügte, deren Identität er nie preis-
gab, die sich aber meist als äusserst zuverlässig erwiesen.

Sofort liess sie ihren Geheimdienstchef Frédéric Maître
zu sich kommen und gab ihm ihre Informationen weiter.
Jene passten wie das fehlende Puzzlestück ins Phantom-
bild, das er sich von den Tätern gemacht hatte, und er war
überzeugt, dass sie auf der richtigen Spur waren. Nun blieb
nur noch, den Zugriff so zu gestalten, dass sie möglichst die
gesamte Gruppe festnehmen konnten, bevor sie untereinander kommunizierte.

Immer wieder hatte er sich in den vergangenen Wochen
gefragt, wer die Befehle für die Anschläge jeweils gab und
wo sich diese Person versteckt hatte. Dabei hatte er übersehen, dass diese wie eine Spinne im Zentrum des Gesche-

hens sass. Maître wusste, dass der Einsatz wohl etwas übertrieben war, konnte aber nicht abschätzen, ob das Zielobjekt von irgendjemandem beschützt und verteidigt wurde, weshalb die Einsatzmontur richtig war.

Als der Einsatzbefehl kam, war es noch Nacht und die meisten Bewohnerinnen und Bewohner des Seniorenheims schliefen tief und fest. Das Betreuerteam bestand während der Nacht nur aus einem Minimum an Personen. Die Polizei besetzte das Gebäude rasch und systematisch. Ihre Konzentration galt dem dritten Stockwerk mit der Demenzabteilung. Für Aussenstehende hätte sich ein seltsames Bild ergeben, als eine Terroreinheit einen alten Mann mit weissen Haaren verhaftete, der den ganzen Tag teilnahmslos in einem Rollstuhl sass und aus Jordanien oder sonst einem Staat aus dem Mittleren Osten zu stammen schien.

Aus diesem Grund mussten sie auch nicht mit seiner Gegenwehr rechnen, vermutlich konnte er sich nur mühsam bewegen. Doch als sie mit ihm bereits in der Lobby waren, richtete er sich plötzlich auf und versuchte, aus seinem Rollstuhl auszusteigen. Dabei stürzte er fürchterlich und schlug mit dem Kopf auf dem Steinboden auf. Sofort war überall auf dem Boden Blut und die bereitstehende Ambulanz wurde gerufen. Eine mittlere Hirnerschütterung war wohl das Mindeste, das er sich zugezogen hatte. Eine der anwesenden Krankenschwestern befürchtete weit schlimmere Verletzungen und war sich nicht sicher, ob der Scheich überleben und sich je davon erholen würde.

Etwa zur selben Zeit wurde in Montpellier ein Haus umstellt, das mehrere Airbnb-Wohnungen umfasste. Die meisten davon waren aktuell nicht belegt. Trotz der kurzen Vorbereitungszeit hatte die Polizei Wohnungspläne beschafft und sich optimal auf das Ziel eingestellt.

Drei Männer befanden sich in den zwei Schlafzimmern der Wohnung im ersten Stockwerk und schliefen. Zwar hatten sie aus Sicherheitsgründen alle paar Tage ihr Domizil gewechselt und bereits zwei Mal die Stadt, hatten aber nicht mit einem unmittelbaren Angriff durch die Polizei gerechnet. In den letzten Tagen war es immer ruhiger um sie geworden und mit den zahlreichen Protesten für oder gegen die Papstwahl schien sich ohnehin niemand mehr um Terror zu kümmern.

Sie hatten keine Zeit zu reagieren, als die Sondereinheit durch die Eingangstür und über die Terrasse in die Wohnung eindrang. Die beiden jüngeren wären eigentlich für solche Situationen trainiert gewesen, aber ihr Bewusstsein für die Gefahr war etwas eingerostet. Der Mann aus Marseille war lediglich Koordinator und als Einsatzleiter tätig und hatte keine Spezialausbildung für Waffen erhalten.

Geheimdienstchef Frédéric Maître war nur zum Teil zufrieden mit seinem Einsatz. In Montpellier hatte alles wie am Schnürchen funktioniert und die Zielpersonen konnten unversehrt verhaftet werden. In Paris machte ihm allerdings der Umstand grosse Sorgen, dass sich der Scheich bei seinem Sturz stark verletzt hatte und nicht befragt werden konnte. Falls er nicht wieder zu sich käme, wäre seine wertvollste Quelle versiegt. Er ahnte zu jenem Zeitpunkt nicht, dass er mit seinen Befürchtungen recht bekommen sollte.

71

Monsignore Montagnola sass auf seinem Landsitz bei Castiglione della Pescaia und genoss die Nachmittagssonne. Er war zufrieden, denn alles war noch besser herausgekommen, als er sich dies gewünscht und geplant hatte.

Kurz zuvor war der Scheich in Paris verhaftet worden, der hinter den Attentaten steckte, und dies dank des Tipps, den er Kardinal Benoît Lemaire gegeben hatte. Die französische Regierung und die meisten europäischen Staatschefs würden dem Vatikan ewig dafür dankbar sein, auch wenn diese Information nicht an die grosse Öffentlichkeit gelangen würde. Noch weniger würde jemand erfahren, dass er gleichzeitig das Ganze auch in die Welt gesetzt hatte.

Seit ein paar Jahren haderte der Kardinal mit der Tatsache, dass das Gewicht der katholischen Kirche stets abnahm und die Gesellschaft sich von den Idealen wegbewegte, die er als westlich, christlich und europäisch betrachtete. Dieser Tendenz musste Einhalt geboten und die Bevölkerung auf den richtigen Weg zurückgeführt werden. Dass dies mit reiner Überzeugungsarbeit durch eine Organisation erfolgen konnte, die selbst mit zahlreichen Problemen kämpfte, schien immer schwieriger.

Montagnola besann sich deshalb darauf zurück, dass die Religion in Krisenzeiten immer wieder erfolgreich war und Orientierung bot. Die Gelegenheit, eine solche Krise zu provozieren, war die Bedrohung durch Terror. Über verdeckte Wege, die dem Grossteil der Kirchenverwaltung verborgen blieben, nahm er Kontakt zu einer Organisation auf, die solche Anschläge durchführen konnte, ohne dass sie selbst so stark war, ihn zu gefährden.

Der Kopf dieser Organisation war ein Scheich oder anderer Würdenträger, der in Frankreich lebte und an den Rollstuhl gebunden war. Zur Tarnung befand er sich in einem Seniorenheim in der Demenzabteilung, wo ihn niemand vermuten konnte. Der Kontakt zur Aussenwelt und seine ganzen Befehle liefen über Pfleger und Betreuer, die sich unauffällig zu ihm begeben konnten. Den Rest der Zeit verbrachte er in sich gekehrt und meditativ, ohne dass jemand Verdacht schöpfte.

Selbstverständlich hatte der Kardinal nie einen direkten Kontakt etabliert, dies lief ebenfalls über als Pflegepersonal getarnte Mittelsmänner. Die Organisation wurde finanziert, um Europa mit Anschlägen zu destabilisieren, wobei die Dimension langsam gesteigert werden sollte. Montagnola wollte das Ganze im Griff behalten, um den Kollateralschaden so gering und die Wirkung so gross wie möglich zu halten.

Die finanziellen Mittel stammten aus Kunstverkäufen – der Vatikan besass eine umfangreiche Sammlung nicht inventarisierter Bilder, deren Erlöse von niemandem beansprucht wurden. Diese wurden über einen amerikanischen Kunsthändler mit Provenienzbeweisen versehen, in den Kunstmarkt eingeschleust und über grosse Galerien und Kunstmessen verkauft. Die ersten Aktionen funktionierten einwandfrei, doch irgendwann realisierte der Kunsthändler, dass er wohl mithalf, Attentate zu finanzieren, bekam kalte Füsse und wollte aussteigen. Aus Furcht tauchte er unvermittelt unter.

Etwa zu jenem Zeitpunkt erfuhr Montagnola, dass sich zwei Journalisten für die Bilderverkäufe interessierten und trat in Kontakt zu ihnen in der Hoffnung, über sie diesen Mike Evans wieder aufzufinden. Nachdem dies gelungen war, wurde der Kunsthändler vom Scheich ausgeschaltet.

Dass der eine der Journalisten zufällig etwas vom Attentat in Paris erfahren, Nachforschungen angestellt hatte und von den Terroristen getötet werden sollte, erfuhr Montagnola erst viel später.

Während die Einschüchterungskampagne in Europa relativ gut lief, kam ihm ein zweiter Zufall zu Hilfe in Form von Cassandra. Dadurch wurde die Diskussion über Religion, christliche Werte und die Neuausrichtung Europas beflügelt. Durch die Abstimmung erlebte das Thema eine Popularität, die er mit Terror nicht besser hätte erreichen können. Manche würden das Auftauchen von Cassandra göttliche Fügung nennen, er fand den Ausdruck «gutes Investment» passender.

Zwar war das Wahlresultat auf den ersten Blick negativ, konnte aber trotzdem eine gute Auslage bilden, vor allem dank des überraschenden Rücktritts des Papsts, der eine neue Situation geschaffen hatte. Damit waren weitere Attentate überflüssig geworden, weshalb Montagnola den Tipp an die französischen Behörden geben liess, wo sich der Scheich und seine Untergebenen befanden, damit sie gefasst werden konnten. Eine direkte Verbindung zu ihm konnte dabei unmöglich geschaffen werden, vor allem, da der Scheich nach seinem Unfall nicht ansprechbar bleiben würde.

Der Kardinal genoss noch ein paar Sonnenstrahlen und stand dann von seinem Sessel auf, um sich auf seinen Besuch vorzubereiten. Er erwartete den polnischen Prälaten Kacper Kowalczyk und die Kardinäle Benoît Lemaire und Rico Giordano. Die drei wollten Montagnola treffen, da sie daran waren, Allianzen im Konklave zu schmieden – und ihn bitten, nächster Papst zu werden.

DANK

« Die Wahl» spielt mit fiktiven Personen und Ereignissen. Trotzdem danke ich allen Amtsinhabern, Würdenträgern und Protagonisten, die im Buch vorkommen könnten, dass sie mit ihren Handlungen und Haltungen solche Ereignisse überhaupt denkbar machen.

Mein Dank gilt weiter dem fantastischen Team des Friedrich Reinhardt Verlags, allen voran der Projektleiterin Manuela Seiler, welches das Projekt möglich gemacht hat. Danken möchte ich ebenso Janine Blatter, die als Erstleserin und -lektorin akribisch sehr viele Inputs geliefert und darauf geachtet hat, dass die Abläufe in der Geschichte stimmen.

Und schliesslich geht ein riesiger Dank an meine Gattin Annette für die Unterstützung und an meine Töchter Stéphanie und Ariane, die alle drei gemeinsam erduldet haben, wenn ich in Gedanken woanders war und die mich wesentlich motiviert haben.

AUTOR

Dominique Mollet wurde in Basel geboren und schloss ein Studium in Publizistik und Kunstgeschichte an der Universität Zürich mit dem Master of Arts ab. Während seiner Studienzeit verfasste er als freier Journalist für die «Basler Zeitung» zahlreiche Artikel. Anschliessend war er während sechs Jahren bei der Messe Schweiz Kommunikationschef der Kunstmesse Art Basel und der Uhren- und Schmuckmesse Baselworld.

1997 gründete Dominique Mollet eine Kommunikationsagentur, die er noch heute besitzt und mit der er unter anderem die Museumseröffnungen der Fondation Beyeler und des Museum Tinguely in Basel geleitet und die Basler Museumsnacht entwickelt hat. Er hat einige Kunstausstellungen kuratiert, im Rahmen seiner Mandate zahlreiche Texte verfasst und war als Ghostwriter tätig. Von 2016 bis 2022 war er Mitglied des Kulturrats des Kantons Basel-Landschaft und ab 2018 dessen Präsident.

Dominique Mollet ist verheiratet, hat zwei erwachsene Töchter und lebt in Binningen bei Basel.

KRIMIS IM FRIEDRICH REINHARDT VERLAG

ANNE GOLD

Der Preis eines Lebens *(Band 18)*

Am Geburtstag seiner Freundin wird der weltweit anerkannte Immuntherapieforscher Professor Reto Krull erstochen in seiner Wohnung aufgefunden. Basel steht unter Schock, denn er und sein Partner erzielten aufsehenerregende Erfolge in der Krebsforschung. So schien es nur eine Frage der Zeit, bis sie für den Nobelpreis vorgeschlagen worden wären. Wer steckt hinter dieser skrupel- und sinnlosen Tat? Kommissär Francesco Ferrari und seine Assistentin Nadine Kupfer übernehmen den Fall und stossen bei ihren Ermittlungen auf einige Verdächtige: Krull hatte zahlreiche Affären und sah sich mit mehreren Prozessen wegen Verleumdung konfrontiert. Doch ausser ein paar Verdachtsmomenten tappt das Duo im Dunkeln, sehr zum Missfallen von Staatsanwalt Jakob Borer, der von allen Seiten unter Druck gerät ...

272 Seiten, gebunden mit Schutzumschlag
ISBN 978-3-7245-2653-7, CHF 29.80

Das Ende aller Träume *(Band 17)*

Maya, die achtzehnjährige Tochter von Sheila, einer guten Freundin von Nadine Kupfer, verschwindet nach einem Nachtclubbesuch spurlos. Die sofort eingeleitete Suche bleibt erfolglos. Als zudem ein Model, das bis vor Kurzem bei Sheilas Modelagentur unter Vertrag stand, ermordet wird, übernehmen Nadine und Kommissär Francesco Ferrari den Fall. Ist es Zufall, dass Maya verschwindet und beinahe zeitgleich ein Model ermordet wird? Obwohl sich die beiden jungen Frauen kannten, scheint es keine Verbindung zwischen den zwei Ereignissen zu geben. Das bewährte Ermittlungsduo stösst an seine Grenzen. Als Nadine zudem einen Alleingang wagt, kommt es beinahe zur Katastrophe ...

304 Seiten, gebunden mit Schutzumschlag
ISBN 978-3-7245-2575-2, CHF 29.80

Über den Tod hinaus *(Band 16)*

Am frühen Morgen wird im St. Alban-Park ein Mann tot aufgefunden, ermordet durch mehrere Messerstiche. Das Opfer ist ein erfolgreicher Junganwalt, der mit zwei gleichaltrigen Kollegen eine Kanzlei führte. Kommissär Francesco Ferrari und seine Assistentin Nadine Kupfer übernehmen den Fall und vermuten den Täter im beruflichen Umfeld des Toten. Dieser Verdacht erhärtet sich, als sie erfahren, dass zwei Klienten dem Anwalt offen drohten, weil sie durch dessen Schuld viel Geld verloren hatten. Kurze Zeit später kommt der zweite Anwalt ums Leben. Wer steckt hinter diesem brutalen Racheakt? Geht es wirklich um Geld oder verbirgt sich mehr dahinter? Und gelingt es dem eingespielten Ermittlungsduo, den Dritten im Bunde zu beschützen? Die Uhr tickt. Einmal mehr blicken Nadine und Ferrari in menschliche Abgründe und versuchen, das Unmögliche möglich zu machen.

280 Seiten, gebunden mit Schutzumschlag
ISBN 978-3-7245-2511-0, CHF 29.80

Im Sinne der Gerechtigkeit *(Band 15)*

Der Schwiegersohn eines guten Freundes von Kommissär Ferrari wird des Mordes beschuldigt. Die Beweislage ist eindeutig und so drängt Staatsanwalt Borer darauf, den Fall abzuschliessen und mit vereinten Kräften eine mysteriöse Mordserie aufzuklären. Ferrari lehnt entschieden ab, er und seine Assistentin Nadine Kupfer wollen sich ein eigenes Bild machen. Nach heftiger Diskussion schlägt Borer einen Deal vor: Er gibt ihnen achtundvierzig Stunden Zeit, um weitere Ermittlungen anzustellen. Im Gegenzug müssen sie die Aufklärung der Mordserie übernehmen, bei der die Kollegen in einer Sackgasse gelandet sind. Die Abmachung gilt und der Wettlauf gegen die Zeit beginnt.

288 Seiten, gebunden mit Schutzumschlag
ISBN 978-3-7245-2439-7, CHF 29.80

ROLF VON SIEBENTHAL

Römerschatz *(Band 1)*

Raab ist ein Gauner aus Überzeugung. Doch er ist ein ehrenhafter Dieb, der Einbrüche ohne Waffen und Gewalt plant. Heckt er nicht gerade seinen nächsten Coup aus, hilft er bei Schülergrabungen in Augusta Raurica mit. Als dabei ein Skelett gefunden wird, berichten die Medien darüber und verbreiten Raabs Gesicht in alle Welt. Das bringt eine Verbrecherbande auf seine Spur, auf deren Abschussliste Raab seit Jahren steht. Der Bandenchef stellt ihn vor die Wahl: Entweder treibt Raab die verschollenen Stücke des Silberschatzes von Augusta Raurica auf oder er stirbt. Raab macht sich auf die Suche und spürt einen geheimnisvollen Männerbund auf, dessen Mitglieder ein Leben nach römischen Sitten pflegen. Die «Legio Basiliensis» will im Verborgenen bleiben und geht dafür über Leichen. Raab könnte die nächste sein...

536 Seiten, kartoniert
ISBN 978-3-7245-2516-5, CHF 19.80

Sternenfeld *(Band 2)*

Der Basler Einbrecher Raab nimmt einen Routineauftrag an: Er soll das Gemälde eines niederländischen Malers stehlen, damit dessen Besitzer das Geld der Versicherung kassieren kann. Doch der Einbruch endet in einer Katastrophe. In der Folge hat Raab nicht nur die Polizei auf den Fersen, er muss sich auch mit skrupellosen Berufskollegen herumschlagen. Raab erkennt, dass der Schlüssel zur Lösung seiner Probleme in der Vergangenheit liegt. Er begibt sich auf Spurensuche in Birsfelden, das er als Teenager fluchtartig verlassen musste. Die Wunden von damals sind bis heute nicht verheilt. Überall stösst Raab auf Feinde – und einer von ihnen will seinen Tod.

432 Seiten, kartoniert
ISBN 978-3-7245-2598-1, CHF 19.80

Der dritte Teil der Serie mit dem Einbrecher Raab erscheint im Frühjahr 2024 im Friedrich Reinhardt Verlag.

Lange Schatten *(Band 1)*

Ein Leibwächter stirbt, eine Bundesrätin überlebt. Auf den ersten Blick sieht es wie ein missglückter Anschlag aus, doch Bundeskriminalpolizist Alex Vanzetti hat Zweifel. Ein weiterer Mord geschieht. Während Vanzetti und seine Sonderkommission im Dunkeln tappen, bekommt die junge Journalistin Zoe Zwygart mysteriöse Botschaften, die auf einen Serientäter hinweisen. Auf der Jagd nach einer Exklusivgeschichte sucht sie den Absender. Doch je tiefer Zwygart und Vanzetti in der Vergangenheit graben, desto mehr geraten sie selbst in Gefahr.

464 Seiten, gebunden mit Schutzumschlag
ISBN 978-3-7245-2155-6, CHF 29.80

Letzte Worte *(Band 2)*

Die Berner Ständerätin Eva Bärtschi wird in ihrem Haus in Worb erschossen. Zunächst sieht alles nach einem Raubmord aus, doch so einfach ist der Fall nicht. Informationen, die Politiker und Firmenchefs zu Fall bringen könnten, sollen sich in verschlüsselter Form auf dem Computer der Ständerätin befinden. Bundeskriminalpolizist Alex Vanzetti macht sich auf die Suche nach dem Täter und einem Schlüssel zu den Unterlagen. Hilfe bekommt er von der pensionierten Journalistin Lucy Eicher.

432 Seiten, gebunden mit Schutzumschlag
ISBN 978-3-7245-2227-0, CHF 29.80

Kaltes Grab *(Band 3)*

Nach dem überraschenden Rücktritt eines Bundesrats stehen in Bern Ersatzwahlen an. Als Favorit für den freien Sitz gilt der erfolgreiche Zürcher Nationalrat Adrian Ott. Dieser soll in illegale Börsengeschäfte verwickelt sein, das geht jedenfalls aus Unterlagen hervor, die der Journalistin Zoe Zwygart zugespielt werden. Sie beginnt zu recherchieren. Zunächst nur widerwillig nimmt sie dabei auch die Hilfe von Bundeskriminalpolizist Alex Vanzetti in Anspruch. Doch sie merkt bald, dass sie jede erdenkliche Unterstützung brauchen wird.

480 Seiten, kartoniert
ISBN 978-3-7245-2296-6, CHF 19.80